都市のエクスタシー

山田登世子
Yamada Toyoko

藤原書店

都市のエクスタシー——目次

I　異郷プロムナード　9

廃墟の贅沢　11　やさぐれタンゴ　14　アマゾン憧憬　17　アマルフィーの月　20　ヴェネチアの水の衣装　23　ダヌンツィオの愛人　26　愛人生活　29　デュラスの海　32　印象派の娼婦たち　36　誰も知らない印象派　39　ホテル・リッツ　42　名門ホテルに泊まってみれば　45　プチホテルの贅沢　48　シェリ　51　二つの庭　54　密　会　57　愛の遊戯形式　60　歴史家の家　63　パリの中国人　66　圧巻、中国パワー　69　東京・巴里・美術館　72　男はつらぶれ　75　はるかなもの　78　歴史の匂い　81

II　メディア都市　85

メディアのアイドル「怪盗ルパン」……87

はじめに新聞がある　87　「有名人」ルパン　93

怪盗「紳士」のスノビズム　101　仮装パーティー　107

電話というマジック——距離をなくし相手に「触れる」……114

恋する電話……118

ラブレターはナルシスの水鏡……121

メディア・トラベル …… 129
メディアのなかの文学 130　文学のなかのメディア 133
バーチャル・トラベル 136　実用という名の虚構 139
軽さは重さを嘲う …… 142
劇場(ステージ)感覚が都市文化を育む …… 149
二十世紀末の「一九〇〇年展」——今日と響きあう転換期の問い …… 153
身体のスペクタクル——一〇〇年のオリンピック …… 158

III わたしの部屋 163

ワルツは不実な女のように …… 165
街を歩けばエクスタシー …… 167
涙のわけ …… 170
ブランド論 170　メディア論 172　ウオーキングはストレス？ 174
義母に贈り物 176　なくしたスカーフ 178
幻の本箱 …… 180

嘘は罪、だけど…… 183
「呼び水」の記…… 189
唐獅子火鉢…… 193
月の別れ…… 197

Ⅳ 世相を読む 2010-2016 203

食は反グローバル 205　「森が死んでゆく」 206　女子会ファッション 208　若者のネット・ナルシス化 209　宮沢賢治の東北 211　男はクールビズ！ 212　なでしこ信じる心の強さ 214　経済は今や「恐竜」 215　ともに月を愛でる 217　街の本屋は絶滅危惧種 218　非常勤講師のつらさ 220　さよならＧＮＰ 221　「鉄の女」の功罪 223　平成のアンチヒーローは 224　高橋たか子と寂聴 226　「倍返し」に続編を 228　「花の億土へ」 229　文学部は国の力 231　晶子と白蓮の反戦 232　21世紀の資本論 234　文学で見える日本 236　自然を畏怖する 237　21世紀のバルザック 239　積極的平和へ　心からの謝罪を 240　文語と平和 242　日記は日本文化 243　テロにゆらぐパリ 245　コント礼賛 246　藤田嗣治の「平和の祈り」 248　バラク・オバマの言葉 250　老いて悠に遊ぶ――篠田桃紅 252

V　人物論

内田義彦

内田義彦の軽さ　257

「私」と「世界」を兼ね備える——『作品としての社会科学』　258

星の声のひと　内田義彦　260

学問のレッスン　263

学問なき芸術の退屈さ　265

内田義彦の痛切さ　269

阿久悠

美空ひばりの「舟歌」がきこえる——阿久悠頌　272

大衆を虚に遊ばせた詩——阿久悠氏を悼む　285

今村仁司

贈与と負い目の哲学　288

中沢新一

ダンディな悪徒　299

今福龍太
余韻のなかにとりのこされて――『レヴィ＝ストロース 夜と音楽』に寄せて 310

編集後記 321
初出一覧 322

都市のエクスタシー

Ⅰ　異郷プロムナード

セーヌ河沿いの古書市場ブキニスト

廃墟の贅沢

この世でいちばん贅沢な場所は修道院だと思う。一昨年の夏、中世フランスの修道院を訪れてその思いを深くした。

パリから四時間半の列車にゆられ、降り立った駅は辺鄙（へんぴ）な片田舎。そこからはもう車で行くしかない。タクシーで霧にもやる山道を登ってゆく。ようやく着いたオバジーヌは、誰ひとりいない。まさにそこは世の果てだった。

村に二軒しかない宿の一つに荷物をあずけると、はやくも暮れかかる日を惜しんで、山道を歩いた。まばらに建つ民家もひっそりと黙して、あたりを支配するのは深い静寂。

ここフランス中部のオーヴェルニュ地方にあるオバジーヌ修道院は、ココ・シャネルが孤児として少女時代を送ったといわれているところである。十二世紀に建てられた僧院は、装飾も色もない簡素なロマネスク様式で、諸世紀の星霜をくぐりぬけた黒い屋根とくすんだ石壁があるのみ。その寂とした暗さがおごそかだった。禁欲的なシトー会修道院は、ステンドグラスにも色を使わない。

華美な装飾をこらした城屋敷には決してない「無」が、そこにかたちをとってあった。

オバジーヌ修道院は廃墟ではない。いまも修道士の住まう僧院である。けれども、その古い建物は、廃墟がかもしだすあの威ある静けさを保っていた。かつてあったはずの回廊も、焼失したか、朽ち果てたか、いまは跡形もない。

その半廃墟の姿が、時の重みをひしと感じさせて、想いをはるかな過去に誘う。暗さの、なんという豪奢（ごうしゃ）。静寂の、なんという贅沢。

声もなくたちつくしているわたしのなかに、シャネルの言葉が響いた。「私にとって贅沢とは、昔から変わらず続いているものよ」「オーヴェルニュでは、すべてが本物で、大きかった」。

まさしくわたしがそこで眼にしたものはすべて「本物」だった。千年の歳月を経た修道院の荘厳さに比べれば、いかに贅を凝らしたとて、すべての新品は安っぽさをまぬがれない。建物だろうと服だろうと、新品は贅沢から遠いのである。わたしはシャネルの美意識のルーツにふれていた。

夜になると、思ってもみなかったことがおとずれた。着いたときは人影なかった宿がにわかに賑わい、教会前広場にはライトの光が。聞けば、その日は年に一度の村祭で、修道院の中庭で宗教劇が催されるという。一般人も中に入れるのである。恩寵にも似た偶然に、胸が高鳴った。

それは、オバジーヌ修道院を起こした聖人伝説の劇だった。舞台が本物の修道院だから、見る者はやすやすと中世の昔に運ばれてゆく。この世の果てで、この世ならぬ宗教劇を見る——わたしはもはや昨日までいたパリを遠く離れ、自分がどこにいるのかわからなくなって、つと夜空を見上げた。すると、そこに満月がかかっているではないか。

千年の昔からこの修道院を照らしてきた月が中天にかかり、朽ちかけた鐘楼を白銀の光で照らしていた。月の白に照らされた僧院の黒。太古の月の滴を満身に浴びて歩む白衣の道士たち。その光景はわたしを圧倒した。

廃墟ほど贅沢なものはない。たしかにその夜、わたしは生涯でいちばん豪奢な光景を見たのである。


（二〇一〇・七・五）

やさぐれタンゴ

タンゴは男のダンスなのだ。

本場ブエノスアイレスで舞台を見て、そう思った。

男と女があやうく脚をからませて踊るタンゴのセクシーな魅力はスカートからのぞく女の白い脚にあると思っていたわたしの思いこみは吹き飛んでしまった。

舞台に立つ男たちの色っぽさ。いなせに帽子をかぶり、笑顔も見せずにふてくされた顔をして、女を抱きあげる。その存在感は、女の脚のエロチシズムなどはるかにおよばぬ迫力があった。

その迫力は、ダンスのうまさでも演技力でもなく、彼らの存在そのものからきている。タンゴを踊る男たちは、アルゼンチンという国の哀しさそのものを肉体に負うている。だからバンドネオンはあの哀切な音を響かせるのだ。

かつてスペインの植民地であったアルゼンチンは、独立したのち、二十世紀初頭に農産物や原料の輸出によって南米一のバブル的な成長を遂げた。ところが、その後はぴたりと成長がとまり、長きにわたる停滞からぬけだせずにいた。いわば低成長が構造化してしまった国だといってもいい。貧しいアジア諸国が競って未開発から開発へと向かったのにたいし、アルゼンチンはもはや上昇の夢もない長期停滞に陥っていたのである。百年の低迷の国。くわえて移民の国は、西欧にたいする屈折した心情がある。

その負の哀しみが、アルゼンチンのそこここにただよっている。南米の濃い空の青さえ、どこかせつない。

タンゴを踊る男たちは、この哀しみを踊っているのだ。そもそもなぜいい歳をした男が、メロウなダンスなどをなりわいに選んだのか。彼らのステップの一つ一つ、リーゼントでかためた髪、ふてた顔の一つ一つがこう自嘲している気がする。

——どうせ俺たちゃ、夢の持てない身。ならば女を相手に、メロウな稼業がお似合いさ。

舞台の男たちは、ぐれているのである。タンゴは愚連隊、哀しい国の恨みの演歌。そのぐれ方は、習い覚えて身につくようなものでない。長い負の歴史がこのやくざな肉体を育んだのだ。

ぐれた男は女にやさしい。エリートコースなどはなから考えていないから、色の道にはめっぽう強い。といっても本気で女を奪いあったりするような野暮はしない。そんな野暮はどこかの国のエリート野郎にまかせておけ。俺たちゃ、一生、のらくら、女と遊ぶのさ。それが悪いか。

タンゴを踊る男は「やさぐれ」なのである。そこににじむ何ともいえない色気は、弱い雄の魅力だといってもいい。

わたしは男のこの弱さにひかれるたちである。強い男は征服しようとしていきりたつが、弱い男はやさしい。負った痛みを黙って耐えている男の背には悲哀の色香がにじむ。バンドネオンの哀愁は、ぐれるしかない男の哀愁なのだ。

いや、タンゴばかりではない。沖縄や奄美の島歌も同じ哀愁の系譜につらなっている。そしていま、長い低成長にあえぐ日本の男たちも同じ系譜を紡ぎだしているのではないのか。彼らが求めているのは働き口かもしれない。だがその心が求めているのは自分たちのタンゴ、哀しみを歌う「やさぐれ」のメロディーではないのだろうか。


（二〇一〇・七・一二）

アマゾン憧憬

「流れ」という言葉を拒否する河、流れに逆らって、激しく逆巻き荒ぶる河——その河を見たのは、インカの帝都クスコからマチュピチュに向かう列車の窓からだった。ウルバンバ渓谷を流れる赤い河は、どこまでも逆巻いてやまない。

水の好きなわたしは、どこの国を旅しても、その土地の水辺に惹きつけられる。パリで好きな場所は何といってもセーヌだし、南仏に行けば地中海だ。ところがわたしがウルバンバで見た河は、それまで見たどの水ともちがっていた。

水は優しい物質である。ときに「眠る水」ともいわれるように穏やかで、水のもたらす死はあらゆる死のなかでも最も優しい。死せる乙女オフェーリアがイコンにふさわしい所以(ゆえん)である。

だがウルバンバ渓谷の河は、そんな優しさの対極にある激しい水だった。なだめがたい怒りにかられたかのように、その水は時に高く、時に低く、天に向かって跳ね上がり、天に跳んだ水はすぐに地を叩いて、また跳ね上がる。断じてそれは「流れ」などではなかった。

そうして水が荒れるのは、川底の岩のせいにちがいなかった。インカは石の帝国である。川底にはそのインカの岩々が群をなして、水に挑みかかり、四方八方に水を跳ばすのである。わたしが目にしていたのは水と石の闘いなのだ。

二つの物質の激闘は延々と果てなく続いて、一瞬たりとも目が離せなかった。マチュピチュに着くまでのおよそ二時間、わたしの目はひたすら異形の闘いにひきよせられていた。力ある水のなんという苛烈さ。

ウルバンバを流れる河は、アマゾンの源流の一つである。アンデスの山から湧き出す水がこの渓谷まで来るうちに河となり、それらが集まってあの大河を満たすのだ。

赤い濁流はまさしくアマゾンを思わせた。力に満ちた赤い河。

アマゾンを思わせるのは河の色だけではない。渓谷に生い茂る植物がすでに熱帯ジャングルを思わせた。サボテンがそこここに生え、名も知らぬ大きなツル草がいたるところで高木にからみついて、逞しくツルを伸ばしている。

ああ、あの熱帯の大河を渡ってみたい――荒ぶる河を見るうちに、アマゾンへの想いがつのり、わたしは選んだ旅を後悔していた。

四年前、イグアスの滝を見たいと思って選んだ南米の旅には、二つのコースがあった。一つはアルゼンチンからイグアスに飛び、ペルーのマチュピチュに至るコース。もう一つは、イグアスとブラジルのアマゾン紀行。日数も費用もほとんど同じで、特にこれといった理由もなくペルーのコースを選んだのだった。

なぜアマゾン紀行を選ばなかったのだろう。マチュピチュの空中都市の遺跡を見てからも、ずっとその想いがわだかまって離れない。

イグアスの滝は期待どおりのすさまじい迫力だった。爆音をあげて落ちかかる力ある水に一瞬虹がかかる光景は、天啓のように今も目に焼きついている。そのイグアスから二日後、ウルバンバで見た赤い濁流は、全く予期せぬものだっただけに、イグアスに劣らぬ強烈な印象を残した。いつか、この源流に連なる赤い大河を渡りたい……。

以来、アマゾンはわたしの夢の河でありつづけている。

（二〇一〇・七・二六）

アマルフィーの月

イタリアは月の似合う国である。職業上、フランスにはよく行くが、月の印象などほとんど残っていない。ことにパリなど、夜空を仰いで月を探したりしたことは一度もない。むしろパリは月のことなど忘れさせてしまう都会である。

ところが、同じ都会でも、フィレンツェはちがう。一昨年夏、フィレンツェ郊外のフィエーゾレに建つ修道院ホテルに泊まった時は、部屋の窓を開け放って、中天にかかる月にしみじみと見入ったものだった。フィエーゾレがフィレンツェを一望する丘になっているからで、明かりの灯るフィレンツェの夜景を眼下にしながら、広い夜空に月のかかる様はまさに一幅の絵のようで、しばし時を忘れて見惚れたものだった。眺望のひらける「丘」のある地は月が似合うのである。

アマルフィーはまさにそんな丘の街だった。いや、丘というよりむしろ断崖からなるこの中世の小さな街は、絶壁に張りつくようにして石造りの家が立ち並んでいる。うねうねと迷路のように狭い坂道を上って、ふと後ろをふりかえると、眼下には、晴れわたる海の蒼(あお)が広がる。

アマルフィーには二つの修道院ホテルがあった。その一つ、「ルナ・コンヴェント」で夕食をとった。「月の修道院」というその名がいたく心に響いたからである。

断崖にそそり建つホテルは、十三世紀にアッシジの聖フランチェスコが創立した旧修道院で、僧院らしい侘びた静けさがいかにも快い。細い回廊を渡って席に着いたときには、長い夏の日がようやく暮れて、海が暗い色に変わろうとする頃だった。

そこは修道院の大回廊をレストランに改装したもので、絶壁に建つ修道院は海を見はらす景勝地でもあるのだ。修道士たちは、明るく光る朝の海、紺碧(こんぺき)の真昼の海、暗く沈む夜の海、海のすべてを日々目にしていたわけで、世を捨てたかれらも眺望という目の快楽だけは禁じなかったのだろう。

フィエーゾレの修道院ホテルもそれは同じで、大回廊は花の都を一望におさめる位置にあり、やはりそこもレストランになっていた。糸杉の木立を渡って来る涼風は、あまりの心地良さに下界を忘れるほどで、昼食をとりながら半ば眠っていたのを思い出す。みなぎる静寂に身をまかせるうち、いっさいの緊張がとけていたのだ。

フィレンツェといいアマルフィーといい、二つの修道院ホテルとも、禁欲的というにはあまりに快適な居心地で、修道院ほど贅沢な場所はないという想いを新たにしたが、それが、自然の恵みを否定せずに「太陽の賛歌」をうたった「よろこびの聖人」フランチェスコに由来するものなのかどうかはわからない。

そんな想いにふけるうち、とっぷりと日が暮れて、海も空も夜につつまれた。と、わたしの正面に三日月が銀の光を放ってきらめいていた。月のほか、光るものは一艘の船のイリュミネーションあるのみ。あとは、波音もなく凪いで横たわる夜の海と、海の姉妹のように果てなく広がる夜の空。見る間に月は中天にかかり、冴え冴えと白く輝きわたった。

何を食べたかはあまり覚えていない。「月の修道院」で銀の三日月を見れば、食べ物などどうでも良かった。きっとわたしはアマルフィーに月を見に行ったのである。

（二〇一〇・八・二）

ヴェネチアの水の衣装

探求というのは不思議なもので、何かを訪ねていると、思ってもみないところで出会いをはたすものだ。たとえば本を探していると、本のほうから秘密の目配せをして、そっと自分の在りかを教えてくれることがある。「私はここよ」と。

同じように、服に呼ばれたことがある。

春というにはまだ肌寒い三月のパリ、いつものようにサンジェルマン・デプレのプチホテルに宿をとったわたしは、そのまま通りに出て、セーヌ通りにむかう角を曲がろうとしていた。そのとき、通り向かいの小さな店のショーウインドーがぱっと眼にとびこんできた。吸い寄せられるように通りを渡った。

深いワイン色のプリーツドレスがきれいにたたまれて、ヴェネチァンガラスのネックレスが襞(ひだ)に寄りそうように飾ってある。

はっと胸をつかれたわたしは思わずドアをあけて、女性店員にたずねた。「これってイッセイなんですか?」亜麻色の髪をした美しいその女は、笑顔ひとつ見せるでなく、そっけなく答えた。「いえ、これはフォルチュニーです」「え、フォルチュニーですって……」。

フォルチュニーは知る人ぞ知る世紀末ヴェネチアのデザイナーで、パーマネント・プリーツの創始者である。光沢のある絹の刻む優雅な布襞は海の波を思わせて、見る者をはるかな想いに誘う。アドリア海から生まれた美しい水の衣装。

プルーストがこのフォルチュニーを愛して、『失われた時を求めて』のヒロインのひとりに着せている。彼女はフォルチュニーの衣装を着たまま、帰らぬ人となるのだ。

ヴェネチアの衣装が、なぜ、いま、ここパリに? わたしはひどく胸が騒いだ。

その日のわたしは、「都市と建築」と題された国際セミナーを翌日にひかえ、その報告に、まさにフォルチュニーを語ろうと思っていたのだ。準備した資料には、美しい波のドレスの図版が何枚も収められている。

何かに導かれたかのようにわたしはワイン色のプリーツドレスを買うと、来た道をひきかえしていた。

そう、あの日、わたしはフォルチュニーに呼ばれたのにちがいない。「私はここよ」と。本であれ服であれ、たずね求められている品は、不思議なセンサーでそれを知っていて、求める者に、予期せぬかたちで我が身をさしだすのである。

たまたま翌年もパリに行く用事があり、同じサンジェルマン・デプレにホテルをとった。荷物をおくとすぐにあの店に向かった。通りを渡ると、確かにその店があって、ショーウインドーもそのままだった。

けれど、店は同じでも、中はまったくちがうものに変わっていた。あの亜麻色の髪の美女の姿はもはやなく、ずっと若い娘が店番をしていた。ショーウインドーの中もまったく様変わりしていて、カジュアルな服やバッグばかりが並んでいる。一年のうちに、あの店は不在と化して、ただわたしの記憶に残像を残すのみ。

いったい、あの店は本当にそこにあったのだろうか。何かの悪戯(いたずら)で、一瞬わたしの前に立ち現れて、わたしにフォルチュニーの衣装を渡すと、消え去った幻の店ではないのか。

そこだけまぶしく輝いていたあのショーウインドーを思い出すたび、探求の不思議な糸にあやつられた思いがする。

（二〇一〇・八・九）

ダヌンツィオの愛人

フォルチュニーはその後も私の脳裏を去ろうとしなかった。きらきら輝く絹の布襞（ひだ）は、その美を語りたいという思いに駆りたてるのである。

そうだ、小説を書こう。そう思いたったのは半年後だっただろうか。フォルチュニーの似合う女をヒロインに、男がふたり。時代はまさにフォルチュニーの活躍したベルエポック。舞台はパリ。大まかな舞台設定はすぐに決まった。

あとの細部には、ありったけの文化史の知識を援用して、街路もレストランも実在のものだけを使った。そんな細部描写のなかでももっとも力をいれたのは当然ながら女の衣装である。当時のオートクチュールの客は、貴婦人と高級娼婦。迷わずヒロインを高級娼婦にした。彼女たちこそパリの綺羅（きら）を飾った社交界の華であり、その贅沢で何人の男の財産を食いつぶしたことか。それらの伝説の数々を小説に借りた。

苦労したのは、文化史に書かれてないシーンである。そう、ほかでもない夜の情事の場面だ。女はそのとき、いかにしてドレスを脱ぐのか。

　というのも、当時はまだコルセットの全盛期で、ウエストをきつく紐でしぼりあげるコルセットは自分では着られないからである。着るにも脱ぐにも小間使いの手が要るのだ。だから、ふたりきりの愛の夜、服を脱がせるのは男の一仕事である。脱がせ方の巧拙に、男の女遍歴があらわれる。女あつかいのうまい男は必ず脱がせ上手なのである。

　それが読者にわかるように、情事のシーンにずいぶん頁（ページ）を割いた。というのも、そうしてこそ、対極にあるフォルチュニーのドレスの魅力が際だつからである。フォルチュニーはコルセットをつけずに着る新しいドレスなのだ。

　折りたたむと一枚の布になるプリーツ・ドレスは、苦もなく脱げて、ベッドに放りだせる……。衣装小説からはじまった小説は、かくてしだいに情痴小説になり、夜のシーンを多々重ねて、後はラスト、愛のもつれの結末を残すのみとなった。

　さんざん考えたところで、ふと思わぬ展開がひらめいた。あのイタリア作家ダヌンツィオを使えばいい、と。ふたりの男を弄（もてあそ）んだ高級娼婦は結局パリを去ってダヌンツィオの愛人になるのだ。ラストは霧深い冬のヴェネチア……。

　こうして小説を書き終えた私は、ようやくフォルチュニーを卒業したのだった。その数年後、イタリアを訪れた。旅の目的の一つは庭園だった。フィレンツェでも滅多に行かないピッティ宮殿に足を向けたのも、庭園を見たかったからだ。宮殿を通りぬけながら、内部の展示に何となく目をやった。と、その一角で、私の足はぴたりと止まった。なんとそこに、ダヌンツィオとフォルチュニーが並んでいるではないか。

十八世紀から二十世紀まで、イタリアの衣装がならぶ服飾展の最後尾に、ダヌンツィオの愛用した黒白のチェックのスーツが飾られていた。モダンの粋をきわめたその服は稀代の伊達男を彷彿とさせた。そして、そのスーツに寄りそうように、フォルチュニーの暗紅色のガウンが飾られている。あたかも恋するふたつの衣装のように。

想像で描いた事実が、そのままの姿でそこに在る。私はもう庭園のことなど忘れたまま、声もなくそこに立ちつくしていた。

（二〇一〇・八・一六）

愛人生活

愛人で思い出したことがある。パリの愛人の話である。

あれはいつのパリ滞在だったか、もう十何年も前だと思う。友人の留学先にあわせて、めずらしく一六区のホテルに三週間ほど滞在した。ここはパリでもひときわ裕福な街区だけあって、パン屋さんでさえ受け答えに「マダム」をつける。その雰囲気にすっかり染まって、一〇日もすると有閑マダム気分が身についてしまった。ホテルのメイドさんともすっかりなじみになって、フランソワーズとファーストネームで呼ぶ仲に。

「今日は美術館でいらっしゃいまして？　それともお好きな古書めぐりに？」「ええ、そうよ、今日はとても良い本を見つけたの。絶版の本が見つかったのよ」

毎日そんな会話をかわしながら二週間ほどたった頃だった。そろそろ土産ものでも買っておこうかと、ヴィクトール・ユゴー通りの店をひやかした。この通りは一六区のブランド通りで、店構えも品ぞろえもマダム御用達の高級店が軒をならべている。その一軒のネクタイが目にとまった。紫と黄の色づかいが素晴らしい。案の定、ヴェルサーチのネクタイだった。店内ではハンサムボーイの店員が恭しく客に仕える。私は良い気分で、あれもこれもと四本のネクタイを選んだ。夫への土産なのだが、本心は自分も使いたいのである。

そうよ、あのヴェルサーチ、黒の絹ブラウスにぴったりだわ——そんなことを思いながら、上機嫌でホテルにもどった。その晩はレストランでディナーの約束だったので、友人がロビーで待っていた。「ねえ、見て、見て。ヴィクトール・ユゴー通りでネクタイ買ったのよ」。そんな会話を聞きつけて、フランソワーズが口をそえる。「あら、マダム、今日はショッピングをお楽しみで」。

そのとき自分が答えたせりふは、今になっても忘れられない。すっかりご機嫌の私は、いとも無邪気にこう言ってのけたのである。「ええ、そうなの。ネクタイがきれいなものだから、つい四本も買っちゃって。でも、ちょうどいいのよ、愛人が四人いるから、ひとりに一本ずつで」。

「おや、それは、それは」。そう答えるだろうと思って、フランソワーズの顔を見た。すると、相手はいつになく口ごもって、答えを返さない。返事に窮するというのを絵に描いたような顔だった。

「だって、ジョークに決まってるじゃん。四人の愛人なんて、いるわけないでしょ」。レストランで笑いながら言う私に、フォークの手をとめた友人は、真顔になって答えたのである。「いえいえ、あなた、ものすごいリアリティーがあったわよ。あなたのあの様子なら、誰もジョークだとは思わないわ。だからフランソワーズ、どう答えていいのか、本当に困ったのよ」。

言われてみれば、そのとおりかもしれなかった。優雅な街区のマダム気分に染まりきった私は、いつの間にか想像の世界の人となり、愛人との甘い生活に明け暮れるパリ・ライフを楽しんでいたのかもしれなかった。たしかに気分は「リアル」だったのである。

その一六区がベルエポックに高級娼婦の娼宅で鳴らした街区であることを知ったのは、その後のことだ。

知識はつねに感性の後れをとる。私の感性はみごと一六区の歴史を肌でとらえていたのである。

（二〇一〇・八・二三）

デュラスの海

夏になると、いつも思い出す本がある。訳したいと思いながら、いつのまにか秘密の書となり、心の小箱にたたみこまれた、小さな書物。
作者の名は、マルグリット・デュラス。タイトルは、『書かれた海』。

——わたしは名づけの天才よ。

みずから言うとおり、デュラスの作品タイトルは啓示のような呪力に満ちて、いちど聞くと忘れられない。『インディア・ソング』、『かくも長き不在』、『モデラート・カンタービレ』。いずれも魔の魅惑を秘めて、ひとを引きよせる。
『書かれた海』もまた、ふとパリの書店で目にして、心とらわれた本だった。表紙をひらくと、まぎれもないデュラスの声が聞こえる。

――毎日、わたしは見ていた、書かれた海を。

頁(ページ)をめくると、ノルマンディーの海が広がっている。晩年のデュラスが暮らしたトゥルーヴィルの風景写真にデュラスの言葉をそえた掌篇である。時に青く、時に暗く、さまざまに色変えて横たわる海。

けれど、その海は、ノルマンディーを超えて、どこまでも広がってやまない。書かれた海は、どこにもあって、どこにもない海、わたしたちの内を流れるあの深い海なのだ。

雨をはらんでうるむ空と海がひとつになった風景に、デュラスの言葉がこだまする。

――わたしにはもう何もわからない。

チリかしら、それとも日本。何度も夢に浮かんできて、何度も書き直された海。

それを決めるのは、あなた。

写真を見ている、あなた次第。

デュラスの海は、こうして見る者を捲きこんで、わたしたちをあらぬ彼方に運んでゆく。はるかなところから打ち寄せてきて、見知らぬ岸辺を洗う海。その海は、寄せては返し、寄せては返し、わたしたちをゆさぶりながら、いつしか意識の果てるところに運んでゆく。

そう、デュラスの海は、無意識の海なのだ。その海に呑まれて、ひとは泣き、叫び、あられもない嗚咽の声をあげる。悲嘆の時、悦楽の時、没我の時。海のうねりは、意識を呑みこんで、あらがいようのない流れに運び去る。

また頁をめくると、海のこちら側、誰もいない土地に咲く野薔薇。長い歳月にさらされた庭の跡。重い沈黙が風景を支配する。


——すべては潰え去った。残るはただ自然の無秩序、その狂気のみ。


わたしのなかで、『書かれた海』と『愛人』がひとつの流れになってうねりをあげる。メコンのあの赤い河、愛欲の河は国境を越えて嵩を増し、幾多の潮を赤く染める。赤い水は容赦なくひとを押し潰す。まさしく『愛人』とは、愛の水に溺れて捨てられた男の話ではなかったか。

愛欲の海のなんと残酷なことだろう。ひとの無意識のなんと理不尽なことだろう。その見えない海をいつもデュラスは見ていたのだ。

――海はそこにある。まさに海として、ひそやかに、完璧な姿で。「不可視の海」、「永遠の海」が。デュラス以外の誰がこの海を書けるだろう。何度も、何度も、果てしなく書かれた海。わたしはまたそっと本を閉じて、秘密の場所にたたみこむ。わたしの海の深み、なつかしい永遠の海に。

（二〇一〇・八・三〇）

印象派の娼婦たち

帰国の飛行機の二時間前、知らない土地でイベントがある——そんな場合、あなたならどちらを選ぶだろうか。乗り遅れないようにイベントをあきらめるか、冒険をあえてするか。わたしは後者を選ぶたちである。

もう十数年も前のこと、ちょうど帰国の日にパリ郊外のシャトウ市にグルヌイエール美術館というのがあるのを知った。日本の『ぴあ』にあたる情報誌に小さく載っていたのである。印象派関連というのがいたく心に響いた。セーヌに始まるリゾート論をだしていたので印象派を読みこんでいたからである。探求のつねで、何かがわたしを呼ぶ……。

飛行機は午後五時発。美術館は午後二時開館。困ったことに午後からしか見られない。近くまでバスで行って後はタクシーを使おうと、朝いちばんのバスに乗りこんだ。終点にあったドライブインで美術館のアドレスを聞くと、それはセーヌの別の島だという。わたしはバスをまちがえたのである。ひきかえそうか、それとも……。もういちど迷って、「あえて行く」方に賭けた。情報誌にあった番号に電話をかけると、タクシーで着ける距離だと丁寧に教えてくれた。そそくさと食事をすませてタクシーを呼ぶと、ドライバーにアドレスを渡して、すべてを託した。やがて田舎町のうねった小路にさしかかった頃、「ここらあたりのはずなのだが」とドライバーの声。

あたりを見まわすと、何の変哲もない家に張られた小さなポスターが眼に飛びこんできた。グルヌイエール美術館。「ここです！」。時計はすでに二時を回っている。

中に入ると、地味な服装の受付の女性が待っていたように立ちあがった。「電話の方ですね。よくいらっしゃいました。あなたにはこのナンバーのパンフをさしあげます」。渡されたナンバーは三番だった。はっと胸をつかれて女性の顔を見た。三は神の数字である。ああ、この方はシスターなのだ。無事に着けたのはこの方の祈りの賜物（たまもの）にちがいない。彼女の案内のすべてに、はるばるやって来た異邦人へのいたわりがにじんでいた。

そうしてようやくたどりついた小さな美術館でわたしが見たものは、想像をはるかに超える強烈なものだった。狭い部屋いっぱいに印象派と同時代のセーヌの風俗画がならんでいる。

圧倒的に多いのは、水辺にたむろする女たちの絵だ。扇情的な水着姿の女がいるかと思えば、これみよがしに派手なドレスで男を誘っている女もいる。フランス語でグルヌイユとはカエルのことだが、「グルヌイエール」とは水辺に寄ってくる女たち、つまりは当時の娼婦の異名なのである。

それは、「美しい水の風景」という印象派のイメージを真っ向から覆すものだった。鉄道の開通とともに近場の行楽地となったセーヌ河畔は夜もにぎわう歓楽の場だったのである。陽光に輝く幸福の水辺は、夜ともなれば一転してあやしげな男と女の盛り場になる。ルノワールの名画「舟遊びの昼食」に描かれた女たちも、舟遊びが終わる頃にはまったく別の夜の顔をしていたのかもしれない。グルヌイエールのたむろする猥雑な光景は、印象派のセーヌの裏の顔、その知られざる姿なのだ……。

いつかそれを本にするためにこそ、その日わたしはセーヌに「呼ばれた」のである。

（二〇一〇・九・六）

誰も知らない印象派

シャトウのセーヌを訪れてから早や十数年。昨夏もまたクルーズを楽しんだ。といっても今度は支流のマルヌ河で、パリの友人にマルヌ遊覧があると教えられたのである。

週日のせいか、客はすべてフランス人ばかり。シニアのカップルが思い思いにベンチにくつろいでいる。船上はもう夏気分だった。二つの水門をぬけると、しだいにパリの喧騒が遠ざかり、岸辺の緑が眼にしみる。風が吹き抜ける水の旅は、印象派の水のきらめきに身をひたすような幸福感があった。

思わぬ出来事に遭遇したのは、復路である。ランチの後の昼下がり、ぬるんだ水はけだるい遊楽気分をかもしだす。と、船が速度を落とした。何だろうと驚く間もなく、音楽が始まった。スローテンポのどこか懐かしい曲が聞こえてくる。はっとして、ろくに見もしてなかったパンフを取りだした。「マルヌ下り――ガンゲットの里へ」。

そうか、マルヌの売りものはガンゲットだったのだ。一挙に行楽気分が吹き飛んで、私のなかの

「研究者」が目を覚ます。そんな私にあわせるかのように、後ろに座っていたカップルが立ち上がって、中央に向かってゆく。ふりむくと、ベンチの間にフリースペースができていて、何組かのカップルが踊っているではないか。愉（たの）しげに腕をとりあい、曲にあわせてステップを踏んでいる。

私のなかでセーヌがタイムスリップして、十九世紀の行楽風景が脳裏をよぎってゆく。その昔、ガンゲットはパリ市門を囲むように建てられた安酒場のことだった。市門の外にあるのは入市税をまぬがれるためで、ここなら安い酒が飲めたのである。世紀の進展とともに、やがてこのガンゲットは庶民の歓楽の場となり、ダンスが流行るようになってゆく。名うてのダンスキングやクイーンが風俗史をにぎわしたものだ。たとえばゾラの『ナナ』。女優になる前、ナナは界隈のガンゲットのダンスクイーンだった。

こうしてガンゲットがダンス場になるのと軌を一にして、セーヌ河畔がガンゲット銀座になってゆく。昼は舟遊びを楽しんだ行楽客は、夜はガンゲットのダンスに羽目を外して浮かれ騒いだのだ。ということはつまり、印象派の描いたセーヌは当時流行の盛り場だったということである。あやしげな女たちがこれみよがしに着飾ってダンスに誘うマルヌ河畔……。いま船上で目にしているダンスの光景と、風俗史の一コマが私のなかでダブルになる。

そればかりではない。かつてシャトウで見た驚くべき風俗画の数々が次から次へとよみがえってくる。セーヌ、男と女の舟遊び、夜の歓楽、乱痴気ダンス、岸辺を流す娼婦たち——すべてがぴたりと符合して、語られざる真実を告げている。モネやルノワールの描いた美しい水は、濁った歓楽の水だったのだ。そんな夜のセーヌ風景を誰も知らない。ルノワールの名画「ブージヴァルのダンス」がガンゲットの絵だなどと誰が指摘したりしただろう。

「誰も知らない印象派」――船から下りたとき、タイトルが口をついてでた。まさにそれを語るためにこそ私はマルヌに「呼ばれた」のだ。

セーヌに呼ばれて十数年。幾たびかの水の旅を経た印象派論がようやく刊行の日をむかえて本当にうれしい。

（二〇一〇・九・一三）

ホテル・リッツ

パリでいちばん有名なホテルといえば、文句なしにホテル・リッツの名をあげる。だけど、悲しいかな、私の一泊した印象はすこぶる悪かった。

もともと部屋数の多い大ホテルは肌にあわない。せいぜい二〇室か三〇室の瀟洒(しょうしゃ)なプチホテルが等身大サイズで心地良い。そんな私がなぜリッツに泊まったかというと、リゾートの文化史の本を書くうち、「衛生学」という領域にゆきあたったからである。一八九八年に創業されたホテル・リッツは「清潔さ」を良きホテルの条件にした初のホテルである。当時は肺結核が大流行した時代、感染の不安が広がり、衛生学が興隆をみた。リッツは時代の申し子として、豪華さだけでなく、「清潔」をかかげたホテル革命をなしとげたのだ。

たとえばシーツ。シーツを毎日洗って消毒したのはリッツが初である。そういえばリッツを自宅代わりに愛用したシャネルが言っていたものだ。「リッツのシーツはいつもクロロホルムの匂いがする」と。クリーン&ヘルシー。それがリッツのコンセプトであり、健康的に庭で食事をとるガーデン・レストランを創始したのもリッツである——などと、リッツの歴史をかいつまんで述べたが、これらはみな本で学んだ知識にすぎない。リッツについて一節を割くなら、やはり実際に泊まってこの目で確かめるべきではないか？

学者の悲しさというか、そんな訳でリッツに一泊旅行をしたのだった。旅行といってもいつものプチホテルに「ちょっとノルマンディーに一泊してくるの」と嘘を言って、タクシーで市内を横切り、リッツの門につけただけの旅だったのだが。

そうして泊まったホテル・リッツでまずショックを受けたのは、部屋の中に並べられたリッツ・グッズである。リッツのアメニティが定価つきでずらりと並んでいる。その「リッツまんじゅう」には辟易させられた。こういう大衆化は名門ホテルには似合わない。

だが決定的だったのはバスである。クリーンをめざしたリッツは浴室設備に力を入れた。「どれどれ」と、広々とした浴室を見まわしてバスタブに湯を入れ始めたとき、そこに気味悪い黒いものがうごめいているではないか。蜘蛛（くも）である。ジョーダンじゃないわ、何がヘルシーよ！

怒った私はすぐにフロントに電話して処理をするようにと命じた。ところが、ずいぶん待たせたあげく、やってきたのはメイドさん一人。こわごわ蜘蛛を取って、「すみません」の一言だけ。支配人がわびにくるわけでもない。

いやはやとんだクリーン・ホテルだこと。日本で予約して料金を前払いしていたのが悔やまれた。

そうでなければ、室料を払わずに出るのが当然の権利だっただろう。少し前のことだから現在こんな事態はないかもしれないが。世界に冠たるリッツなのだから、クレームをつけるのがホテルのためでもある。そう思ったものの、フロントとのやりとりの面倒さに負けてそのまま「旅行」を終え、サンジェルマン・デプレのホテルに帰宅した。我が家に帰ったようにホッとした。やっぱりパリはプチホテルにかぎる。

だがそのとき私はまだ知らなかったのだ。そのプチホテルが実は某大スターの旧邸宅であったことを——紙幅がつきたので詳細は他日に。

（二〇一〇・九・二七）

名門ホテルに泊まってみれば

相性が悪いのはホテル・リッツだけではない。名門ホテルに私が泊まると、たいてい愉快な思いはしない。

その一つはニースのホテル・ネグレスコだった。十九世紀末から二十世紀初頭にかけてはパレス・ホテルの創立期で、部屋数の多い豪華ホテルの建設ラッシュだったが、ネグレスコもその代表格で、ニースのランドマークともいうべきホテルである。そこに泊まるのもリゾート論のフィールドワークのうち。そう思って高い金を払って予約をとった。

着いたのはクリスマスイヴで、十二月末だというのになお蒼い海はさすがコート・ダジュールだと感動したが、チェックインした時から不愉快が始まった。

予約した部屋は中庭に面していて海が見えないのだ。ネグレスコで海に面してない部屋では泊まらないにひとしい。一〇万円近くしたので、きっと海側だという思いこみが外れてがっかり。高い差額を払ってルーム・チェンジをした。正面に青い海の広がる角部屋がとれたが、ここでもショックはバスルームだった。何と、金ピカのバスタブだったのである。やだ、コート・ダジュールで金風呂だなんて。

同行した夫のいわく、「日本人は成金だから、こういう趣味だと思ってんだよ」。なるほど、そういうことなのね。その頃の日本はまだバブルがはじける前だったから、そうだったのだろう。他にも空き部屋はあったのに、ホテルは「善意」でこの部屋に案内したのかも。しかたなく金風呂で冷えた心を温めた。

そのニースで三日過ごしてパリに戻り、フランスの友人に会った。すると彼がすぐに聞いた。「手紙、受け取った？」「え、手紙くれたの？」。驚くわたしたちに、憤慨気味に言う。「ネグレスコって良くないね。あれからすぐだしたから、着いたはずだよ。客に手紙を渡せないホテルなんてはじめてだよ」。

まったく、大ホテルでは良い思いをしない。とどめはヴェネチアの名門ホテル、ダニエリだった。プルーストが泊まったとされるホテルの一つで、リゾート論をやる以上いつかは泊まらなければと思って宿泊したのだが、ここでも海の見えない薄暗い部屋。といっても二〇〇年近い歴史をもつこのホテルで海に面した部屋に泊まれるのは富豪か有名人のみ。塩野七生が『イタリア遺聞』で書いていたものだ。他の作家たちがダニエリを定宿にしているのを知って愕然とした彼女、「この次は、断然、ダニエリに泊まる！」と一念発起して、「海の見える旧館の部屋」を指定したと。

塩野七生にしてこうなのだから、私ごときは薄暗い部屋で当たり前なのだ。ダニエリの近くには観光名所の「嘆きの橋」がある。これから監獄（プリゾン）に行く囚人が最後の涙を流したといわれる橋である。薄暗くてプリゾンみたいな部屋に嘆きながら眠った。

パリのリッツ、ニースのネグレスコ、ヴェネチアのダニエリ――名高い名門ホテルに宿泊した経験は判で押したようにつまらない。あるとき、ロンドンの旅行社に長年勤める姪に愚痴をこぼした。すると明快な答えが返ってきた。「そりゃそうよ。そういうホテルが似合うのはホテルと同じくらい名の知れたセレブだけなのよ」。なるほど、そういうことなのだ。高い金を払ってとんだ「勉強」をしたわけである。ああ、貧乏学者は悲しい……。

（二〇一〇・一〇・四）

プチホテルの贅沢

サンジェルマン・デプレといっても、大通りから遠いサン・シュルピスの奥まったあたり、ここまで来ると行き交う人も少なくて静かになる。五分ほど歩くとそこはもうリュクサンブール公園、薔薇の季節にはオールドローズが美しい。

そんな静かな一角に、わたしの好きな修道院ホテルがひっそりと建っている。小さな門をくぐって中に入ると、フロントの脇に生けられた花の華やぎに心ときめく。ロビーの花のアレンジメントもいかにもパリ。ラグジュアリーな香気がただよう。

そのロビーをつきぬけると、小さな中庭。この中庭こそわたしのもっとも愛するスポットである。修道院の昔を偲ばせる古びた噴水から絶え間なく水が流れ落ちて、高い壁を一面のツタが覆う。夏はこの小さな中庭で朝食をとるのがいちばんの楽しみだ。

このホテルに来ると、パリに来たのかホテルに来たのかわからなくなるほど長居をして外に出なくなる。

先回の滞在の折も、パリの友人をホテルに招いて、中庭でランチをした。静かな夏の昼下がり、ホテルは客が出払って、中庭には私たち二人きり。おしゃべりをするうち、一羽の雀が噴水で水浴びを始めた。二人とも口をつぐんで可愛い仕草に見とれてしまう。「ここにいると、パリにいるのを忘れるわね」と友人。まさにそのとおりで、このホテルの贅沢さはパリにいながらパリを忘れる静寂にある。

それでいながら、一歩外に踏み出すと、古書店があり、その隣に最新流行のモードの店が軒を連ねる。うっかりバーゲンの季節にでも行こうものなら、もういけない。あれもこれもと血迷って、ついつい買いこんでしまう。本は海外発送してくれるので荷物にならないが、ファッションはしっかり荷物になる。一度では持ちきれなくて、ホテルに荷物を置きに帰ってはまた出直して、またまた靴や小物を買う始末。つい浪費をして、立地が良いのだか悪いのだか。

とにかくモードにも本屋にも近いホテル、数年のうちに定宿になってしまったが、先日、ある本を読んで驚いた。書評を依頼されて『図説　パリの街路歴史物語』という本を読んだのである。

街区ごとに通りをあげてそこにまつわる歴史を書いた本だから、当然、関心のある街区の通りから読む。サンジェルマン・デプレのホテルのある通りから読み始めた。

すると何と、こう書いてあるではないか。「一〇番地には、マルチェロ・マストロヤンニが住んでいたラベイ（大修道院長）邸が今もある」。まちがいなく、番地はホテルの番地である。そうか、あの修道院ホテルはマストロヤンニの邸宅だったのだ。静謐にして瀟洒――彼の趣味の良さに脱帽の思いがした。

それにしても何とうかつなことだろう。私がバーゲンに浮かれてよく通った近くの通りには「バルザックがとくに足繁く通った図書室」があったという。私はいったい何をしていたのだろう。もともとの専門はバルザックだというのに……。根がミーハーの半端学者の自分を思い知らされる。

けれど、それもこれもみな、最新流行と歴史が交錯して共存する魔都パリのなせる業なのだ。その歴史の襞(ひだ)にそっと隠れるように建つプチホテルはえもいわれぬ魅力を秘めている。

(二〇一〇・一〇・一八)

シェリ

公開中の映画『シェリ』を見て、ベルエポックの残響にひたっている。

原作は、この時代のパリの綺羅をかざった高級娼婦と二十歳以上も年下の若い男との恋を描いたコレットの傑作。ヒロインのレアを演じるミシェル・ファイファーが盛りを過ぎた女のせつない心の襞(ひだ)を実にうまく演じていた。恋の季節を過ぎた女が最後の恋にどういう決着をつけるのか。息詰まる心理劇にひきこまれて時を忘れるうち、迫りくる衝撃のラスト……。

その心理ドラマもさることながら、圧倒されるのは豪華な舞台装置である。レアの住む館は当時の富裕層が住んだ新興住宅街の一六区にある邸宅。十九世紀末から二十世紀初頭にかけてのベルエポックはアール・ヌーヴォーが花と咲いた時代だった。一九〇〇年万博はさながらアール・ヌーヴォー万博で、万博を機に開通した地下鉄の駅舎はエクトール・ギマールによる傑作だが、そのギマールの設計になるメザラ邸がロケに使われている。優美な曲線を描くテラスからベッドまで、アール・ヌーヴォーの美はため息ものだ。

レアの館とならんで、高級娼婦の牙城だったレストラン「マキシム」もまたアール・ヌーヴォーの名品。こうした美的世界を舞台にして花咲く恋を説明ぬきに味わえる。

そして、レアがまとうドレスの一つ一つが、当時のハイファッションそのままで、エレガントこのうえない。すらりとからだにフィットしたドレスの優雅さを大きな帽子がひきたてる。それらの衣装を、着ることと脱ぐことのプロである娼婦ならではの着こなしで見せてくれる。DVDを買って一枚一枚細部を確かめたい気にさせるドレスの数々はファッショニスタ必見だろう。

ベルエポックが「遊惰な女」の最後の時代であったことをひしと感じさせる映画である。パリに四〇人といわれた選良である彼女ら高級娼婦こそ、貴婦人とならんでオートクチュールを繁盛させたクライアントだったのだから。

最新流行はドレスばかりではない。自動車もまたベルエポックの最新流行だった。画面に登場するクラシック・カーは往時の上流階級の贅沢を偲ばせて興味がつきない。富裕階層の息子たちはこんな車を玩具にして遊んでいたのである。

こうして画面のすみずみまでベルエポックの流行でうずめつくされているが、なかでも圧巻は、レアの若き恋人シェリの母親の住む館の庭園だろう。珍かな植物に彩られた温室サロンで娼婦たちがお茶をするシーンの贅沢さに見惚れていると、その温室のガラス戸が開かれて、公園ほどもありそうな広い庭に続く。その庭に咲き乱れるのは薔薇の花々。その温室サロンと庭をつなぐガラス戸でシェリとレアは出会ったのだ。

道ならぬ恋は遊惰な舞台背景あってこそ生まれることがありありと伝わってくる。退廃と美は背中あわせ。今は亡き時代のラグジュアリーな美の形見が画面いっぱいに広がって、見る者を陶然とさせる。実に贅沢な映画である。

遊惰な恋などからはるかに遠く、恋愛難の現代日本だが、大人の女の恋の心理ドラマはさすがはコレットの作品だけあって、古さを感じさせない。先のない恋の幕引きはどんな時代でも難しい。大人の女の恋の痛みが余韻をひいて胸に残る。

（二〇一〇・一〇・二五）

二つの庭

『シェリ』の舞台になった贅沢な庭を見て、二つの庭を思いだした。

一つは、やはりベルエポックにつくられたロスチャイルド夫人の別荘（ヴィラ）の庭。ニースにほど近い海辺に建てられた夫人の館は現在も公開されていて、一昨年夏に訪れた。遠くからすぐに目につく館の薔薇色の壁がすでに夫人の優雅な趣味を感じさせるが、陶器からタペストリーにいたるまで展示された室内調度のすべてにベルエポックの贅を凝らした美意識が息づいている。

ここでもまた圧巻は広大な庭で、竹林のある日本庭園からサボテンのあるメキシコの庭まで、多種多様な世界の庭を一つに集めた庭は歩いて飽きることがない。館の正面に横たわる長方形の蓮池はフランス式整形庭園の均整美をたたえ、いちばん奥にあるイギリス式の薔薇園からはコート・ダジュールの蒼い海が見晴らせる。夫人の財力と美意識がそこここに感じられて、心地良い夢の空間に誘われる。

そのロスチャイルド夫人の別荘の庭をあとにしたわたしは、そこから遠くないもう一つの別荘地、ロックブリュンヌにむかった。もうイタリア国境に近い南に建つこの別荘地には、ココ・シャネルが晩年に建てたヴィラ「ラ・ポーザ荘」があるはずなのだ。

暑い夏の日差しの下、目当てのヴィラを探して歩きまわった。半時間は優に歩いたが、それらしい建物に行きあたらない。しだいに忍び寄る日没を気にしながら、また歩いた。あたりにはオリーブが一面に茂って、南の地を実感させた。そのオリーブの茂みでひととき休んだあと、海に向かって坂をくだったとき、忽然と入り口が現れた。表札があったわけではない。ただ、直感で、これだと思ったのだ。案にたがわず、少し右の方にある水道のメーター板に「ＰＡＵＳＡ」の文字が見えた。

そこまできてようやくわたしは事態がのみこめたのである。さっきからわたしは広大なヴィラの周囲を歩き回っていたのだ。あまりの広大さに、それが一つの別荘だとは気づかなかったのである。

高い石壁を見上げると、茂りに茂ったオリーブの樹が林をなしている。その林のなか、小さな白壁の家が見えた。シンプルな白壁に南仏のオレンジ瓦屋根。その壁にある窓の陽よけの美しいラベンダー色が目にとびこんできた。オリーブの緑と白壁のなか、色あるものといえばそのラベンダー一色あるのみ。

なんとモダンで大胆な美意識だろう。他の修飾要素の不在がラベンダーの網戸の美しさを際立たせている。シャネルとロスチャイルド夫人はほぼ同時代人である。いや、夫人はシャネルの店の顧客だったかもしれない。

それにしても、同時代の二つの庭のなんというコントラストだろう。薔薇色の壁、数々の装飾、多種多様な花々……そうしたベルエポックの贅沢にノンをつきつけて、シンプルをモードにして、贅沢革命をやってのけたのがシャネルなのだ。

ラベンダー色のほかはただ野生のオリーブだけのシャネルの庭は、ベルエポックの装飾過多を一掃した「皆殺しの天使」の美意識をそのまま表していた。

コート・ダジュールの蒼が夕闇にうすれてゆくまで、時を忘れて見ていたあの夏の日を今も忘れない。


（二〇一〇・一一・一）

密会

晩秋の某日、降りしきる雨のなか、あるひととの密会をはたした。

とはいえ、二人きりで会ったのではない。もうひとり男性がいた。男が二人、女が一人。思えばこの三という数こそ、あやういものにふれる秘数だったのだ……。

与謝野晶子の歌を思いだす。

――いはず聴かずただうなづきて別れけりその日は六日二人(ふたり)と一人(ひとり)。

晶子と鉄幹と山川登美子。かれらの愛のもつれは世に名高いが、三人が京の宿で初めて一夜を過ごした運命の日の翌朝に詠んだ歌である。

その夜が三人だったという事実の重さ。鉄幹が晶子の熱き血潮にふれたのは少なくともこの夜ではなかったはず。三はアリバイの数なのである。二の邪魔をする余計な一。それこそ無を有に変えるマジックナンバーなのだ。今にして思い知る。

はじめはごく気楽にお会いしましょうと誘っただけだった。きっかけはそのひとの上梓した小説である。理工系でありながら小説も書ける才能に敬服していたが、実は私もいつか小説に再チャレンジしたいと思っていただけに、ITの世界の不可知な闇を描いた見事な出来栄えに心地良い敗北感を味わった。勝負あったり。脱帽した私は、無性に著者に会いたくなった。何度か会合の席で言葉を交わしたことはあるが、二人で会ったことは一度もない。

そのひともよろこんで受けてくれたが、おたがい多忙な身、気がつくと早や梅雨になり、六月中にはという約束がまた流れて夏になり、いざ夏休みとなると、公用で渡米だという。ふと空いた日があっても、相手は東京、私は名古屋なので融通がきかない。この間メールのやりとりは幾度を数えたことか。

秋も深まった某日、急なメールをもらった。この三日間なら空けますから、と。私は無理をして日をあけ、落ちあう場所を決めた。東京と名古屋の間の海を見晴らすリゾート地。そこの名門ホテルが良かった記憶があるからだ。その時ふと、もうひとり、東京のNの顔が浮かんだ。会えぬ日々が続くうち、学者仲間でもやはり男と女という意識が強くなったのかもしれない。NならIT関係も文学にも強く、二人とも親しい。約束のひとも異存ないという。

いよいよその日が来た。前日の秋晴れが嘘のような激しい雨になった。叩きつける雨のなか、新幹線とタクシーを乗り継いでようやくホテルに着くと、Nが先に着いていて、いつものにこやかな笑顔を見せた。ほっと息をついた私がふりむくと、かのひとらしきメルセデスがアプローチにすべりこんで来た。

暗い嵐の海を見下ろすレストランは私たち三人きり。高い天井のレトロな洋館造りは異国めいて日常を忘れさせた。久々の三人の歓談はつきることなく、小説の書き方から、アメリカ思想とフランス思想の対比、さらには人の噂話まで、料理と同じくらい美味な時が過ぎていった。

しかし過ぎゆくその時間の間、二人は無言の内に思いを強くしていたのだ。この日のことをどちらも決して他言しないであろうことを。まぎれもなくその日は二人の密会だったのだから。なぜならそこにアリバイのもう一人、Nがいるではないか。

「いはず聴かずひたに黙して別れけりその日は嵐二人(ふたり)と一人(ひとり)」。思いもかけず私は晶子の歌のリアリティーにふれたのである。

(二〇一〇・一一・八)

愛の遊戯形式

私の好きな言葉の一つに、ドイツの哲学者ジンメルの「愛の遊戯形式」という言葉がある。長く人妻との不倫の愛に悩んだこの哲学者の恋愛論「コケットリー」は深く鋭い。著書にも何度か引用したが、実は大学のモード論の講義でも教えている。題して「誘惑論——コケットリーについて」。

コケットリーという語はいまや全くの死語だから、前ふりにジョークめかして言う。「今日の講義はいったんモードから離れます。男の騙し方を教えます」。百名余りの聴講生は圧倒的多数が女子学生。好奇心にぱっと目が輝く。二桁にも満たない少数の男子学生には、ささやくように、「よ〜く聴いてくださいね、女に騙されないように」。

ジンメルの定義は明晰そのものである。いわく、「コケットリーとはイエスとノーを同時に言うことである」。ああ、と学生がいっせいにうなずき顔になる。身に覚えがあるからだ。「承諾の回り道かもしれない拒絶」と「取消になるかもしれない承諾」——この生硬な訳文がストレートに伝わるから面白い。学生たちのリポートにみる実体験も的を射たものばかり。「ケータイを教えるけどメールがきてもすぐには返事をしません」「デートの約束を前日になってキャンセルしました」「断るつもりなのに最初はイエスと言いました」。以上は女子学生のものだが、男子学生のリポートは判で押したように「承諾を取り消されてしまった」被害報告？　である。

私はたたみかける。「みな思いあたることがあるでしょう？　イエスとノーの間をゆれる不安定な関係。ジンメルはそのコケットリーを肯定するのです。それこそ恋愛の本質だと言って」。

まさしくジンメルはこのコケットリーを「愛の遊戯形式」と呼ぶのである。以後の講義は「遊戯」をめぐって学生とのバトルになることしばしばだが、これまで私が念頭においていたのはカップルのことだった。つまり「二人」の関係だった。ところが私は、あの密会の日以来、ジンメルの言葉の深さに改めて目がひらけたのである。そう、事はカップルに限られないのだ。二人でいたいのにあえて三人にすること、それもまたイエスとノーを同時に言うコケットリーそのものではないか。

大切なのは、そこににじむ蜜の味だ。人生の晩年にある男と女が、真剣な下心はなく、それでいて男と女を十二分に意識して、心の目配せをかわしつつ甘い時を共にする……。そう思いいたると、ジンメルはこの悦楽の境地を見事に語っている。「イエスへの熱望もノーへの恐れもないところ」、そこでこそコケットリーはその本来の魅力を最高度に発揮して「現実と戯れる」のだと。そのとき男と女の関係は、カントが芸術を定義して言う「目的なき合目的性」に到達して最高の魅力を発揮する。まったく、目的なき密会ほど愉（たの）しきものはない。

このような愛の遊戯形式は、目的に敏感な若い世代には実感しにくいものだろう。人生のセカンドステージこそ遊戯の絶好の舞台なのである。高齢化社会の性といった特集がたいてい野暮ったくて艶を欠くのはこの遊びのセンスがないからではないだろうか。大人のつきあいにもっと遊戯を。密かに、優雅に、たがいを騙しあって……。

（二〇一〇・一一・一五）

1989年11月創立　1990年4月創刊

一九九五年二月二七日第三種郵便物認可　二〇一八年一一月一五日発行（毎月一回一五日発行）

月刊

2018
11
No. 320

発行所　株式会社 藤原書店©
〒一六二―〇〇四一　東京都新宿区早稲田鶴巻町五二三
電話　〇三・五二七二・〇三〇一（代）
FAX　〇三・五二七二・〇四五〇

◎本冊子表示の価格は消費税抜きの価格です。

編集兼発行人
藤原良雄
頒価 100円

『においの歴史』『浜辺の誕生』『音の風景』など問題作を刊行してきた著者の最新作！

静寂と沈黙の歴史——ルネサンスから現代まで

小倉孝誠

▲アラン・コルバン（1936-　）

『においの歴史』で悪臭と芳香の誕生を論じ、『音の風景』では、十九世紀フランスの田園地帯における生活と集団的な情動、共同体的なアイデンティティの形成に関与した教会の鐘の音を分析するなど、「感性の歴史学」を打ち立て、形のない対象の歴史を論じてきたアラン・コルバン。『静寂と沈黙の歴史』は、音の不在である「静寂」や、言葉の不在である「沈黙」についての歴史的な流れを辿った。『音の風景』の姉妹篇であり、西洋諸国で大きな評判を呼んだベストセラー、遂に完訳。　**編集部**

● 一一月号目次 ●

『においの歴史』など問題作を刊行してきた著者の最新作！
静寂と沈黙の歴史　小倉孝誠　1

山田登世子さん『都市のエクスタシー』『メディア都市パリ』同時出版！
歴史家の家を訪ねて　山田登世子　6
登世子さんの挑戦したもの　工藤庸子　8

芸能とは何か？　伝統とは何か？　能狂言最高峰の二人の対話
芸の心　野村四郎・山本東次郎　10

連載・金時鐘氏との出会い 7
金時鐘　いつも背骨をのばして　鄭 仁　12

短期集中連載・石牟礼道子さんを偲ぶ 9
石牟礼道子さんに共感したこと　宇梶静江　14

短期集中連載・金子兜太さんを偲ぶ 8
無頼という事　細谷亮太　16

〈リレー連載〉近代日本を作った100人56「後藤新平——東西文明融合のため自治の精神を貫いた実学思想家」鈴木一策 18
〈連載〉今、世界はV―7「ロシア国民はプーチンの共犯者でなくなった」木村汎 20　沖縄からの声IV―8「辺野古大浦湾は龍宮の海」海勢頭豊 21　『ル・モンド』から世界を読むII―27「頑張れチュニジア」加藤晴久 22　花満径32「媒体」中西進 23　生きているを見つめ、生きるを考える44「生き物が絶滅しない環境を」中村桂子 24　国宝『医心方』からみる20「椎の実」槇佐知子 25　10・12月刊案内／読者の声・書評日誌／イベント報告／刊行案内・書店様へ／告知・出版随想

音の風景から静寂と沈黙の歴史へ

本書は、Alain Corbin, *Histoire du silence. De la Renaissance à nos jours*, Albin Michel, 2016. の全訳である。フランス語の silence には大きく二つの意味がある。言葉を発しない、あるいは言葉を発することを禁じられているという意味での「沈黙」、そして音やざわめきがないという意味での「静寂」。実際コルバンは本書において、この二つの意味での silence を歴史的視点から論じている。

「日本の読者へ」で、本書の構想が二十年以上前に遡るとコルバンは書いている。実際彼は一九九五年に、「静寂と沈黙の歴史への招待 Invitation à une histoire du silence」と題された十ページ足らずの短い論文を発表したことがある。彼はその論文を、『文明化の過程』の著者ノルベルト・エリアスの名を喚起することから始めている。エリアスが論じた礼儀作法の普及、自己抑制の進行、さまざまな社会規範の内面化など、西洋社会において人々の習俗が洗練されていった過程を考慮するならば、静寂と沈黙の歴史が近代文化史を構成する重要な一面であることは確かだろう。続いてコルバンは、沈黙の習得と実践が上流階級と民衆を隔てる差異化の記号になること、学校、寄宿舎、修道院、そして監獄では、フーコー流に言えば沈黙が身体と精神を教化するための技法になっていたこと、田園地帯では沈黙が社会生活の絆を保つ機能を果たしていたことなどに触れている。

もっとも多くのページが割かれているのは、十九世紀の作家シャトーブリアンの『ランセの生涯』(一八四四)の分析である。シャトーブリアンはそのなかで、十七世紀の修道院と、彼自身が生きた十九世紀前半の修道院を比較しながら、音と静寂の歴史的風景を描いてみせたとコルバンは評価する。こうした一連の事例を素描しながら、彼はより体系的な静寂と沈黙の歴史が書かれなければならない、と提言していた。本書『静寂と沈黙の歴史』はそれから二十年を経て、まさにそのプログラムを具体化した著作ということになる。「静寂と沈黙の歴史への招待」で示唆されていた話題や、その名が引かれていた作家・芸術家の多くが本書であらためて取りあげられ、発展した議論の対象になっているのである。

実際、感性の歴史学を代表するコルバン以上に、静寂と沈黙の歴史を書くのにふさわしい人はいないだろう。『においの歴史』(一九八二)で、においや嗅覚という捉えがたい対象を論じ、『音の風景』（一九九四）で、十九世紀フランスの田園地帯に鳴り響いていた教会の鐘の音が、人々の生活と、集団的な情動と、共同体的なアイデンティティの形成にどのように関与するかを分析することで、音の風景をあざやかに現出させた。そして「静寂と沈黙の歴史への招待」がそれとほぼ同時期に執筆されたのは、もちろん偶然ではない。音と聴覚的感性の歴史を跡づけたのであれば、音やざわめきの不在である静寂や、言葉の不在である沈黙について歴史的な流れを辿ろうとするのは、いかにも論理的な流れだからである。本書はその意味で、『音の風景』と対をなし、その姉妹篇と言えるだろう。

▲F・クノップフ《沈黙》1890
ブリュッセル、王立美術館

どのような文献に依拠したか

最初の構想からその実現まで二十年の歳月を要した『静寂と沈黙の歴史』だが、その空白の長さは、コルバンの無頓着や多忙によって説明されるものではないだろう。

歴史学とは痕跡に依拠する学問であり、史料にもとづく知的営為であることは言うまでもない。どのようなかたちであれ痕跡も史料も残されていなければ、歴史研究は成立しえない。音や、騒音や、音楽の歴史、つまり聴覚をめぐる感性の歴史なら史料が数多く残されている。『音の風景』を執筆するためにコルバンが参照したのは、鐘が村落共同体にもたらしたさまざまな事件や訴訟をめぐる記録、行政や司法の文書、そして教会当局が保存してきた史料だった。また現代フランスの歴史家ギュトンは豊富な史料に基づいて、中世から現代にかけて社会空間と家庭において、どのような音の風景が形成されていたかを概観してみせた（Jean-Pierre Gutton, *Bruits et sons dans notre histoire*, PUF, 2000.）

他方、静寂や沈黙は、少なくとも十九世紀までそれ自体が行政の問題や司法の争点になることはなかった。音の不在である静寂や、言葉が発せられないという意味での沈黙は、その性質上、痕跡として残らないし、行政、司法、教会が所有する文書に記録されることも少ない。とりわけ沈黙は、政治的、宗教的権力によって言葉を剝奪されるところに生じることが多いから、空白として残るのみである。こうした理由から静寂と沈黙は、歴史家にとって把握するのが困難な対象だったのである。

ではコルバンは、静寂と沈黙の歴史を語るためにどのような史料に依拠したのか。哲学書や、文学作品や、宮廷人が著わした作法書や、聖職者の手になる戒律や霊的指導書である。こうして**マックス・ピカートの『沈黙の世界』（一九四八）とバシュラールがしばしば言及され、**近代の小説と詩が数多く引用され、**十六世紀イタリアの外交官カスティリオーネの『宮廷人の書』と、ロヨラやボシュエが書いた宗教書が繰りかえし引用されることになった。**とりわけ十九世紀フランス（語圏）の作家たちがしばしば登場するのが興味深い。たとえばシャトーブリアン、セナンクール、ユゴー、ラマルチーヌといったロマン主義作家、世紀末のユイスマンスや、ベルギーのローデンバックとメーテルリンクが静寂と沈黙を謳った文学者として評価される。二十世紀の作家としては、ベルナノスや『シルトの岸辺』のジュリアン・グラックが頻繁に言及されている。フランス人以外ではアメリカのソローやホイットマン、オーストリアのブロッホなどから興味深い引用がなされている。本書は静寂と沈黙をめぐる文学史としても読めるだろう。

網羅的ではないが、時代としてはルネサンス期から現代までをカバーし、取り上げられる文献のジャンル、著者の国籍も多岐にわたる。コルバンは近代ヨーロッパにおける静寂と沈黙の布置を全体的に描いてみせたのである。

現代の静寂と沈黙

かつても現在も、音と静寂にたいする接し方は社会、文化、そして個人によってけっして一様ではない。かつてレヴィ＝ストロースはアマゾン先住民の習俗を分析しつつ、神話が伝達されるためにさまざまなコードが用いられること、そして音響コードがそのひとつであることを指摘した（『構造人類学』）。音響コードは静寂と音、連続的な音と断続的な音のコントラストなどによって、社会的、宇宙論的なメッセージを伝えるのだという。静寂は多くの場合、心身をやわらげ、穏やかな快感をもたらしてくれるだろう。教会や、公園や、墓地や、森林などはいまだにいわば静けさの保存区域であり、人はそこに休息と安らぎを求め、周囲の世界から一時的に避難することができる。そこでわわれわれは、時間が停止したような印象を抱き、内省へといざなわれる。静寂をとおして、われわれは世界や風景に新たなまなざしを注ぐことができるのである。

しかし逆に、静寂や沈黙のなかでは、みずからの位置を定めることのできない人たちがいる。音響という背景があってはじめて自分の存在を確かめられる人たちにとって、静寂と沈黙こそは、存在を不安定にしかねない侵入者にほかならない。彼らにとっては、音のみなぎる空間こそが意味の宿る感覚的環境なのであり、音こそが世界の空虚や残酷さからみずからを守ってくれるものなのだ。そうなれば、静寂や沈黙は意味の可能性を剥奪された、不安と苦悩をはらんだ環境にすぎなくなるだろう。

現代フランスの社会学者ダヴィッド・ル・ブルトンの見事な書物『沈黙について』(David Le Breton, *Du silence*, Métailié, 1997.)によれば、現代という時代は絶えず音声を発することによって、空間と時間を飽和させようとしている。いまだ開発されておらず、自由な使用が許されている静寂は、それがはらむ《無益さ》を解消するために、充足と開拓の作業にさらされる。というのも、現代社会を支配する生産と流通の論理にしたがえば、静寂そのものは何の役にもたっていないからだ。それは都市のなかの空き地のようなものであり、できるかぎり生産的な用途に供してやらなければならない。静寂は欠落であり、テクノロジーがまだ利用していない、あるいはテクノロジーによる監視のまなざしを偶然逃れてきた残余なのだ。

そうなれば、静寂を利益の源に変えようとする試みが出てきても驚くには当たらないだろう。事実、今日では静けさ、静寂がことのほか価値あるものとされている。商品の宣伝・広告において、静けさが強調されるのはそのためである。家は静かな場所にあったほうがいいに決まっているし、マンションの壁や床は厚くて防音効果の大きいものが好まれる、というように。耳障りな音を防ぎ、快い聴覚環境を守ろうとするのは、いまや集団的な感性の一部をなしている。騒音を完全に遮断することのできない現代都市は、新たな静寂と沈黙のかたちを模索しているということだろう。(構成・編集部)

(おぐら・こうせい/フランス文学)

大好評の『モードの誘惑』に続く、単行本未収録論集、第二弾！

歴史家の家を訪ねて

――『都市のエクスタシー』より――

山田登世子

『においの歴史』の歴史家の家

観光客でいつも騒がしいポンピドーセンター近辺はパリでも滅多に近寄らないところだが、そこから遠くないあたりにその家はあった。

どこの通りをどう曲がったのか、もうまったく覚えがないけれど、さきほどまでの喧騒が嘘のように遠く、時が止まったかのような静寂が支配していた。どこか中世の雰囲気のただよう古いアパルトマンの何階だったか、おぼろげな記憶のなかに、時を経た樹木の緑があったような気がする。

その古いアパルトマンは今や感性の歴史家として名高いアラン・コルバンの家だった。彼の名がまだ日本に知られる以前、初の邦訳になる『においの歴史』の訳者のひとりとしてその家を訪ねたのである。

奥付を確かめるともう二〇年も前のことだ。ちょうどその頃パリに滞在していたので、不明個所を原著者にたずねに行ったのである。初めはソルボンヌ大学の研究室だった。その時のことは鮮明に記憶にある。電話でアポイントメントをとった時のうけ答えが実に無駄なく明快だったからだ。ソルボンヌの門をくぐってから研究室までの複雑な順路を、丁寧に、迷いそうなところは「ここが大事なポイントですよ」と言いながら教えてくれた。

おかげで約束の時間に研究室に着き、小一時間ほど質問しただろうか。驚いたことに、戸口には次の質問者が控えて待っていた。そのとき初めて『においの歴史』が世界的ベストセラーになっていることを実感した。なにしろその時点ですでに三三カ国語に訳されていたのである。おそらく私は三四番目の質問者だったのかもしれない。

その後わざわざ自宅に招いてくれたのはいったいなぜだったのか。もう思いだせないのだが、たしか挨拶のしるしに藍染めを持参したのでその返礼だったのではないかと思う。中庭の静謐と時の重みのある書斎の雰囲気だけが、映画の一シーンのように記憶に残っている。まぎれもなくそれは歴史家の家だった。

コルバンが掬い取った「パリ」

ひさしく忘れていたその光景を思い出したのは、コルバンの最初の本である『娼婦』の新版のために解説を依頼されたからである。ちょうど今ごろ書店にならんでいる頃かと思う。ずしりと重い訳書を

▲山田登世子（1946-2016）

十数年ぶりに再読した。膨大な資料を駆使しながら読ませる文章を書くこの歴史家の底力にあらためて感服したが、それにしても考えさせられたのは「娼婦」という主題である。

娼婦にかんする膨大な資料があるということは、とりもなおさず膨大な「事実」があるということ、つまり十九世紀パリにはあまたの娼婦がいたということだ。イギリスでもドイツでもなく、まさにフランスこそ娼婦の栄えをみた国なのである。娼婦の歴史はフランスの歴史家によってこそ書かれるべき書物だったのだ。

ことは歴史に限られない。文学をとっても美術をとっても、娼婦は近代パリに欠かせない登場人物である。印象派ももちろん例外でない。先に上梓した印象派論の副題に「娼婦の美術史」と付したのも、美しい水の風景という印象派のイメージを覆す「事実」を語るためだった。

コルバンの『娼婦』のような大著あってこそ、そういう冒険も可能なのだ——そう思うと、遠い記憶のなかにたたみこまれたあの歴史家の家が今さらのように懐かしい。

（本書より／初出二〇一〇年十一月）
（やまだ・とよこ／フランス文学）

虚実を超えた情報の「新しさ」が席巻する先端都市パリの実相を描いた名著

登世子さんの挑戦したもの

――『メディア都市パリ』への「きまじめな解説」より――

工藤庸子

山田登世子氏が生前編集部に〈新版〉として託されたものに、友人でありよきライバルでもあった工藤庸子さんによる愛情と誠意溢れる解説を得た決定版！　編集部

戯れのエクリチュール

小説ではないけれど、本書には金髪のミューズ、麗しきヒロインがいる。そのひとはナポレオンが戴冠し近代市民社会が幕を開けた一八〇四年の生まれ。おりしもスタール夫人が前年に刊行した『デルフィーヌ』が女性の自由を謳いあげ、強権的な皇帝に睨まれながら、大当たりをとっていたころであり、そのヒロインの名を授けられた。新デルフィーヌは、スタール夫人を見倣うかのようにサロンの花形となり、新聞王ジラルダンの妻としてセレブの足場を固め、やがて書くひとになる。

スタール夫人は信奉する思想のために絶えず政治的な迫害に曝された。ジョルジュ・サンドは男性作家のふりをして社会性をもつ本格小説を書いた。「ブルーストッキング」たちはジャーナリズムという新領域で女性の権利を声高に要求した。それぞれに主義主張をもつ個性的な女たち。

これに対してデルフィーヌ・ド・ジラルダンは、何かを書きたいという欲求とも、ペンをにぎる女にありがちな闘争心とも無縁だった。彼女は〈退屈〉を紛らせるためと称し、シャルル・ド・ローネー子爵を名乗って、新聞の連載コラム『パリ便り』を書いた。

この〈戯れのエクリチュール〉こそ決定的に新しい――密かにそう確信して、山田登世子は十九世紀のデルフィーヌを造形したにちがいない。

〈新しさ〉とは何か

一般的な了解によるなら〈古さ〉は伝統と権威を保証し、〈新しさ〉は改革と刷新を暗示するだろう。いわゆる「新旧論争」はルネサンス以来、ヨーロッパの「文明」という概念の支柱ともなってきた。しかしながらデルフィーヌの体現す

る〈新しさ〉は〈古さ〉への抵抗として成立するのではないらしい。

トピックス、アクチュアリテ、ニュース、情報、流行、エフェメラ、ファディッシュ、モード、ファッション。本書のキーワードを列挙してみれば明らかなように、目を凝らして捉えるべき共通の価値は〈新しさ〉そのものであり、いわば自己目的化したコンセプトのようにも思われる。記述される事物や現象は儚くうつろうエフェメラの断片であることが大前提だった。

▲デルフィーヌ・ド・ジラルダン（1804-55）

「真」と「偽」のゆくえ

でも、報道の客観性は？　情報の信憑性は？　そんなものを「流行通信」に求めるなどは野暮の骨頂。いちいち事の真偽を追求していたら、次の締め切りに間に合わない――といった具合に『パリ便り』の書き手に寄り添うディスクールは、ますます軽やかに冴えわたる。エンターテインメントとしての時評は〈事実〉や〈真実〉と切り結ぶことのない言葉を好むものらしく、そこでは「真偽のほどは問題ではない」と自信ありげに著者は言う。著者がヒロインを見倣って華やかに軽薄さをまとったかのようなテクストである。

しかしそこに「真偽のほど」つまり〈嘘〉と〈本当〉という設問が導入されたとき、一気に批評的な展望は広がることだろう。

（構成・編集部。全文は本書所収）

（くどう・ようこ／フランス文学）

芸能とは何か？　伝統とは何か？　能狂言最高峰の二人の対話

芸の心——能狂言　終わりなき道

観世流シテ方　野村四郎
大倉流狂言方　山本東次郎

日本を代表する古典芸能であり、世界最古の演劇と言われる能狂言。現代に於ける第一人者のお二人が、修行時代、芸の現在、そして未来に向けての思いを縦横に語りあった『芸の心』を今月刊行する。編集部

能狂言の世界の課題

山本　父（三世山本東次郎）が常々言っていたのは、それぞれの家が良い畑を持っている。そこに良い種が落ちるとしっかりと実りを生むものが育つのです。それが今は土壌が痩せてきているから、良い種が落ちても育たない。たとえば「脇能の位」というような、信仰心を持って演じる心身の姿勢をじっくり醸成するような稽古の土壌が痩せてしまっている。親世代が若い人たちに、ともかくやってくれればいいみたいになってくると、ますます困ったことになりますね。

いったん切れてしまったものを、また作り直すということはできないです。本来の土の力を取り戻すのは、ほとんど不可能に近いでしょう。舞台が〝結界〟であるなんていう言い方も、これも死語に近いでしょうけれど、私らの子どもの頃、名人上手と言われる人たちでも、舞台に出るとき、震えていましたものね。ところが今の若い人たちは畏れを知らないから、舞台は自分の自由になる空間だって思ってる人がたくさんいるでしょう。自己主張だけですよね。厳しく教えられて、ああでもないこうでもないと培って、探り当てたものを伝承しているはずなんですけどね。

野村　本当にこの数十年の能界を見ているだけで、お囃子方にしても、シテ方にしても昔のいわゆる名人と上手といわれるような芸が無くなっています。

お囃子にしても、若いうちは流儀の決まり、教えを厳しく守るので、主張だけが際立つことになるのかもしれませんが、掛け声にしても、楽器の音にしても騒がしいだけでは駄目で、練れたものにならなければと思います。

囃子というものは謡を囃しシテの演技を支える大事なものです。その意味でも、

私は交響するものでなければと思っています。自己主張ではなく、シテの謡や演技、地謡などと互いに響き合い、能の世界を創っていくものだと思います。それがともすれば一方通行になってしまう。これだと能の世界は豊かになりません。
　だからそういうことに若い人たちが気がついてくれるようなことを話し、伝えたいと思いますね。自分の課題に気づいてほしいと思います。

▲野村四郎（右／1936-）
山本東次郎（左／1937-）

永遠の未完成

山本　能・狂言の芸というのは、やはり死ぬまで何か追い求めていくようなものじゃないといけないと思うんです。

野村　永遠に未完成なんだとかね。そういう自分の信念をもって完成を求めて勉強するとかね。古典というとただ古くて完成されたというイメージになる。私は伝統という言葉が大好きです。

山本　『源氏物語』とか『万葉集』とか、そういうものは古典としてもう動かないんですから。我々の方はそうですよね。伝統ですよね。

野村　伝統というのは要するに過去、現在、未来です。この全部が集まって、過去も現在も未来も集まって伝統になる。これが伝統の定義だ。これは東次郎さんも賛成してくれると思いますよ。これは、絶対自信持って言いたい。

山本　書物と違って、生きてるんですよね。

野村　そう、生きてるということなんですよ。東次郎さんも私もそれぞれに伝統という荷物を背負って生きている。とりわけ東次郎さんは代々の狂言の大きなものを背負って、未来へ向かっています。前のものを背負いながら現代を生きて、次の世代にも受け渡していこうと。伝統というものは今を生きるということですからね。

（本書より。構成・編集部）

＊**のむら・しろう**　一九三六年生。和泉流狂言方六世野村万蔵四男。15歳で観世元正に師事、能の道に進む。重要無形文化財各個認定（人間国宝）。
＊**やまもと・とうじろう**　一九三七年生。大蔵流狂言方三世山本東次郎長男。父に師事。重要無形文化財各個認定（人間国宝）。日本芸術院会員。

連載　金時鐘氏との出会い　7

金時鐘兄　いつも背骨をのばして

鄭仁

包みこむような握手

金時鐘の『原野の詩』に付された野口豊子の年譜によれば、わたしが初めて金時鐘と会ったのは一九五三年一二月とある。わたしは二二歳で金時鐘は二五歳だった。三歳年上の兄に会ったみたいなものだった。その折の情景は、今も記憶に鮮やかだ。民族学校の教室で、バケツに廃材をくべ、焚き火をしていた。焚き火のほのあかりのなか、暖をとりながら若い人らが集まっていた。そこで初対面の握手を交わしたのだが、金時鐘の包み込むような握手には人を引き寄せてやまない不思議な熱量がある。そうして金時鐘が主導する『ヂンダレ』に参加することになったのだった（『ヂンダレ』七号、一九五四年四月）。以来今日に至るまで付かず離れず、友情を紡いできた。

金時鐘は一九五五年一二月、処女詩集『地平線』を上梓した。病床で編んだものだったが、「自序」は次のように始まる。

自分だけの　朝を／おまえは　欲してはならない。　（以下略）

初志を生きた、意志の集大成『金時鐘コレクション』全一二巻が藤原書店から刊行の運びとなり、この一月から配本が始まっている。配本を手にし、とても他人事とは思えず、こころの昂ぶりに身を任せたものだった。

金時鐘との出会いは、出会うべくしてであったといえなくもないが、わたしにとっては僥倖以上のものである。何せわたしの人脈の大方は金時鐘を通じてのものであり、ここに事細かに記すことはできないが、有形無形の恩恵を受けてきた。それはひとえに一九五〇年代末頃から一九六〇年代にかけて金時鐘がもっとも辛かった時期（優秀な組織活動家だった彼がその組織から痛烈な批判を受けていた）、梁石日と共に濃密な時間を共有した『ヂンダレ』残党への優しさの差出しである。旧聞に属するが日本の友人がわたしの何気ない言葉に気分を害し席を立ったことがあった。そのことを伝え聞いた金時鐘は日本の友人に話をつけ、わたしは日本の友人から謝罪を受けたのだった。金時鐘は友情に厚い。それだけでなく、そもそも人間関係に厚い。

「在日から分断を克服する」

今年は長く冷戦に閉ざされていた朝鮮半島にも平和定着が見え始めた歴史的な年である。四月二十七日、文在寅韓国大統領と金正恩朝鮮民主主義人民共和国国務委員長との南北首脳会談があり、朝鮮半島の平和と繁栄、統一のための「板門店宣言」を発した。戦争終結にも言及。両首脳が休戦境界線を跨ぎあう映像にはぐっとくるものがあった。そして、「在日を生きる」。南北朝鮮を同視野におさめることのできる在日は、偶然なものとしないで、意識的に生きる。よく聞かされた金時鐘の言葉を思い起こしていた。

六月十二日にはシンガポールにて金正恩委員長とトランプ大統領との初めての朝・米首脳会談があり、朝鮮半島の非核化と金正恩体制保障、そして「板門店宣言」の追認など包括的合意の共同声明に署名し発表された。戦争は遠のいた。慶賀すべきことだ。

金時鐘は終始一貫、核問題解決には当事者の話し合いしかあり得ず、六十年以上に亘る休戦協定を平和協定に変えるべき、と主張してきた。金時鐘は常に時代と対峙し、深く社会に参与してきた。金時鐘は傍観を嫌う。ゆえにというべきか、金時鐘の言葉は社会的であり、身体的である。

今年はまた金時鐘の在日を余儀なくさせた四・三事件七十周年だ。済州四・三平和公園にて、「第七〇周年四・三犠牲者追悼式」式典が文在寅大統領参席のもと、一万五〇〇〇人ほどの人々が参加して執り行われた。金時鐘も詩朗読を予定されていたが、病を得て出席できなかった。

二〇一八年初頭に刊行が始まった「金時鐘コレクション」一二巻は奇しくも、朝鮮半島平和定着への歴史時間に立ち会うこととなった。それは常に背骨（はいこつ）をのばし、詩と行為を等価なものとする全身詩人金時鐘の分断克服への強い思いの表れではあるまいか。

（チョン・イン／詩人）

（第七巻月報より）

石牟礼道子さんに共感したこと

詩人・古布絵作家　宇梶静江

石牟礼道子さんの映画と著書から

手渡された一枚のパンフレットを携えて、二〇一七年十月十八日に行われた石牟礼道子さんの映画と朗読が行われる会場へ赴きました。石牟礼道子さんのお名前だけは知っていました。映像を通して彼女と出逢い、あらためて彼女が歩んでこられた大変な道のりを知りました。

その後、石牟礼道子さんの著書を通して、水俣病の実態を知ることになりました。チッソと国家は、状況を把握していながら国民に知らせず、猛毒の有機水銀を垂れ流し続けていた。有機水銀が海を汚染し、魚類や海草を汚染し、その魚を食べた人々、猫や鳥などが狂い死に、あるいは世にも恐ろしい病気をもたらす。他人事ではないと石牟礼道子さんは察知されたと思います。

世の中の、犠牲をともなうような発展は進歩とはいえないのではないか。石牟礼道子さんは、そう言っているのだと理解しつつ、彼女の言葉をたどっています。

総ての生命を育む母なる海へ、平気で猛毒を流す会社の罪深さは許されるものではありません。石牟礼さんは自らチッソに対峙し、水俣病の患者たちの苦しみ悲しみと彼女自身が一体となって慰め癒し、寄り添い続けながらも、昔からの共同体が崩れていくさまを感じ取り、人々の人情が薄れていくのを嘆くのでした。詩を詠み、小説を書き、能を創作する、ロマンを秘めた文化人である彼女が、無慈悲に罪のない人を苦しめてさらに懺悔もしないというチッソや国の理不尽を許さず、仲間とともにデモに参加し訴えるそのエネルギーに対して私は感心するのです。

森羅万象に感謝

私自身は北海道出身で、アイヌ民族の末裔です。私たちアイヌは、かつて明治政府が下した悪法によって土地を奪われ、迫害され、差別、格差によって今も苦しみ続けています。

私たちアイヌは、すべてを育む水の神を崇め、あらゆる感謝の始めに、「ワッカウシカムイ（水の神様）」と呼びかけます。「水を司る神様よ有難う／大地を温めてくださりあらゆる植物を生み育てて下さる太陽神よ／アベフチカムイ(火の神様)よ／あらゆる物に酸素を下さるレラカムイ(風の神様)よ／モシリコルカムイ(大地の神様)よ」とすべての森羅万象に宿る神に対して感謝し祈ります。この祈るという行為はいつもアイヌの心に備わっています。

私たちアイヌは、国籍は日本人ですが、独自の文化を持っていることは間違いありません。アイヌに対し和人といわれる日本人の概念や文化と全てが違っているわけではないにしても、命を育む水を汚したり、自然を傷めたりする行為は、神を冒瀆する、と強く戒める習わしをアイヌは持っています。多くの和人・日本人も人間として大切なモラルはお持ちのはずですが、進歩・発展・発明・前進という、言葉の上では非常にすばらしいうたい文句の傍ら、人々に被害を与えることの多さは何というべきでありましょう。

▲宇梶静江氏
(2018年8月20日)

石牟礼道子さんも自然を愛し、自然のすばらしさをたたえられています。私たちアイヌもまた、自然が全て神様で父母であると感謝しています。ながい冬が終わり、まだ雪がまばらに残っているなかに、いち早く蕗(ふき)の薹(とう)や行者ネギ花、福寿草が顔を出すこと、冬から初春に吹く風がなが患いしている者の死の予感をもたらすこと、文化は違えども石牟礼道子さまがおっしゃる人情の機微なども、アイヌ民族とも共通し共感することが多いと感じます。

石牟礼さんは水俣病という恐ろしい病をもたらした有機水銀だけでなく、毒物の蔓延を危惧され、この先々人々の健康を害するであろう食品添加物の数々を憂い予告されています。彼女自身が、難病に苦しんでおられたことも、あの映像を通して知りました。石牟礼さんが著書の中でおっしゃっているように、人類が体験したことのない毒、あらゆる毒物について調べてほしい。そして自然の海や山や野に咲く花々によって人はいかに癒されているかをあらためて考えてほしい。

石牟礼さんは、今年の二月一〇日、今なお苦しまれている水俣病患者さん方に対する深い思い、愛を持ちながら旅立たれたとうかがいました。ご冥福をお祈りいたします。有難うございます。

（うかじ・しずえ）

短期集中連載　金子兜太さんを偲ぶ　8

無頼という事

細谷亮太（喨々）

高校三年生での出会い

昭和四十年一〇月のある日、県立山形東高校三年生の私は近くの本屋で一冊のカッパ・ブックスを買った。『今日の俳句――古池の「わび」よりダムの「感動」へ』。それが金子兜太という名の俳人との最初の出会いだった。

裏表紙に著者の写真がある。四十六歳の兜太さんがワイシャツにネクタイ姿でお日様の方に顔をあげ眩しそうに柔和な表情で写っている。

俳人、「寒雷」主宰の肩書きで加藤楸邨が「著者・金子兜太のこと」という一文を寄せている。当時、楸邨の

雉子の眼のかうかうとして売られけり

は私の好きな俳句のひとつだった。

「現代の俳句は台風の季節を迎えている。古い流れと新しい流れの反発と交流。その新しい流れを呼びさました起爆力が金子兜太である。

俳句は伝統を負う芸であることはいうまでもない。伝統が正しい歴史的意志を見失うと因襲に堕する。兜太はこの歴史的な意志を、現代の不安と渾沌の真っ只中で探り出そうともがいているのである。単なる伝統否定者でないゆえんは、じつにここにある。――中略――

あわせてこの本で、兜太という人間のおもしろさを知ってほしい。近代的知性と秩父人的野性の見事な融合。細心なるがゆえの放胆。真剣なるがゆえの傲岸。孤独なるがゆえの親和力。」

と楸邨は書いている。名文である。

この本は「まえがき」のあとに第一章の「新しい美の開花――今日の俳句を鑑賞する」が始まる。一句目に鈴木六林男の

暗闇の眼玉濡さず泳ぐなり

そして二句目に兜太さんの

果樹園がシャツ一枚の俺の孤島

が取りあげられている。「濡さず泳ぐなり」の潔癖さと「俺の孤島」のしーんとしみるような孤独感こそが生きるための

バネとなるという論理の展開は受験生にとってきわめて刺激的だった。

「獣は餌食（えじき）をとるために全力をかけ、餌食となるものは身を守ることに全力をかけている。これは本能的なものだが、人間の場合は、もっと複雑である。人びとの関係のなかで、自分を生かしてゆくための本能以上の努力がなければ、生きてゆくことにはならない。その努力をささえるもの、それを私は〈意思〉と呼んでいる。」にも痺れた。

しかし、そろそろ医学部の受験に本腰を入れなければならなかった私は一八頁までで、この本を読むのを止めた。

2018年9月25日、「兜太を語り TOTAと生きる」にて

石川桂郎と兜太さん

そして大学生になり自己表現の手段を俳句に求め、芥川龍之介、久保田万太郎など江戸ッ子（東京ッ子）風に憧れ、石川桂郎に師事することになる。しかし仲間もなく仙台の下宿から俳誌『風土』に投句を続けていた当時の私には、昭和三十六年に現代俳句協会から有季定型派の俳人達が俳人協会を設立して離れる紛争の真っ只中に桂郎さんと兜太さんが居たことなど全く与り知らぬことだった。

桂郎先生は昭和五十年に私が研修医として働いていた聖路加国際病院で亡くなった。生前、「前衛の中で兜太の作品だけが分かり、必ず毎号『海程』を熟読している。」と書いている。

その後、十年ほど前に黒田杏子さんを介して兜太さんにお目にかかり親しくお話をさせていただけるようになった。初対面の時に、

「細谷さんには無頼なところがある。医者が無頼さを感じさせるのは良い。」

と言われた。

私が桂郎の弟子と知ったからか、はたまた兜太さんのお父上、伊昔紅先生の昔を思ったのだろうか。

本棚に有ったボロボロの『今日の俳句』を通読した。加藤楸邨の兜太評「近代的知性と秩父人的野性のみごとな融合。（以下前述）」の的確さに改めて驚いた。

（ほそや・りょうた／小児科医・俳人）

リレー連載 近代日本を作った100人 56

後藤新平——東西文明融合のため自治の精神を貫いた実学思想家

鈴木一策

元老らに独自の『日本新王道論』を送付

一九〇五（明治三十八）年正月、四十七歳の新平は、伊藤博文ら元老全員に書き上げたばかりの小論『日本新王道論』を送付する。日露戦後に予想される、困窮する民をいかに養うか。欧州に社会主義が勢力を拡大し、民の困窮に乗じて国内にも波及しているが、恐れて弾圧するのでは破壊的社会主義の下地を作るようなもの。だから建設的な社会主義の政策実施が急務である。日本に昔からあった、為政者が「へりくだって」民の情に接すれば、民と天皇とのお互いの信頼関係ができ、民こそ国家の大本だとする「民(たみ)是国本(これくにもと)主義」が実現され、鎌倉時代の元寇で発揮されたような大統一も可能になるだろう。

為政者の任務は、天皇を補佐し、民を養う、日本固有の仁徳重視の社会主義を王道として実現することである。

この新王道論は、愛読書『集義和書』の著者、江戸前期の実学思想家・熊沢蕃山と、幕末の実学思想家・横井小楠との王道論を継承し、十九世紀末のドイツ留学と植民地の台湾経営に裏づけられた画期的なものであるが、今日まで公けにされてこなかった。

伊藤博文と新平との思想的交流

帝国憲法制定前、伊藤博文や山県有朋らはウィーンの「シュタイン詣(もうで)」をした。当時の憲法学の権威シュタインは、労働者階級の窮乏を予防する社会主義政策を実行する行政の確立を力説していた。

新平はシュタインを原語で熟読し、一八九五（明治二十八）年、伊藤博文と出会う。その直後、新平は伊藤に矢継ぎ早やに建白書を提示する。日清戦争の賠償金を天皇から下賜されるように議員を説得し、賠償金を、民の窮乏を予防する社会主義政策に充てるべし。格安の大病院・窮民寄宿所・孤児院・夜学などを整備することこそ、日本的社会主義の王道であると主張した。

『日本新王道論』を送付前に、新平は伊藤と思想的交流を果たしていたのである。

一九〇七（明四十）年、帝国主義化した米国に対峙し、欧州列強の大清帝国への介入を弱めるため、ロシアとの協調外交について、新平は、伊藤と三日三晩厳島で激論したと言う。王道論は外交にも向けられた。その二年後伊藤は、ロシアに向かう途、暗殺されるのだが、伊藤に託された外交の使命が「東西文化の融合」（『正伝・後藤新平』4、「厳島夜話」五〇五頁）にあったことは示唆深い。

「東西文化融合」を目指す自治の精神

伊藤博文の遺志を受け継いだ新平は、一九二三（大正十二）年前後、欧州戦争に参戦した米国の帝国主義化を批判した歴史家ビーアドと、労農ロシアの極東全権大使ヨッフェとを招いて交流させる豪胆な私的外交によって、東西文化融合の王道を内外に示す。

一九二六（大正十五）年、普通選挙に備え全国展開された「政治の倫理化」運動は、かの王道論の公表だった。小冊子『国難来（こくなんきたる）』は、ロシア革命を欧州戦争の「最大の成果」とし、冷静な対応を訴える。欧米のデモクラシーや社会主義に浮かれる潮流も、ロシア革命を恐れて排外主義に居直る潮流も、王道を見失っていると警告。百万部を突破した小冊子『政治の倫理化』に掲載の自治三訣こそ、日本王道文化の端的な表現だ。

天地をねじ伏せて恥じない欧米の奢れる個人主義文明に、天地の神気・霊気を畏敬し、感応する寛容で質素な「へりくだる」文化の復興を自治の精神とし、この文化を世界に発信しようとした。

新平の宣言「現代日本の天職は東西文明の融合にあり」（「日独学術接近論」大正二年）は、自治の精神が王道を踏みしめるものであることを世界に告げていた。

（すずき・いっさく／哲学・宗教思想研究家）

▲後藤新平（1857-1929）
水沢（現岩手県奥州市）の武家の生まれ。1880年（明治13）愛知病院長兼愛知医学校長。板垣退助の岐阜遭難事件に駆けつける。83年内務省衛生局。90年春ドイツ留学、帰国後衛生局長。相馬事件に連座し衛生局を辞す。98年台湾総督府民政長官、台湾近代化に努める。1906年初代満鉄総裁、満鉄経営の基礎を築く。08年夏より逓相、その後鉄道院総裁・拓殖局副総裁を兼ねた。20年東京市長となり、市政の刷新、市民による自治の推進、「八億円計画」を提唱。関東大震災直後の内相兼帝都復興院総裁、大規模な復興計画を立案。政界引退後は、東京放送局（現NHK）初代総裁、少年団総長を歴任、「政治の倫理化」を訴え、全国を遊説。

連載　今、世界は（第Ⅴ期）7

ロシア国民はプーチンの共犯者でなくなった

木村汎

外交は、内政の延長――。この命題には、一抹の真理がある。まず何よりも、内政も外交も同一の為政者が行う。ならば、指導者は内政の状況次第で、対外活動の匙加減を変えるだろう。ロシアのプーチン大統領は典型例である。

彼は、国内の専政や経済的困窮から国民の目を逸らす狙いで、これまで対外的に派手なデモンストレーションを続けて来た。ソチ冬季五輪、サッカーW杯の主催など。とりわけ愛用したのが、「勝利をもたらす小さな戦争」だった。プーチン大統領の戦略は見事に効を奏し、クリミアの併合は彼の人気を八四％、シリアへの空爆は八九・九％へと上昇させた。ロシア軍の連戦連勝の報道を垂れ流す国営テレビに見入って、国民は空っぽの冷蔵庫をよそに拍手喝采した。ロシア国民はプーチノクラシー（プーチン統治）の共犯者だった。

プーチン式マジックは、しかしながら永続きしない。このことを実証しはじめたのが、今年九月だった。プーチン大統領は、同月十一～十三日に習近平国家主席、安倍晋三首相らアジアの指導者たちをウラジオストクに招いて、「東方経済フォーラム」を主宰した。十一～十七日には、中国、モンゴル軍を招いて、大軍事演習「ボストーク（東方）二〇一八」を実施した。ともに、ロシア、とりわけプーチン氏の力を対外的に誇示する狙いの華々しい打上げ花火だった。

ところが、である。同月十六日実施の地方知事選では、政権与党「統一ロシア」の少なくない数の現職候補たちが敗れたり、選挙違反を問われたりする異例の事態が続出した。背後には、プーチン政権が提案した年金法改正案が国民の猛反発を招き、大統領自身の支持率が急落した事情が存在する。これらの動きをもってプーチノクラシー凋落の始まりと見るのは、確かに時期尚早だろう。だが、少なくとも同大統領の神通力に翳りが生じ、ロシア国民が彼の共犯者たることを止めた兆候と解釈できるかもしれない。

（きむら・ひろし／北海道大学名誉教授）

■〈連載〉沖縄からの声［第Ⅳ期］8

辺野古大浦湾は龍宮の海

ミュージシャン　海勢頭（うみせど）豊（ゆたか）

南西諸島に誕生した琉球王国は、諸外国からグレートリュウチュウ、すなわち、大琉球と称された平和国家であった。龍宮神ジュゴンを国の守護神にして平和外交を行い、中国、朝鮮、日本、東南アジア諸国を結ぶ要となって、大交易時代を築き、繁栄した大琉球王国。しかし、小さな島嶼国にすぎない、およそ無防備な国が、何ゆえ五百年にわたって戦争をしないで平和を維持できたのか、答えは、大琉球の「大」の字にあった。

本来、「大」は「ダイ」ではなく、ウチナーでは「ウフ」「ウプ」と読み、ヤマトでは「オフ」「オオ」と読んだ字だ。

この「大」の字には、どういう意味があるのか。それは、水面から頭を出している人であり、すなわち、ジュゴンを表わしている。また、龍宮神信仰を表わした字でもある。

もし、その考えが当っているとするなら、南西諸島に溢れる「大」の謎が、一挙に解けることになる。例えば、大琉球はウフリュウチュウで、ジュゴンに護られた国を表わし、大交易はウフアチネー＝大商いと言って、ジュゴンに加護された交易を表わしている。また、大人のことをウフッチュと呼び、ジュゴンのように平和で大人しい、信仰の厚い人をさす。

では、今の日本に大人はいるか、というと、沖縄にはいるが、本土には殆ど大人はいないことになる。ジュゴンの藻場とサンゴを守ろうと、辺野古新基地建設に反対する沖縄県民が多いということは、それだけ、沖縄には大人がいるということである。しかし、かつては日本でもジュゴンを守護神としていた時代があった。その歴史を忘れ、辺野古大浦湾を埋め立てようとする政府の行為は、もはや、大人ではない。

大浦湾はウフラ湾と呼ばれる龍宮の海。二〇一五年までそこにいた若いジュゴンが、今行方不明で姿が見えない。巨大軍事基地が造られようとしている辺野古地先には、ウフマタ遺跡があり、そこは宗教上の聖地だった。また、辺野古漁港の突堤の先には龍宮神の祠があって、鳥居が立つ。大災害が起こらぬよう祈るしかない。

この夏、日本列島に次々襲来した台風の姿が、ジュゴンに見えた。とても偶然とは思えないのである。

Le Monde

■連載・『ル・モンド』から世界を読む［第Ⅱ期］27

頑張れ　チュニジア

加藤晴久

少し前のことになるが、チュニジアのベジ・カイド・エセブシ大統領は、八月一三日（チュニジア女性の日）、遺産相続分を男女平等にする法律を採択するよう国会（国民代表会議）に求めた。これまではコーランの教条にもとづき、同一親等で女性は男性の半分と決められていたのだから、いかに「革命的」な指示であるか容易に理解できるだろう。そればかりではない。大統領は、二〇一七年に設置した「個人の諸自由と平等に関する委員会」(Colibe)が今年六月に提出した報告書にのっとって、死刑の廃止、同性愛者差別の禁止、親権の父母による共有、公的な場でラマダンに従わない権利、瀆神罪の廃止などをも決議するよう求めたのである。八月一六日付『ル・モンド』の社説のタイトルが「チュニジア、アラブ世界に希望の曙光」だったのも肯ける。

エセブシ大統領は九一歳の超高齢者！チュニジアが独立したのは一九五六年。ブルギバ大統領（一九〇三生—二〇〇〇没）のもとで、一九六三年に国家安全局長に就いて以来、内務相、国防相、外務相を歴任。ベン・アリ大統領（在位一九八七—二〇一一）の下でも国会議長。二〇一一年の「アラブの春」革命後は首相。常に権力の中枢にいた。二〇一二年に「ニダー・トゥネス」（チュニジアの呼びかけ）党を立ち上げ、二〇一四年、大統領選挙に勝利した。二〇一六年、イスラム穏健派政党のエンナハダとの連立内閣の首相として、四三歳の若手テクノクラート（実務者）のユーセフ・シェーヘドを抜擢して、今日にいたっている。

百戦錬磨の老政治家は、「国父」ブルギバ並の大胆な近代化改革によって、歴史に自分の名を刻もうとしたようだが、九月二八日付『ル・モンド』によると、雲行きが怪しい。

大統領が息子ハフェドを自分の後継者にしようとして、ニダー・トゥネスの党首に据え、有能で実績を挙げている首相の退陣を画策した。これに反対した所属議員の半数が離党して与党が弱体化。老大統領の折角のイニシアティブの成否が憂慮されている。（この稿、一〇月一〇日記）

（かとう・はるひさ／東京大学名誉教授）

■連載・花満径　32

媒体

中西　進

全世界最高の詩人に贈る賞として設定されたヤカモチ・メダル（大伴家持文学賞、富山県）の、創始の受賞者となったマイケル・ロングリー（北アイルランド）の詩は、並び称されたノーベル賞詩人シェイマス・ヒーニーに優るとも劣らない魅力をもつ。

長い詩を引く紙幅のないままに短編をあげると、次のような作品がある。

詩神への祈りを始めよう　煎餅や蕎麦の実を捧げ
桜の花　寺の鐘　竹群　籠の中の蟋蟀は
今年最後の早苗を植える早乙女のために鳴いている
外の世界で何が起こっているか、十分考えがある
（「詩神への祈り」）

さる二〇〇〇年刊行の英文詩集『日本の天気』に収められる一編である。

彼にとって、詩作は詩の神をよび出すことから始まるらしい。その「神秘さと儀式」を読者に伝えるために、このような「日本のイメージ」を用いたのだと、来日の折の講演で語った。

それほどに彼の詩には、国境がない。その上であまりにも日本的だ。ちなみに彼の来日経験は今まで一度しかない。

そこで世界的でありながら日本的であることは何を意味するのか、広く論議されるべきであろう。

また、詩というジャンルにおいてそれが可能であるという詩そのものの本質が、深く追求されるべきではないか。

ここで論じる余白を持たないが、彼の詩ではギリシャ・ローマの物語と今の現実がごく自然に重ねられる。

それとひとしく、地球上の異域が一体化するのであろう。

右の詩でいう「外の世界」の出来事を知りながら詩神との対話が可能だということにも、それを解く鍵がある。

このようにロングリーという詩人の個体は、メディア（媒体）なのだ。いうまでもなく「媒体」をつとに発見したのは、T・S・エリオットである。

（なかにし・すすむ／国際日本文化研究センター名誉教授）

〈連載〉生きているを見つめ、生きるを考える 44

生き物が絶滅しない環境を

中村桂子

マンモス再生の話をしたので、その前提となる絶滅を「絶滅できない動物たち」（M・R・オコナー）を参照しながら考える。恐竜やマンモスなどの人気者に限らない。生きものの歴史は絶滅の歴史と言ってもよく、とくに現代は、人間による自然破壊が絶滅を促進している。

アメリカ自然史博物館（AMNH）を訪れよう。博物館と言えばさまざまな標本が並ぶ展示室がイメージされるが、実は本命は地下にある。この博物館の場合三三万点を超える標本の九九％は地下にあるという。生命誌研究館の構想を練るためにスミソニアン国立自然史博物館を訪れた時に案内された地下が忘れられない。学校巡回展示用のカメやヘビなどさまざまな生きものも含めた標本と、大勢の学芸員や研究者で活気溢れていたのである。

AMNHの地下にある大きなステンレス容器には、世界各地から収拾した八万七〇〇〇件の組織がマイナス一六〇度で保存され、年に一万件が追加されている。南太平洋の島バヌアツのオウムガイ、アリゾナ州のヒョウガエルなど絶滅危惧種も多い。興味深いのは研究が終わった試料が多いことだ。将来その研究成果を生かせるかもしれないからであり、たとえばニューヨークの保健衛生局で研究されていた蚊が大事にしまわれている。

保存されている生物にまつわる一つの物語を紹介する。現在米国で四羽だけが飼育されているハワイガラス（アララ）は一九九〇年頃個体群が衰弱し、飼育下繁殖もうまく進まなかった。そこで野生のアララを施設に集めての保護が考えられたのだが、アララが生存する土地の所有者が「生物学者は傲慢で不愉快だ」と猛反対をした。議論の末、卵ならよいことになり、一九九六年に採取した一個が現在につながっているのである。

しかし、反対者が抱く、自然から離して繁殖させることに意味があるのか、アララの生きられる自然を考えることが大事だという気持は重要である。世界中のあらゆる場所で、多くの生物について考えなければならないことだ。

（なかむら・けいこ／JT生命誌研究館館長）

連載　国宝『医心方』からみる　20

椎の実

槇　佐知子

家にあれば笥に盛る飯を草枕旅にしあれば椎の葉に盛る　有馬皇子

悲運の人、有馬皇子が斉明天皇の行幸先の、紀州湯崎温泉へ連行される途中、「幸いにして生きて帰ることができたら」、と松の枝に結んだ二首のうたの一つである。

家にいれば食器に盛る飯を、このような旅先で椎の葉に盛って食べているとは、と歎く皇子。結局、皇子は帰ること叶わず、絞首刑に処せられたのだが。

椎はブナ科常緑喬木で暖地の海岸近くに自生し、実は煎っても生のままでも食べられるが、葉は小さい。スプーン代りに飯を葉で掬って食べたのであろうか。

私たち戦時下の学童らは競って椎の実を拾い、栗よりも小さい円錐形の皮を剥き、真白い実を齧った。ひもじさに馴れた子どもたちには、結構おいしかった。

それが『医心方』巻三十食養篇には、五菓四一種の二三番目に「椎子」として載っている。椎子とは「シイの実」のことである。五菓とは陰陽五行の気を享けて生育した木の実の意で、草の実は蓏と書く。

椎子は、

○味は甘、性は平である
○食べれば血と気の不足を補う
○陰陽のバランスをととのえる
○身体の滋養になる
○飢をみたす
○殻を除き、実を粉末にしてから蒸して食べる
○断穀のときの食品としてはイチイ（イチイ科常緑高木。深山に自生し、三〜四月に開花、九月頃に橙赤色に熟し、甘い。一名アララギ）よりも秀れている

『七巻経』

○味は甘、性はやや温である
○五臓の機能を補う
○脾臓と胃を安定させる

（崔禹錫）

当時は道教や仏教の修行者が断穀し、通常の食事は断つが、木の実や、樹皮・樹脂、ゴマなどは食べた。

なお、樹は防火木で椎茸の原木となる。

（まき・さちこ／古典医学研究家）

一〇月新刊

世界史から、昭和12年を問い直す

昭和12年とは何か

宮脇淳子／倉山満／藤岡信勝

昭和十二（一九三七）年——盧溝橋事件、通州事件、上海事変、正定事件、南京事件が起き、支那事変（日中戦争）が始まった、日本にとって運命の年である。この前後を切り口に、常識とされている様々な視点を見直す。第二次世界大戦を目前に控えた昭和十二年を、世界史の中で俯瞰、専門領域を超えた研究者たちと交流し、歴史の真実を追究する。

四六変上製　二六四頁　二二〇〇円

「美」でも「利」でもなく「義」を生きた人物たちの系譜

義のアウトサイダー

新保祐司

内村鑑三をはじめ、田中小実昌、三島由紀夫、五味康祐、島木健作、大佛次郎、江藤淳、福田恆存、小林秀雄、北村透谷、信時潔、北原白秋、富岡鉄斎、村岡典嗣、中谷宇吉郎、渡辺京二、そして粕谷一希——明治以降の日本の精神史において、近代化の奔流に便乗せず、神・歴史・自然に正対する道を歩んだ人物を辿る、渾身の批評集成。

四六上製　四一六頁　三二〇〇円

エーリッヒ・フロムとは何者か？

フロムと神秘主義

清　眞人

フロムの思索的営為の背景の最深部として、彼の「神秘主義」論および彼の宗教論に初めて着目。マルクス、ヴェーバー、鈴木大拙、サルトル、ニーチェ、ブーバーらを対置し、フロムの思索の全体像とともに問題構造を浮かび上がらせた、日本初の総合的フロム論。三〇年間の探究から生まれたフロム論の決定版！

A5上製　四六四頁　五五〇〇円

最近の重版より

看取りの人生【後藤新平の「自治三訣」を生きて】（2刷）
内山章子
四六上製　二四〇頁　一八〇〇円

バルザック「人間喜劇」セレクション
あら皮【欲望の哲学】（4刷）
バルザック　小倉孝誠訳＝解説
四六変上製　四四八頁　三二〇〇円

百歳の遺言【いのちから「教育」を考える】（2刷）
大田堯＋中村桂子
B6変上製　一四四頁　一五〇〇円

岡田英弘著作集（全8巻）
四六上製布クロス装
2 **世界史とは何か**（3刷）
五二〇頁　四六〇〇円
3 **日本とは何か**（3刷）
五六〇頁　四八〇〇円

苦海浄土　全三部（5刷）
石牟礼道子
四六上製　一一四四頁　四二〇〇円

完本 **春の城**（3刷）
石牟礼道子
四六上製　九一二頁　四六〇〇円

石牟礼道子全集 不知火（全17巻・別巻一）
A5上製貼函入布クロス装
12 **天湖ほか**　エッセイ1994（2刷）
五二〇頁　八五〇〇円
13 **春の城ほか**（2刷）
七八四頁　八五〇〇円

読者の声

[イベント]9/25『兜太 Tota』創刊記念
兜太を語り TOTAと生きる■

▼大変楽しく充実した時間でした。ありがとうございました。
　俳句の世界はこんなに広いのだと勇気づけられた気がいたします。

（東京　**武井清子**）

▼熊谷からまいりました。
　今日は、意外な方から多方面にわたりお話があり、兜太師の人となりを更に深く知ることができました。

　映画の予告もみることができてよかったです。とても貴重な機会でした。ラッキーです。末長く刊行物が出版できますように願っています。

　もっともっと学び続けようと思いました。

（埼玉　**小川美穂子**）

▼兜太さんの句は私にとって難解でしたが、今日の企画によって導きの糸が近くになった感があります。
　花鳥諷詠を是としていましたが、もっと深く人間の魂に入れる俳句を学びたいと思います。

（長野　**高橋達幸**）

▼お元気で秩父音頭を唄って下さった金子兜太さんありがとうございました。痛快ではっきりした先生の生き方にとても感動いたします。
　　——流星群（ながれぼし）
　　　　兜太をのせて　秋桜花——
　空を見上げては、その姿を思い出す日々です。
（東京　**野武由佳璃**）

▼すばらしい企画に感謝いたします。まさしく知の巨人の方達の講演でした。
（千葉　**小柴千鶴恵**）

▼悼辞　それぞれの方の言葉が実感もって語られた。澤地さんの政治に引きずり込んだ、にいささか胸痛んだ。
　映画もよかった。

　シンポ　それぞれくせのある人達の言葉おもしろく、良かった。

（東京　**田中怜子**）

▼各氏の悼辞の中にさえも、師への悼辞以前に我田引水の語りかけが耳障りなところがございました。マブソンさん、細谷さんは兜太先生への至情籠る真摯な思いを披瀝されましたが。
　シンポジウムに至って、上記の傾向著しく、ひとり、上野千鶴子さんだけが、まっとうな兜太さんへの心映えを語られた様に存じます。黒田杏子さん、すてきでしたよ。各々の長広舌を前に、きっちり手綱を締めつつも、ユーモラスな進行に敬服致しました。

　ありがとうございました。

（長野　**奥村和子**）

▼「天地悠々　兜太・俳句の一本道」予告編、先生が最後の入院をされる数時間前の映像を拝見することができて感激しました。河邑監督のお話の先生の事を語られる目の輝きを忘れません。
　私も二月六日の消印で「海程香川」の字を書きましょうとお葉書を頂きました。小さな句会ですが、「自由にお創りを！」と話して励まして下さいました。先生も句座にいらっしゃるような熱い句会のお世話をさせていただきたいと思いを強くいたしました。

　「悼辞」〈わたしの兜太〉も〈シンポジウム〉もお一人お一人の言葉がとても心に響きました。先生もきっと大喜びされていると存じます。

　ありがとうございました。香川から参加できてよかったです。

（香川　**野﨑憲子**）

▼期待以上の面白い会でした。小生、俳句歴四年ですが、これからも増々俳句に遊んでいきたいと思いました。
（**石原俊彦**）

看取りの人生■

▼鶴見祐輔（政治家・作家）、愛子（後藤新平の長女）の両親のもとに、姉・和子、兄・俊輔の妹として生き、両親を看取り、結婚のなごやかなま

どいの中、長男洋を突然に失う。その後、夫に先立たれ、姉の看護にあけくれ、その臨終までを手あつく看取り、記録した本書。その誠実で謙虚な人柄が、文章からにじみでており、感動した。死に直面し毅然として逝った和子さんの姿に胸打たれた。

（愛知　著述業　**山下智恵子**　79歳）

釈伝　空海　㊤㊦■

▼大変な力作でした。西宮さんを讃えたいと思います。中尊寺には、大般若経があります（清衡の命によるもの）。玄奘三蔵の訳ですが、心経の解釈は、少し西宮さんと異なります。「空」はエネルギーのこと、「色」は物質の全てです。シッダルタは、定常宇宙論の主張をしたのです。

（東京　**木村修**　71歳）

※みなさまのご感想・お便りをお待ちしています。お気軽に小社「読者の声」係まで、お送り下さい。掲載の方には粗品を進呈いたします。

書評日誌（八・三〜九・二五）

〈書〉書評　〈紹〉紹介　〈記〉関連記事
〈TV〉テレビ　〈イ〉インタビュー

八・三　〈紹〉毎日新聞（夕刊）「甦れ、大地！」（「もよおし　EVENTS」）

八・五　〈イ〉京都民報「現場とつながる学者人生」（「生活者の視点で見る大切さ」／「"つながって変える"は可能」／聞き手・荒川康子）

八・一〇　〈記〉毎日新聞「現場とつながる学者人生」（「市民環境運動と共に」／「石田元京大教授　出版記念講演」／榊原雅晴）

八・二五　〈記〉台湾研究資料［後藤新平の会］（「シンポジウム　後藤新平の「生を衛る道」が開催される」）

八月号　〈記〉女性のひろば「金時鐘コレクション」（「この国の闇を打つ光」／「日韓のはざまに生きた詩人・『金時鐘コレクション』発刊に寄せて」／河津聖恵）

九・三〜　〈紹〉共同配信「兜太」vol.1（「俳人・金子さんの足跡をたどる」／「雑誌「兜太」が創刊」／「晩年のインタビューなど掲載」）

九・三　〈紹〉文化通信「兜太」vol.1（「出版」／「俳人・金子兜太氏の名を冠する総合雑誌」／『兜太ＴＯＴＡ』創刊」）

九・六　〈紹〉東京新聞（夕刊）「モードの誘惑」（「大波小波」／「モード論の復活」）

九・九　〈紹〉毎日新聞「医師が診た核の傷」

九・一三　〈記〉朝日新聞（夕刊）「兜太」vol.1／［兜太を語りＴＯＴＡと生きる］（「遺志継ぐ「兜太ＴＯＴＡ」創刊」／「大きな視野　持つ雑誌に」／樋口大二）

九月四日号　〈書〉週刊ポスト「看取りの人生」（「兄・俊輔、姉・和子を凌ぐ素直な名文で綴る『鶴見家』」／坪内祐三）

九・一五　〈紹〉日本経済新聞「モードの誘惑」（「男の領分」が女に移る歴史」）

九・一六　〈紹〉読売新聞「竹下しづの女」（「記者が選ぶ」）

九・一八　〈書〉毎日新聞（夕刊）「看取りの人生」（「著者のことば」／「黒子」として記録」／山口敦雄）

九・二一　〈記〉産経新聞「政治家の胸中」（「産経抄」）

九・二三　〈紹〉日本経済新聞「竹下しづの女」（「知と情の俳人の歩みたどる」）

九・二三　〈書〉世界日報「東京を愛したスパイたち」（「ロシア人3人の生活と活動」／川成洋）

〈紹〉信濃毎日新聞「看取りの人生」

九・二五　〈書〉ジャーナリスト「もう「ゴミの島」と言わせない」（「43年の闘いで産廃90万トン撤去」／刎田鉱造）

雑誌『兜太 *Tota*』創刊記念

兜太と語り TOTAと生きる

二〇一八年 九月二十五日(火)12時半
於・有楽町朝日ホール

二月二十日に九十八歳で急逝した俳人、金子兜太さん（1919-2018）。俳句界を超えその思想を伝えることを目指す雑誌『兜太 *Tota*』の創刊記念イベントが催され、約四百人の来場者で賑わった。社主・藤原良雄の挨拶で開幕。編集長の**筑紫磐井**氏、編集委員の**井口時男**、**橋本榮治**、**坂本宮尾**、**中嶋鬼谷**、**横澤放川**各氏から新雑誌創刊への想いが語られた。

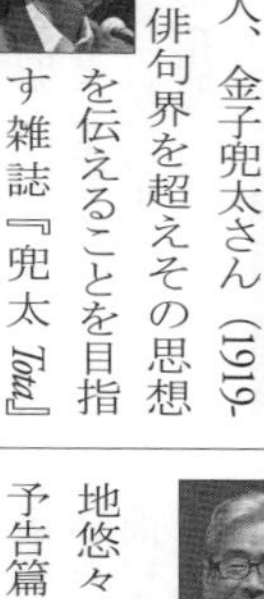

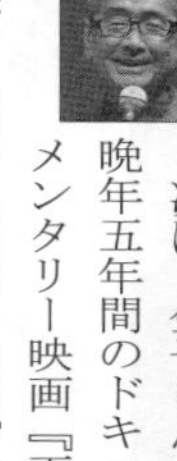

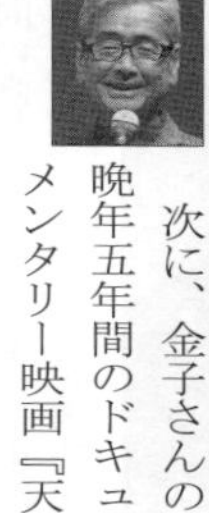

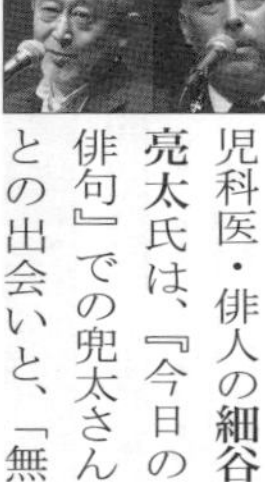

次に、金子さんの晩年五年間のドキュメンタリー映画『天地悠々　兜太・俳句の一本道』の予告篇を上映。**河邑厚徳**監督は「同時代を生きることができた素晴しい日本人だった」と語る。

続いて七名の方から悼辞（柳田邦男氏は欠席）。フランス出身の俳人、**マブソン青眼**氏からは、兜太さん揮毫の「俳句弾圧不忘の碑」建立の逸話。小児科医・俳人の**細谷亮太**氏は、『今日の俳句』での兜太さんとの出会いと、「無頼」と評された思い出。兜太さんと六十歳差の俳人、**神野紗希**氏は、兜太八十代の句「子馬が街を走っていたよ夜明けのこと」の初々しさを。現代俳句協会特別顧問の**宮坂静生**氏は「縄文以来の季節感」に着目した兜太さんへの共鳴。**澤地久枝**氏は「アベ政治を許さない」の色紙と、兜太さんの痩せた背中の思い出。東京新聞の**加古陽治**氏は、三年間で一三万以上の句が寄せられた同紙「平和の俳句」欄のこと。ジャカルタから駆けつけた俳人、**西村我尼吾**氏は、「正岡子規国際俳句賞」の思い出を語った。

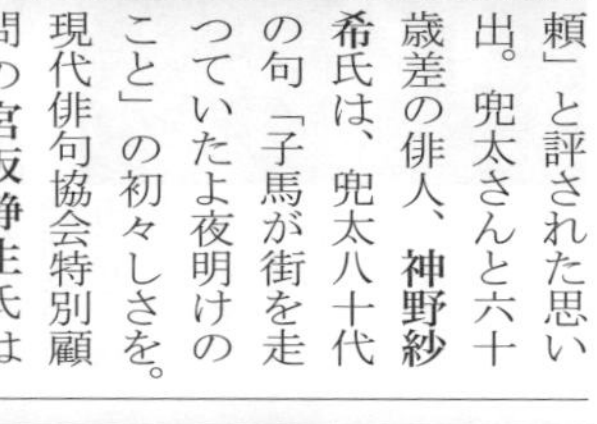

後半は、編集主幹の**黒田杏子**氏の司会で、パネリスト四人の討論。**いとうせいこう**氏は伊藤園「お～いお茶新俳句大賞」や東京新聞「平和の俳句」での暖かい交流について。**下重暁子**氏は「兜太の出現は一つの事件であった」と看破。**芳賀徹**氏は兜太さんの『詩經國風』を、中国古典を見事に肉感的に兜太の世界にしたと評価。**上野千鶴子**氏は「短詩型は、崩れゆく自我の補助具として私を支えてくれる」と語った。

当日の詳細は雑誌『兜太』次号に掲載。御期待を。（記・編集部）

十二月新刊予定

＊タイトルは仮題

二〇一八年度ノーベル賞受賞！

生命科学の未来
がん免疫治療と獲得免疫

本庶 佑　ノーベル医学生理学賞受賞！

「医学的な研究は、長い眼で見て、本当に基礎的なことから思いがけない大きな発見が出る」――本庶佑
「免疫は記憶する」という研究の核心、生命体の「多様性」の原理、そして世紀の発見に至るまでの道のりを平易に語った講演に加えて、長期的・国際的視点にたって「予防医療」の重要性と、「基礎科学」および「生命科学」への投資の重要性を強く訴えた対談（川勝平太氏）を収録。

二千年に亘る日中関係から中国観を問い直す

新しい中国観
古代から現在までの変容

小倉和夫

明治以降、日本にとって中国は、近代化に遅れ、混乱と混迷に満ちた国であり、同時に、その文化的伝統に対し親近感を覚える国であった。しかし、現在の中国の大国化に加え日中間の伝統的つながりが衰退し、従来の中国観に代えて新しい中国観を確立しなければならない時期に来ている。二千年前から続く日中関係を問い直して、「日本にとって中国とは何であったのか」を今再考する。

〝人間が生きるとは何か〟を考える本

人生の選択
デーケン少年のナチへの抵抗

原案＝A・デーケン　文＝堀 妙子
画＝池田宗弘

ナチの学校への入学をすすめられたデーケン少年は言った、「ぼくは行きません」――わずか12歳の少年が命がけで選んだ道、それは「生と死を考える」原点となった。〝死生学〟を提唱したアルフォンス・デーケン神父の少年時代を、同時代を生きた彫刻家の池田宗弘が画を描き、堀妙子が物語化した。小学生から大人まで――心の深奥をゆり動かす絵物語。

大好評の〝五郎ワールド〟の書籍化第二弾！

宿命に生き運命に挑む

橋本五郎（読売新聞特別編集委員）

名コラムニストであり、時代と格闘するジャーナリストとしての自在な筆は、先人や同時代人の真摯な生き方に鋭く迫る。二〇一〇年一月～二〇一八年七月に至る八四本の秀作を集めた名コラム集！

沖縄から見つめ直す新しいアジアとは？

新しいアジアの予感
琉球からアジア／世界へ

安里英子

琉球という足元を深く掘り下げ、同時にアイヌ、台湾、朝鮮半島、日本とのつながりを、民俗・生活の根源にある〝自然〟〝いのち〟から一つ一つたどり直す、精神史の旅。揺れ動く現代の沖縄から発信する、揺るがない琉球の歴史のこころを探る。

11月の新刊

タイトルは仮題、定価は予価。

静寂と沈黙の歴史 ＊
ルネサンスから現代まで
A・コルバン
小倉孝誠・中川真知子訳　小倉孝誠解説
四六変上製　二二四頁　二六〇〇円　カラー口絵8頁

芸の心 ＊
能狂言 終わりなき道
野村四郎
山本東次郎
笠井賢一編
四六上製　二四〇頁　二八〇〇円　カラー口絵8頁

メディア都市パリ ＊
山田登世子　解説＝工藤庸子
四六上製　三二〇頁　二五〇〇円

都市のエクスタシー ＊
山田登世子
四六変上製　三二八頁　二八〇〇円

金時鐘コレクション（全12巻）内容見本呈
7 **在日二世にむけて** ＊
「さらされるものと、さらすものと」ほか　文集I　口絵2頁
〈解説〉四方田犬彦〈解題〉細見和之
〈月報〉鄭仁／高亨天／音谷健郎／大槻睦子
四六変上製　四三二頁　三八〇〇円

中村桂子コレクション・いのち愛づる生命誌（全8巻）発刊
V **あそぶ** 12歳の生命誌　内容見本呈
〈解説〉養老孟司
〈月報〉赤坂憲雄／大石芳野／川田順造／西垣通　口絵2頁
四六変上製　二八八頁　二二〇〇円

12月以降新刊予定

生命科学の未来 ＊
がん免疫治療と獲得免疫
本庶佑

新しい中国観 ＊
古代から現在までの変容
小倉和夫

人生の選択 ＊
デーケン少年のナチへの抵抗
A・デーケン＝原案
池田宗弘＝画　堀妙子＝文

新しいアジアの予感 ＊
琉球からアジア／世界へ
安里英子

宿命に生き　運命に挑む ＊
橋本五郎

死とは何か（上）
一三〇〇年から現在まで
M・ヴォヴェル　（上）瓜生洋一・立川孝一訳

好評既刊書

義のアウトサイダー ＊
新保祐司
四六上製　四一六頁　三二〇〇円

昭和12年とは何か ＊
宮脇淳子／倉山満／藤岡信勝
四六変上製　二六四頁　二二〇〇円

フロムと神秘主義 ＊
清眞人
A5上製　四六四頁　五五〇〇円

雑誌 **兜太** *Tota Vol. 1*　発刊
〈特集〉一九一九 私が俳句
編集主幹＝黒田杏子　編集長＝筑紫磐井
A5判　二〇〇頁　一二〇〇円

東京に「いのちの森」を！　カラー口絵4頁
宮脇昭
四六変上製　二一六頁　一六〇〇円

画文集 第70代横綱日馬富士
相撲道　カラー画約120枚
監修＝草山清和　文＝日馬富士公平
画と文＝橋本委久子
B4変上製　一四四頁　三五〇〇円

医師が診た核の傷
現場から告発する原爆と原発
広岩近広
四六判　三二〇頁　二二〇〇円

＊の商品は今号に紹介記事を掲載しております。併せてご覧戴ければ幸いです。

書店様へ

▼『週刊ポスト』の坪内祐三さんの書評に始まり、『毎日』（夕）「著者のことば」、『北海道』『東京・中日』『西日本』三社連合（澤地久枝評）他、共同配信でも紹介され、**内山章子『看取りの人生』**大反響！ 忽ち重版！ アマゾンは勿論、各地の紀伊國屋書店様や、様々な書店様からも客注続々追加。▼故・**山田登世子**さんの『**モードの誘惑**』共同配信で全国の地方紙に大きく紹介され、動き好調。▼**片桐庸夫『横田喜三郎』**、『朝日』（10／20）『毎日』（10／28）の読書欄での著者インタビューで大きく掲載、話題に。全国の読者から注文続々。▼『**雑誌 兜太 Tota vol.1〈特集・一九一九 私が俳句〉**』発売忽ち全国の読者から注文殺到。▼『**画文集 第70代横綱日馬富士 相撲道**』はモンゴルの大書店からも大量に注文が来て、来春にはモンゴル語の出版も予定される程大評判。▼二〇一八年ノーベル賞を受賞された**本庶佑**氏、受賞後初の『**生命科学の未来 がん免疫治療と獲得免疫**』12／5に全国配本！ パネルやPOP等拡材ご用意しています。お気軽にご相談を。（営業部）

吉田秀和賞受賞！

堀 真理子

『改訂を重ねる『ゴドーを待ちながら』』

芸術文化振興のため、優れた芸術評論に与えられる、平成30年度・第28回吉田秀和賞（水戸芸術館）を受賞しました。

パピルス賞受賞！

鎌田 慧　聞き手＝出河雅彦

『声なき人々の戦後史』

アカデミズムの外で達成される学問的業績、学問と社会を結びつける業績に与えられる、平成30年度第16回パピルス賞（関記念財団）を受賞しました。

お知らせ

本庶佑博士 ノーベル医学・生理学賞受賞！

京都大高等研究院の本庶佑特別教授が二〇一八年のノーベル医学・生理学賞を受賞。本庶氏はがん細胞を攻撃する免疫の働きにブレーキをかけるたんぱく質「PD-1」を発見した。これにより、このブレーキを取り除くことで新しい「がん免疫療法」が実現し、多くのがん患者に希望を与えている。

藤原良雄社主 仏アカデミー・フランセーズから「フランス語フランス文学顕揚賞」受賞

小社社長藤原良雄が、アカデミー・フランセーズより「フランス語フランス文学顕揚賞」を贈られた。一九六〇年に設立され、言語と文学に特別な功績のあるフランスあるいは外国の人物を対象とし、日本人としては吉川一義氏、水林章氏に続き三人目、日本の出版人としては初めての受賞となる。授賞式は、十二月六日、アカデミー・フランセーズで行われる。

出版随想

▼まだ母の喪が明けぬが、この一ヶ月程忙しいことはなかった。熊本での故・石牟礼道子についての講演、北海道でのアイヌ取材、仏からの大物政治家の来日の突然の企画出版協力、鶴見和子生誕百年企画イベント、日本子守唄協会二十周年記念イベント（西舘好子会長）、内山章子さんの卒寿記念と出版の祝、沖縄から上京されたミュージシャン海勢頭豊さんを囲む会……その他出版にまつわる会議、責了に追われる日々であった。その中で、皇后さまからのお招きでお誕生会で皇居に。いつもお会いするOさんやM夫妻、Kさんらのお姿が見えなくて寂しかった。

▼十一月は、パピルス賞と吉田秀和賞のダブル受賞。本当に有難い。鎌田慧さんは、この半世紀、独自の視点で社会を描き出すルポを身を挺して書き続けてきた硬骨漢。その半生を描いた本に与えられた。これ程嬉しいことはない。氏のこれまで歩んで来られた道は茨の連続であったと思うが、よくぞここまでまっしぐらに歩んでこられたことに感服。

▼吉田秀和さんとは、よく鎌倉のご自宅に足を運び、バルバラ夫人の『日本文学の光と影』出版についての構成や訳文の打合せをしたものだ。その折、今水戸芸術館が「吉田秀和賞」なるものを作ってくれている。今回のK氏の作品はお見事だ。こういう若者がわが国から出たのが本当に嬉しいと語っておられたことを思い出す。まさか氏の死後、「吉田秀和賞」を小社の作品が受賞するとは夢にも思わなかった。今も氏の「いい『批評』がなければいい『作品』は生まれない」という言葉を座右の言葉としている。（亮）

歴史家の家

観光客でいつも騒がしいポンピドーセンター近辺はパリでも滅多に近寄らないところだが、そこから遠くないあたりにその家はあった。

どこの通りをどう曲がったのか、もうまったく覚えがないけれど、さきほどまでの喧騒が嘘のように遠く、時が止まったかのような静寂が支配していた。どこか中世の雰囲気のただよう古いアパルトマンの何階だったか、おぼろげな記憶のなかに、時を経た樹木の緑があったような気がする。

その古いアパルトマンは今や感性の歴史家として名高いアラン・コルバンの家だった。彼の名がまだ日本に知られる以前、初の邦訳になる『においの歴史』の訳者のひとりとしてその家を訪ねたのである。

奥付を確かめるともう二〇年も前のことだ。ちょうどその頃パリに滞在していたので、不明個所を原著者にたずねに行ったのである。初めはソルボンヌ大学の研究室だった。その時のことは鮮明に記憶にある。電話でアポイントメントをとった時のうけ答えが実に無駄なく明快だったからだ。

ソルボンヌの門をくぐってから研究室までの複雑な順路を、丁寧に、迷いそうなところは「ここが大事なポイントですよ」と言いながら教えてくれた。

おかげで約束の時間に研究室に着き、小一時間ほど質問しただろうか。驚いたことに、戸口には次の質問者が控えて待っていた。そのとき初めて『においの歴史』が世界的ベストセラーになっていることを実感した。なにしろその時点ですでに三三カ国語に訳されていたのである。おそらく私は三四番目の質問者だったのかもしれない。

その後わざわざ自宅に招いてくれたのはいったいなぜだったのか。もう思いだせないのだが、たしか挨拶のしるしに藍染めを持参したのでその返礼だったのではないかと思う。中庭の静謐と時の重みのある書斎の雰囲気だけが、映画の一シーンのように記憶に残っている。まぎれもなくそれは歴史家の家だった。

ひさしく忘れていたその光景を思い出したのは、コルバンの最初の本である『娼婦』の新版のために解説を依頼されたからである。ちょうど今ごろ書店にならんでいる頃かと思う。ずしりと重い訳書を十数年ぶりに再読した。膨大な資料を駆使しながら読ませる文章を書くこの歴史家の底力にあらためて感服したが、それにしても考えさせられたのは「娼婦」という主題である。

娼婦にかんする膨大な資料があるということは、とりもなおさず膨大な「事実」があるということ、つまり十九世紀パリにはあまたの娼婦がいたということだ。イギリスでもドイツでもなく、まさにフランスこそ娼婦の栄えをみた国なのである。娼婦の歴史はフランスの歴史家によってこそ書かれるべき書物だったのだ。

ことは歴史に限られない。文学をとっても美術をとっても、娼婦は近代パリに欠かせない登場人物である。印象派ももちろん例外でない。先に上梓した印象派論の副題に「娼婦の美術史」と付したのも、美しい水の風景という印象派のイメージを覆す「事実」を語るためだった。

コルバンの『娼婦』のような大著あってこそ、そういう冒険も可能なのだ——そう思うと、遠い記憶のなかにたたみこまれたあの歴史家の家が今さらのように懐かしい。

（二〇一〇・一一・二三）

パリの中国人

いまや経済大国ともいえる中国だが、ことアジアにかんする限り、ブランド消費がその国の豊かさの指標になると思う。どこの国よりそれを教えてくれたのが中国だった。

はじめて上海を訪れたのは、もう一〇年も前になる。万博でおしゃれに整備された上海はいまだなく、古い家並みとハイパーモダンな高層ビルが共存していた。印象的だったのは、周荘に足を伸ばしたときのこと。

ずらりと並んだお土産屋の店先に、一目で偽物とわかるルイ・ヴィトンのバッグが沢山ぶらさがっていた。日本ではもはや目にすることができない光景である。ところが三十代の女性ガイドさんはそのバッグを真剣な目つきで見ている。値札を見ながら買おうかと迷っている様子がありありと伝わってきた。

さりげなくジョークめかして聞いてみる。「ねえ、どうしてそんなにルイ・ヴィトンがいいの?」。大学でブランド論を教え、本まで書いている身としては聞かずにはいられない。聞かれたガイドさんは、「だって……」と返答に窮していた。理由などあるはずもない。ブランドは中国女性の憧れなのである。ルイ・ヴィトンでありさえすれば偽物でもかまわないのだ。

それでは本物のルイ・ヴィトンはと言えば、今度は北京で忘れがたい経験をした。北京オリンピックの前年のこと。ホテルが北京一の繁華街の王府井に近かったので、ぶらぶらと歩いてみた。一等地にヒルトンホテルがあって、半地下のショッピング・コーナーの一角にルイ・ヴィトンがあった。

入ってみると、店内はしんと静まりかえって、ひとりも客の姿がない。私の姿を見た店員は、おどおどした感じで近寄ってきた。思うに、客があること自体が想定外のことだったのだ。バッグを一つだけ見せてもらってそうそうに店を出たが、事態は明らかだった。北京のメーンストリートの高級店で本物のブランドを買う中国人など誰もいないのである。中国人にとってブランドなどいまだ遠い存在だったのだ。

二年後、パリに行く機会があって、新装なったシャンゼリゼのルイ・ヴィトン本店に足を運んだ。ブランド論を書いたので、現場をみておかねばという義務感からである。最上階のイベント会場からライブラリーまで、小一時間ほどいたけれど、日本人に一人も会わなかったのには驚いた。ひどいユーロ高の年だったとはいえ、ルイ・ヴィトンの店で日本人の姿を見かけなかったのは初めてである。だが、本当に驚くべきはそんなことではなかったのだ。一階のバッグ売り場にひしめいている髪の黒い客はほとんど全員中国人だったのである。

その異様な群がり方は、ルイ・ヴィトンに列をなして押しかけたといわれる二〇年前の日本人の姿を彷彿とさせた。中国の経済成長もついにここまで来たのである。ひとりも客のいない北京の店を見てから二年後、成長の急速さからすればその二年の差も小さくないだろうし、何より現地で買った方が安いからというのがいちばんの理由だろう。中国のブランド熱恐るべし。思いもかけずパリで中国パワーに圧倒された。

だが、実を言うと、ブランドをめぐる中国パワーはそんなヤワなものではなかったのだ。舞台はふたたび北京。話は次回に。

（二〇一〇・一一・二九）

圧巻、中国パワー

上海はワンダーな街である。外灘（バンド）の向こうに輝くピンクのテレビ塔はファンタスティック、ひとを夢見心地にする。林立する高層ビルの群も、ゴールドの隣はグリーン、そのまた隣はシャイニーピンクにきらめいて日常を忘れさせる。そんなビルを見るうち、気分がハイになってくる。街のカラーが「躁（そう）」だから、街にそまってこちらも躁になるのである。

そんなビル群のすぐそばに、昔ながらの路地があって古い屋並みが続く、その新旧の雑多な混在もまたこの街の魅力だ。昔ながらの市場では、おもちゃのような安物がいっぱいならび、巨大な駄菓子屋めぐりの面白さ。要りもしないお土産につい手がのびる。そんなショッピングにも心浮かれて、旅の終わりにはすっかりハイテンションになっていた。

対照的に、数年後に訪れた北京は鬱の街だった。ちょうど北京オリンピックの前年で、そこら中が工事だらけ。それでなくてもスモッグで薄暗い空がなお暗い。晴れだというのに夜になっても月が見えない。どの都市に行っても夜空を見ると月を探す癖のある私は三日もするとすっかり鬱になっていた。

鬱の原因は、空気の悪さだけでなく、北京という都市の「かたさ」にもあった。天安門といい故宮といい、北京の観光地は政治の中心地である。行く先々でふんぷんと政治の匂いがする。あの上海の猥雑なにぎわいは商業都市の愉しさなのだと、改めて思い知った。北京は肩ひじ張った政治都市なのである。いたるところで建設中のビル群も、オリンピックに国威をかけた国家の政策がピリピリと伝わってきて、息苦しさをいや増しにしていた。

最後の日に万里の長城ツアーに参加した。ようやく北京市内を離れ、何日ぶりかに青空を見て気が晴れたが、それ以上に私の鬱をかき消したのはガイドさんの一言だった。ツアーの申し込み終了後、そっとささやいたのである。「ブランドに興味おありですか?」。意味するところは明白である。即座にあると答えると、長城に行く途中に店があるので案内しますから、とのこと。あの名高いニセモノを見られるのかと思うとわくわくした。

そんな私の期待をよそに、一時間余りの道中は土と緑ばかりで店らしきものは一軒も見当たらない。ガイドさん、もう忘れたのかしらと諦め気分になったころ、長城に着いてしまった。そのときガイドさんが耳打ちしたのである。「このロータリーのトイレの横です。集合の一五分前にご案内します」。

約束の時間に戻ってみると、客は私ただひとり。ガイドさんが目顔でトイレ横の入り口に連れてゆく。入り口といっても薄汚れたベニヤ板一枚で、中に店があるなどと想像もつかない。中に入ると、圧巻、六畳ほどの狭い空間を隙間なくルイ・ヴィトンが埋めつくしている。ほとんどがモノグラムで、ありとあらゆる財布がそろっている。一五分間、息をのんで言葉もなかった。いったい誰がこんなものを買うのだろう……。

万里の長城のトイレ横、ベニヤ板一つくぐって出現した密造ブランドの部屋。思いもよらぬその光景は、鬱を吹き飛ばしたなどというものではなかった。万里の長城に負けないインパクトがあった。政治都市から一時間あまり、出会ったのはやはり商業都市だったのである。

（二〇一〇・一一・六）

東京・巴里・美術館

ブリヂストン美術館で開催中の展覧会「セーヌの流れに沿って」を見てきた。パリ市内を流れるセーヌから印象派の描く郊外のセーヌまで、セーヌの見せるさまざまな表情はあらためて目を見張らせる。

なかでも興味深いのは日本人画家が描いたセーヌ風景の数々で、黒田清輝からフジタ、荻須高徳まで、それぞれのセーヌを堪能した。同じ水の流れが、ひとりひとりの画法のちがいをくっきりと映しだす。その差異がとても面白い。そんななかで私の目を釘付けにしたのは、蕗谷虹児の「ヴェトゥイユの風景」。セーヌ沿いの小村を描いたはずの絵なのに、都会的な色づかいとアールデコ的な鋭角性があいまって、アンリ・ルソー風のどこにもない場所の風景になっている。ファイン・アートよりマスカルチャーに近い挿絵画家として知られる蕗谷虹児の別の顔を知った驚きとともに、彼にそういう絵を描かせた往時の「巴里（パリ）」の力をひしと感じた。セーヌをとおして巴里と日本を同時に考えさせようというコンセプトが実に巧みな展覧会なのである。

ああ、見にきて良かった。そう思ってカフェでお茶を飲みながら、ふと別のことに気がついた。この美術館の心地良さである。大きすぎず、小さすぎない、ほどよいスケールが良いのだ。一つ一つの絵をゆっくり見ても疲れない。あのルーヴルは別格にしても、たいてい美術館を見るのは大仕事で、ぐったりしてしまう。ところがここは反対で、小一時間ほどの鑑賞でアートの世界に遊び、せわしない日常を忘れることができる。しかも東京駅から至近距離。立地といいスケールといい、あらためてブリヂストン美術館の魅力を感じた日だった。また来たくなるチャーミング・スポットなのである。

そして、東京駅近くにはもう一つ、何度も行きたくなる美術館がある。今年の春にオープンした三菱一号館美術館だ。残念ながら時間がなくて開催中のカンディンスキー展までは足を運べなかったが、オープン記念展の「マネとモダン・パリ」はじっくり半日を割いて見た。マネのモダニティと十九世紀の首都パリの躍動がありありと伝わってきた。

作品の豊富さと配置の妙も素晴らしかったが、そこここに配されたパリ風俗資料の豊かさと確かさは展覧会のクオリティーの高さを証していた。なにしろ十九世紀パリ風俗が専門なので、見ればすぐにわかるのである。さすがと感心しつつ心満たされて見終えると、おのずと足は庭に向かう。

いかにも明治の洋館らしい煉瓦造りの建物も素敵だが、それにもまして都心の真ん中に広がる庭のなんと快いことだろう。時まさに薔薇の季節、パフビューティーと薄紫のつる薔薇の垂れかかるベンチに腰をおろすと、えもいわれぬ幸福感につつまれる。いま見てきたばかりのマネの絵、「すみれの花束をつけたベルト・モリゾ」の胸元を飾る菫（すみれ）といま眼にする薄紫の薔薇が重なって、名画の香りをかいでいるような気分になる。パリのそれを思わせるオープン・カフェでエスプレッソを飲んでいると、こころは半ば夢見心地、巴里のような、東京のような、不思議な空間にただよっていた。

そう、交通至便の都心にあって街の喧騒を忘れさせる美術館はマジカル・スポット。これぞ大人の贅沢だと思う。

（二〇一〇・一二・一三）

男はうらぶれ

男は「うらぶれ」がいいと思う。

それを思い知ったのはアジアの岸辺、バンコクの夏のことだった。うだるような暑さの盛り、チャオプラヤ河の河べりにある渡し場のベンチに男がひとり、ごろりと横になって寝ていた。もう日が高いのに、心地良げに眠りをむさぼっている。舟を待つまばらな客も男を気にするでなく、河を渡る風に吹かれてぼんやりとしたまま。

寝ている男はきっと家のない身の上なのだろう。薄汚れたシャツがそう思わせた。もしかして定職もないのかもしれない。なのに、あたりを気にせず思うさま眠りこけているその姿は、日本語のホームレスという語にまとわりつくイメージから遠く、その日暮らしの気ままさを思わせた。

その男ばかりではない。渡し場から続く路地の一角では老人が二人、粗末な椅子に座って碁をさしている。やはり着古した木綿のシャツにステテコ同然の下着姿で。二人の側には、老人がもうひとり、団扇を手にして、所在なげな顔。まわりには、汚れた野良犬たちが二、三匹、暑さにうだって長々と寝そべっている。

そんな男たちのどの背中も見事なまでに贅肉がない。過食などありえない貧しい国の潔い肉体がそこにあった。

ああ、アジアの男たちは何と自由なのだろう。背広にもネクタイにも無縁な彼らの姿は、郷愁にも似た思いをかきたてた。

いつもヨーロッパで見ている男たちは、背広で生きることを仕込まれ、レディーファーストを教育されて、「調教」された男たちなのだ。だがここにあるのは、そんな調教の軛などおかまいなしの半無頼の徒たちである。達成感にも劣等感にも縛られず、女に気をつかうこともなく、ごく自然に男同士で群れている。

いや、彼らとて好きで痩せているのではないのかもしれない。背広を着て出世して、肩書やらスキルやらを競いあう競争社会の階段を上ってみたいのかもしれない。河岸で寝ているあの男とて、もしかして落ちぶれて鬱屈した心をかかえながら、疲れた肉体をいっとき野にさらしているのかもしれないではないか。

暑さに半ば放心しながら、なおもわたしは思いを走らせた。もしそうだとしたら、なおさら男の魅力があがるというものだ、と。もしも男が、ひとり哀しみを背負って、じっと耐えているのだとしたら……。

そう、男は哀しいのがいいと思う。哀しみを負いながら、黙って耐えているのがいい。耐えている男が魅力的なのは、そこに負の力をにじませているからだ。あえて錆（さ）びを入れた刀のように、決して誇示せず秘めた力にはいいしれぬ魅力がある。どうやらわたしは、ひところ「勝ち組」と呼ばれたタイプの男が好きになれないたちなのだろう。自己を顕示する力は、きらびやかだが、ワンパターンで面白味がないからだ。

対照的に、負の力には微妙なスタイルのちがいがある。落ちぶれ、うらぶれ、しぐれ、やさぐれ……どれも女には似合わない男だけの魅力の様式だ。女の魅力が「はかなさ」にあるとすれば、男は、しぐれて、哀しいのがいい。

げにうらぶれは男の魅力。いつか、あなたが落ちぶれて、失意に沈むとき、思い起こしてほしい。その背中ににじむ切なさに、熱く優しいまなざしを注ぐ女のいることを。（二〇一〇・一二・二〇）

はるかなもの

スマートフォンだのｉＰａｄだの、便利な情報ツールがすっかり身近なものになっている。そこへくわえて電子書籍が広まりそうな気配、またしても世界が小さくなる予感がする。

実際、小さなネット画面に収まった源氏物語は、十数世紀の時をさかのぼる記憶の河の流れを断ち切って、スイッチ一つで昔を現在（いま）につなぐ。その距離感の無さこそあらゆる電子メディアの特質である。源氏物語でも古事記でも、コンテンツというメディア・ボックスに入れられた情報は、私たちの肌に触れるほど近しいものになってしまう。

そう、メディア社会とは「近さ」の専制なのだ。火星であれ金星であれ、宇宙の彼方にきらめく星々も、ニュースになるやいなやコンテンツの小箱の中に入れられて、親しく触れうる存在になる。悠久の時の流れがすべて現在につながるように、メディアは「遠く」を「今ここ」にひきよせて、距離を無化する。果てなき宇宙の「はるけさ」は、掌に握れるほどのかわいい小空間と化してしまう。

すべてが近く、親しく、かわいい世界――そんな世界に暮らしていると、遠くに在って届かないもの、アクセスを決してゆるさない、はるかなものに心が渇く。彼方にきらめきたって、魂があこがれいでてゆくような、はるかなものが切に恋しい。

そんなとき、私は夜を待つ。いとしい人に会うかのように胸ときめかせて。

やがて降りてくる漆黒の夜空に、赤い月が姿を現す。その恩寵の一瞬のおののき。音ひとつない静寂のなか、息をひそめて昇りゆく月を眺めてしばしの間。やがて中天にかかった月はきららかに照り輝いて、白い乳を天に流す。私の内に白銀の流れがかかって、ひたひたと心を濡らす。白の詩人、マラルメの詩の断片が浮かんでくる。

――熾(し)天使は涙に濡れて、夢見つつ、楽弓(ゆみ)を手に、朧(おぼろ)にかすむ花々の静寂のなか、音(ね)も絶え絶えのしのび音をもらす……

月に照らされてはるかなところにあこがれ出た私は、あのメディアの箱を忘れはてて、あらぬところに運ばれている。熾天使の楽の音を呼ぶ月光のなんとはるかなことだろう。太古の昔から天にかかって、海潮をつかさどる月の不思議な魔力。その威ある「はるけさ」は渇いた心になぐさめの雨を降らす。

すべてを近くにひきよせるメディア社会に生きる毎日、月の癒しはこよない天の贈りものなのである。だから曇り空の夜は悲しい。十月の満月の日がそうだった。朝からどんよりと雲の垂れこめたその日、月の出は夕べの四時すぎ。いっこうに晴れそうにない夕空を未練心で眺めながら、宵闇の濃くなってきた頃、祈るようにして窓をあけ、天を眺めた。すると、驚いたことに、一瞬、闇がすっと二つに割れて、うるんだ満月が姿を見せた。まるで見ている私におのれの在りかを告げるかのように。おののいて見つめる私の前できらきらとまたたいたかと思うと、次の瞬間、すっと闇のとばりが広がって、天が閉じた。

はるかなものは祈りを誘い、祈りにこたえて徴を見せる。刻々とせわしなく移り変わる情報世界を忘れさせて、永遠なるものに想いを向かわせる。その恩寵のきらめきにあこがれて、今日もまた夜の訪れを待っている。

(二〇一〇・一二・二七)

歴史の匂い

セーヌ左岸の古書街、カルチエ・ラタンの石畳を歩いて行くと、一種独特の匂いがする。間口の狭い本屋が立ち並ぶこの界隈は、パリの中でも十九世紀の面影がそのまま残るところ、ふと狭い小路に入りこむと、あたりは人気もなく静まりかえり、まるで時が眠るかのよう。そんな狭い小路に知らない古書店を見つけたりすると、思わず立ち止まって仄暗い店内をのぞく。特に目当ての本があるわけではないけれど、界隈にただよう「匂い」に立ち去りがたい未練を感じてしまうのだ。

そんなふうに古書街を歩きまわって数日過ごすと、自分のからだが何かの匂いに染まっていることに気がつく。そう、古書の匂いである。黴臭く、湿った紙とモロッコ革の表紙の匂いが混ざりあった、何ともいえない独特の匂い。良い香りとはとてもいえないしろものだが、古本好きにはこの匂いがたまらない。頁を開くと懐かしい「記憶」がたちのぼり、その匂いとともに、過去が生きた現在となってありありと蘇ってくる。

それは、《歴史》の匂いなのだと思う。パリという都市がこれほど懐かしさをそそるのは、きっとこの歴史の匂いの魅力のせいなのだ。

書物について言えることは都市の空間そのものについても言える。パリという都市空間にこもる匂いは、いわば古書の匂いだ。真新しいクリーンな新刊書が何の存在感も感じさせないのと同じように、歴史のない都市空間はひとを虜にする匂いの厚みがなく、味覚で言うなら「こく」がない。

パリという都市はすべてがこの「こく」でできているようなものである。猥雑で複雑な時の厚みがたたみこまれた、あやしいまでに濃密な「こく」——パリが好きな人間は必ずこの濃密な匂いが好きなはずだ。ゴシックのカテドラルや石造りの建物にこもる遠い記憶の蓄積は「石の文化」ならではのもの、こうした長い歴史の匂いだけではどんな調香をもってしてもつくり出せるものではないと思う。

そのパリにもっとも似合わないのはプラスティック系統の匂いである。むろんプラスティックそのものに匂いがあるわけではないから、比喩でしかないのだが、無臭の物質ほどこの都市に似合わないものはない。歴史と現在が混じりあった厚い空気のなかに無臭の「新品」があると、文化の《薄っぺらさ》が浮きたってしまう。

モノについて言えることはヒトについても同じ。はじめのうちは悩まされた人々の体臭も、いつしか鼻が慣れ、不思議な懐かしさに変わってゆく……。

そんなパリから日本に戻ってくると、濃厚な匂いが一挙に薄れ、一瞬、空気が希薄になってしまったような錯覚に襲われる。街路も建物も「現在」の匂いだけ、空虚な清潔さが薄っぺらに広がっている——そんな風に感じてしまうのは、やはりパリの歴史の匂いに染まっていることなのだろう。

（一九九五・七）

Ⅱ　メディア都市

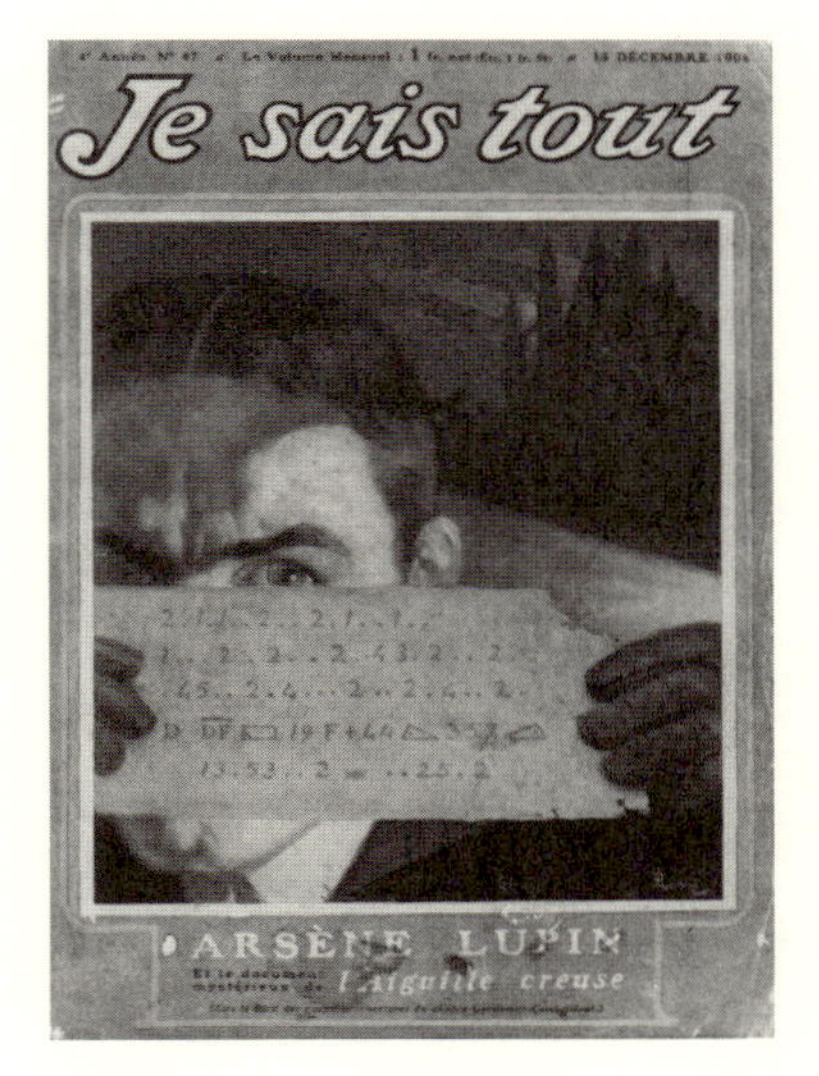

怪盗ルパンシリーズ『奇巌城』が連載中の
『ジュ・セ・トゥ』1908 年 12 月 15 日号

メディアのアイドル「怪盗ルパン」

はじめに新聞がある

怪盗ルパンは語のあらゆる意味で《メディア男》である。

ルパンが初めてお目見えした短編集『怪盗紳士ルパン』中の一篇「女王の首飾り」の結末はこう終わっている。


翌日のエコー・ド・フランス紙にはこういうセンセーショナルな記事がでた。

《以前ドルー・スービーズ家で盗まれた有名な宝石、女王の首飾りは、アルセーヌ・ルパンによって発見された。アルセーヌ・ルパンはさっそくそれを正当な所有者に返した。この騎士道的でデリケートな心づかいは、賞賛のほかはない[1]》。

同じ短編集中の「謎の旅行者」もまた、同じように結ばれている。みごと事件を解決したルパンは、その殊勲のほどを『エコー・ド・フランス』紙の記事に載せるのだ。「昨日、ビュシー付近において、アルセーヌ・ルパンは数々の事件ののち、ピエール・オンフレーの逮捕を行った」。ルパンものの読者なら、こうして作中によく登場する『エコー・ド・フランス』や『グラン・ジュルナル』といった新聞に記憶があるにちがいない。新聞記事を推理や犯行の手だてに使うのは探偵小説の常道の一つである。ホームズの頭脳部屋にもたくさんの新聞記事の切り抜きがある。けれども、いまあげたルパンの二つの新聞記事は、事件の発覚とも謎解きともかかわりのない、いわば蛇足の記事にすぎない。「賞賛」に価するルパンの騎士道的精神を《宣伝》するための記事。さらに言えば、ルパンというこの悪党を愛すべきヒーローにするための記事……。

犯罪者とは、痕跡を消す者であり、逃れる者である。そして、それを追跡するのが探偵だ。ところがルパンは、探偵小説のこの常道をひっくり返す。ルパンは犯行を予告し、署名を残し、そして、自分の英雄的勝利を派手に喧伝する。メディアをとおしてアルセーヌ・ルパンの名を世に広めるために。怪盗紳士ルパンは、希代のメディア男なのである。

だが、そのルパンにゆくまえに、回り道をして、十九世紀に誕生した探偵小説というジャンルと新聞メディアの深いかかわりを再確認しておこう。探偵小説と新聞と言えば、想起されるのは言うまでもなくポーの『モルグ街の殺人事件』と『マリー・ロジェの謎』である。その後の探偵小説の原型となったポーの三篇のうち二作がともに新聞がらみであるのは実に興味深い。『モルグ街』では、事件を知るきっかけが新聞報道だが、それ以上に『マリー・ロジェの謎』は、犯行の「現場」が一切なく、新聞報道の「批評」がすなわちデュパンの推理そのものとなっている。物語の始めから終わりまで犯行の現場は不在であり、犯行についての報道があるばかりだ。要するにこの推理小説は、新聞報道についての小説なのである。そう語っているベンヤミンの言葉を引こう。「この小説は、犯罪の解明に新聞情報を活用することの、原型でもある。ポーの探偵デュパンは、ここでは実地検証ならぬ日刊紙の報道にもとづいて仕事する。報道の批判的分析が、物語の骨格をなしている」。

さまざまな新聞報道の批判的分析がそのまま事件の推理になる——ポーにこういう筋立てが可能だったのは、当時の新聞の「報道」が同時に「推理」であったからだ。探偵デュパンは各紙の述べたてる推理に対抗しながら自分の推理を立てているのである。実際、この小説にはどれほどの数の新聞が登場することだろう。有力紙エトワール、「広い影響力をもつ」コメルシエル紙、モニトゥール紙、メルキュール紙、等々、八紙以上の報道にデュパンは一々反駁をくわえてゆく。セーヌに上がった死体はマリーではない——こう主張する有力紙エトワールの報道にたいし、デュパンは、死体はマリーその人だと論証してゆく。

ここで問題なのは、そのデュパンの推理が冴えているかどうかということではない。推理の冴えということで言うなら、この小説は、あまりに多くの新聞報道が引用されているため、事件の輪郭も謎の焦点も判然としないままに終わってしまう。その意味で『マリー・ロジェの謎』はできばえの良くない小説である。ハワード・ヘイクラフトの探偵小説史『娯楽としての殺人』が次のように言うのはもっともだといわざるをえないのだ。「ポーが探偵小説へとのりだした三つの試みのうち、このいちばん長いものは、不幸にもあまり注目にあたいするものではない。（…）エッセイとしては、冗漫だが有益な推理の訓練であろう。が、ほとんど小説とはいえない。生きた血液をもっていないのだ。人物は動きもしなければ話もしない。彼らは古新聞の報道中にしか存在しない」。言われるとおり、確かにこの小説は生き生きとした読後感を残さない。

けれども、わたしたちはこう問いを立てることもできるはずだろう。なぜにポーはこれほど新聞報道にこだわったのか、と。ヘイクラフトの答えはこうである。ポーは、現実にニューヨークで起こったメアリ・セシリア・ロジャーズ殺人事件の解明が不満だったのだ。「もしそのときの報道が信頼できるものだとするなら、警察の調査はみごとに失敗しているのである。ポーはあからさまに彼らのやりかたを軽蔑していたが、その愚かさを暴露するために『マリー・ロジェの謎』を書こうと思い立ったのである。便宜上舞台はパリに移し、自分の考えをデュパンに代弁させている」。

このヘイクラフトの論にすっぽりぬけおちているもの、それは新聞の犯罪報道についての文化史的考察である。なぜなら、ここでポーが首尾一貫して問題にしているのは、ほかでもない「新聞報道の信憑性のなさ」だからだ。それというのも、十九世紀の新聞の犯罪報道はそれじたいがフィクションだったからである。デュパンに代弁させているポーの意見を引こう。新聞の報道なるものがいかに真実の伝達から遠いものであるか。

普通、新聞の目的が真実の追求じゃなくて、センセーションをまき起こすこと、何かを主張することだってことは忘れちゃいけない。真実の追求なんてものは、センセーショナリズムと偶然一致してる場合だけ、新聞の目的になるのさ。平凡な、ありきたりの意見をのべるだけの新聞は、(その意見がどんなに根拠のあるものでも)やじ馬どもの信用を博することはできない。

ポー＝デュパンが言う通り、新聞の犯罪報道は「真実の追求」より「センセーション」が目的である。その言説は伝達するのでなく、主張するのだ。犯罪事件にそくしていうなら、新聞の報道とは事実報道というよりむしろ「推理」なのである。だからこそデュパンは有力紙の下手な推理を批判しつつ、ロジックな推理を対置しようともくろんだのだ。そのデュパンの推理の正否はもとよりわたしたちの興味の外である。大事なことは、新聞の報道がそれじたい世間のセンセーションを呼ぶフィクションであるということ、そのフィクションにたいしてポーがもうひとつのフィクションを対置しようとしたことだ。新聞というメディアの言説はセンセーショナリズムを狙う――いかにもこれは、みずから有能なジャーナリストであり、センセーション効果に人一倍敏感だった作家ポーならではの意見である。大袈裟に言うなら、ポーのジャーナリズム批判は「近親憎悪」的な正確さをそなえているといってもいい。

いかにも、新聞メディアの言説は、ポーがその批判のために一作を書いたほど、センセーションをめざすものだった。そして、そのセンセーションのためには犯罪ほど恰好のネタはない。犯罪と新聞とセンセーションは切り離せない三位一体であって、まさにこの意味でこそ殺人事件は大衆の「娯楽」だったのである。テレビの出現以前、最大のマスコミであった新聞がいかに犯罪報道によって部数を伸ばし、人びとの娯楽的興味を満たしたか、近年、オールティックの労作『ヴィクトリア朝の緋色の研究』や『二つの死闘』が明らかにしているが、その『ヴィクトリア朝の緋色の研究』から一節を引こう。

> 審査中の事件の新聞報道を規制する法律はあるにはあったが、多くの新聞はそんなことにはおかまいなしの行動をとった。今日のイギリスや(より最近の)アメリカの新聞が、裁判所の怒りにふれる可能性を懸念しつつ犯罪報道をするその慎重さを考えると、まったく信じがたい。
>
> (…)

「記者たちはどこまでも刑事のあとをつけまわし、警察をだしぬいて調査結果を報道した。（…）日刊紙は競いあって犯行の真相について新たな理論を展開し、審理はこう進めるべきだと当局にむけて忠告をたれた」。

つまり、新聞は推測、理論づけ、勧告と、自由自在にやってかまわないと思っていたのだ。

ポーが相手どった数々の新聞もまさにこうした新聞だったに違いない。つまり新聞メディアの報道は、犯罪事件を構成し、批評し、推理し、脚色した《読物》だったのである。ここから、いわゆるフィクションとしての推理小説への距離はあと一歩である。推理小説の始祖はジャーナリズムという言説の場から生まれるべくして生まれたのだ。

「有名人」ルパン

そして、事情はフランスにおいても変わらない。犯罪と新聞とセンセーショナリズムの三位一体はフランスでも同様であり、第二帝政下の新聞は「殺人事件を肥やしにして」飛躍的に部数を伸ばしていった。先導したのは大衆的日刊紙『プチ・ジュルナル』である。第二帝政は政治新聞への検閲が強化された時代だが、この検閲郵税をのがれるために非政治的な記事で紙面をうめた娯楽的大衆紙が『プチ・ジュルナル』だった。値段は一部一スー。ターゲットは教養のない文字通りの一般大衆（マス）。この大衆紙が爆発的に部数をのばした目玉商品がまさにイギリスと同じく犯罪報道だったのである。「緋色」の記事が人気を呼んだのはヴィクトリア朝イギリスだけではないのだ。

こうした殺人事件の商品性を実証したのは、一八六九年に起こったトロップマン事件である。殺人鬼トロップマンはパリ郊外で一家八人を皆殺しにしたうえ、死体を隠した。『プチ・ジュルナル』はこの殺人事件を大々的にとりあげ、詳細な報道を展開した。二〇万部だった発行部数はたちまち三五万部にはねあがり、事件解明とともにうなぎ昇りに部数を伸ばしていった。隠された死体が発見された日には四〇万部、六人目の死体発見の日には四四万部、七人目の死体発見で四六万部と、新聞は売れに売れ、トロップマン処刑の日には六〇万部に達したという。普仏戦争の一年前、ナポレオン三世治下の「帝国の平和」を享受していた大衆は、殺人事件という大いなる娯楽に酔いしれたのである。(2)

第二帝政の風俗のすべてを網羅したエレミール・ブールジュの半ノンフィクション小説『神々の黄昏』に、このトロップマン事件報道のセンセーションが再現されている。


その当時、エルマンという凶悪犯が犯した身の毛もよだつ犯罪は、今なお人びとの記憶に新しいが、この惨事、七人にものぼる犠牲者が同じ犯人に喉をかき切られるという前代未聞のむごたらしさで、発覚とともにフランス全土を騒がせたものだった。（…）大公はひどく興味をそそられて、逐一真相を知りたがった。「やるではないか、何たる奴！」（…）わけても、妻と五人の子供の殺害に続き、ついには父親のキンクを青酸によって毒殺するに至ったと聞いた時には、手を打たんばかりの喜びようだった。

犯罪報道というまたとない娯楽の楽しみが伝わってくるようである。この緋色の快楽を提供することによって、十九世紀後半の新聞は飛躍的な部数の伸びを確保したのだ。

そして、フランスの場合、犯罪報道というこの娯楽読物は、もうひとつの「読物」と連れだっていた。ほかでもない探偵小説である。ジラルダンの新聞革命によってとりいれられた新聞連載小説（フィユトン）は新聞に欠かせない読物となったが、その連載小説の定型がスリルとサスペンス、追いつ追われつの探偵小説だった。『怪盗ロカンボール』シリーズも、ガブリオの『探偵ルコック』も、まさにこの『プチ・ジュルナル』の大ヒット商品として人気を呼んだ連載小説である。ポーと同じく、フランスの探偵小説もまたその生誕の場はジャーナリズムなのだ。いや、もっと正確に言うなら、フランスにおける探偵小説は、むしろポーの逆だと言うべきだろう。先に『マリー・ロジェ』は新聞報道にたいして「近親憎悪」の関係にあると述べたが、フランスの場合、新聞と探偵小説は、憎悪どころか歴然とした「共犯」関係を結んでいるからだ。なにしろ連載小説は、雑誌メディアでなく、犯罪報道とまったく同じ新聞紙面に掲載されるのである。同じ商品力学がそこにはたらく。すなわち、センセーショナリズムである。ロジックな推理よりスリルとサスペンス——ということはつまりポーが批判した当のものがフランス探偵小説の特性となるということだ。明晰な推理や謎解きよりヒーローの超人的活躍の面白さ、手に汗して読ませる活劇性、それがフランス探偵小説の伝統であり特性なのである。

その伝統から生まれた最大のヒーローがほかでもない怪盗ルパンだが、このルパンほど新聞メディアと共犯関係の深いヒーローもない。なぜならルパンは「活劇」という新聞連載小説の定型を踏んでいるだけでなく、自己宣伝に新聞を使うからである。冒頭にあげた二篇の結末を思いだしていただきたい。いずれもそのメタ・メッセージは、「怪盗ルパンは世間のセンセーションを呼んだ」である。ルパンが大ヒットして、誰でも知っている「あの」ルパンになっている現在、こんなメタ・メッセージは不要である。けれども、ルパン誕生の当時にタイムスリップして考えるとき、蛇足ともいうべきこの文は、作者モーリス・ルブランの当初の狙いを鮮やかに示している。ルパンというヒーローは、その誕生の初めから、メディアをとおして世に名がなり響く《有名人》であり、世間を騒がせる噂の「あの」男なのだ。

何より大事なこと、それはアルセーヌ・ルパンというヒーローの圧倒的存在感であり、特にその名の有名性である。実際ルパンは作者ルブランの狙い以上に読者にうけてたちまち有名になった。するると今度はこのルパン、新聞メディアを自分の英雄伝説のＰＲに使う。実にルパンとは希代の《メディア男》なのだ。たとえば『奇巌城』でも、少年探偵イジドールとルパンがそれぞれ新聞紙面をつかいながら知恵くらべを展開するが、それはトリックであるとともに、いわば事件の「実況中継」でもある。メディアを使ってはなばなしく事件を伝え、大衆をうならせること。要するに、それらの新聞ニュースは怪盗ルパンという有名人伝説をつくりあげるためのPR作戦なのだ。

それがいっそう明白なのは『奇巌城』に次ぐ『８１３』である。ラ・サンテの刑務所入りになったルパンは事もなげにうそぶく。「おれの以前の業績が知りたければ、過去十年の新聞を読んでくれ。おれの過去は歴史になってるから」と。同じ作品で、ルパンはまたこんなせりふを口にしている。「久しく世界はおれの便りに飢えている。さぞかし待ちわびていることだろう」。そう言って彼は『グラン・ジュルナル』に事件の現況を伝える記事を書くのだ……。ことほどさように怪盗ルパンはメディアのヒーローなのであり、『８１３』ではルパンのこの有名人伝説がトリックにもなっている。時のドイツ皇帝カイザルが獄中のルパンをたずねてくるという筋立ては、それほどまでにルパンの名が世界に鳴り響いていなければ成りたたないプロットであり、ルパンの名声そのものが脱獄のトリックに使われているのである。

探偵小説の発生から考えるなら、これは奇妙な事態だと言わねばならない。なぜなら探偵小説の発生は「匿名の群衆」の出現と軌を一にしているはずだからである。『マリー・ロジェの謎』についてベンヤミンは語っていた。「探偵小説の根源的な社会的内容は、大都市の群衆のなかでは個人の痕跡が消えることである」と。痕跡の追及と解読。あらゆる探偵小説がもっているこの文化史的な身ぶりを、ルパンはさかしまにしている。有名人ルパンは、いたるところで自分のアイデンティティを誇示してまわるからだ。ルパンおなじみのあの署名癖や犯行の予告癖は、痕跡を消す犯罪者の習癖とは正反対である。

そして、ルパンのこの特性は、「変装」についても言える。変装し、顔を変え、自分以外の誰かになりかわる快楽は、一般に、孤独な匿名者のそれである。ボードレールは「群衆の中の孤独」の快楽を語ったものだ。遊歩者、「それはいたるところでお忍びを楽しむ帝王だ」と。ところがルパンの変身ゲームはボードレールの語るこの「匿名者の快楽」の逆である。確かにルパンは思うまま何者にでもなりかわる。けれども、その快楽は変身願望というよりむしろ同一性願望だと言わねばならない。読者が待ちうける快楽の瞬間は、彼が仮面を脱ぐときであり、意外な人物が「実はルパンだ」と名乗りでるときだからだ。第一作の『ルパンの逮捕』から引こう。

アルセーヌ・ルパンがここに！　数カ月前から、その大胆さがあらゆる新聞で報じられていた、あのつかまらない怪盗！　腕利きの警部ガニマール老が、奇々怪々な死闘の相手としている謎の人物！　城舘やサロンしか荒らさない不思議な紳士。（…）運転手、テノール歌手、馬券屋、良家の子弟、若者、老人、マルセイユの外交官、ロシア人医師、スペインの闘牛士——

何でも変装する男、アルセーヌ・ルパン！

ルパンものの醍醐味は実にこの最後の一句、アルセーヌ・ルパンという名にかかっているのであって、匿名の群衆の中に身をまぎらわす都市生活者の孤独な快楽――たとえば乱歩の『屋根裏の散歩者』がまざまざと語っているような――ほどルパンの変身からかけへだたったものはない。シャルムラース公爵、セルニーヌ公爵、ルノルマン保安課長、誰に変装しようと、それはルパンであり、「お忍び」よりも「帝王」であることが大事なのである。メディアで名がなり響く「あの」怪盗ルパンであることが肝心なのだ。

それほどまでにルパンはメディア男を極めているのだが、面白いのはそのメディアがルパンの人気上昇とともに小新聞から大新聞に移ってゆくことだ。初のシリーズ『怪盗紳士ルパン』でつかわれていた新聞は『エコー・ド・フランス』だが、『奇巌城』や『８１３』に頻繁に登場する新聞は『グラン・ジュルナル』である。もちろんこれは『プチ・ジュルナル』のもじりであり、さしずめ『朝日新聞』を『夕日新聞』とでもするようなもの、当時の読者にはすぐにわかって笑わせるパロディである。[3] ちなみに『エコー・ド・フランス』は『エコー・ド・パリ』のもじりだと思われるが、こちらの方は『プチ・ジュルナル』ほどの大新聞ではなく、ルパンの作者となる以前にルブランが寄稿していた小新聞である。小新聞とはいえ、社交界消息欄などのコーナーもあり（ちなみにプルーストの『失われた時を求めて』にもこの『エコー・ド・パリ』が登場する)、いかにもルパンのスノッブな紳士性にフィットしたメディアではあるのだが、それはともかく、ルパンが人気を博するほどに、ルパンの使う新聞も大新聞になり、小新聞よりむしろ大新聞のもじりの方が小説的リアリティがあったということだろう。

ルパンを敷いた江戸川乱歩の『黄金仮面』もルパンのこのメディア好きを見逃さずに書きこんでいて面白い。東京に出没する黄金仮面は新聞に書き立てられて天下の人気をさらう。「翌朝の各新聞は、地方新聞にいたるまで、全国的に、すばらしい大見出しで、上野博覧会における前代未聞の大活劇を、詳細に報道した。(…)新聞効果いわゆる百パーセント。天下の読者をヤンヤといわせた」。乱歩が見事にとらえているとおり、「天下の読者をヤンヤといわせる」新聞効果、これこそルパンものの特色である。推理より、センセーション。ルパンの変身ゲームは、大向こうをうならせる派手なキャラクターの創造にかかっているのであって、人間意識にひそむ深い変身願望に由来するものではない。つけた仮面が誰であろうと実は「あの」怪盗ルパンというアイデンティティ——ルパンものの魅力は一にかかってそこにある。要するにルパンは徹底的に娯楽的なのだ。メディアの申し子であるルパンは、新聞小説の要請をことごとく満たしたエンターテインメントの傑作なのである。

怪盗「紳士」のスノビズム

けれども、大急ぎで言いそえておかねばならないが、ルパン・シリーズはいわゆる新聞連載小説ではない。『金三角』や『虎の牙』、『カリオストロ伯爵夫人』、『緑の眼の令嬢』など、後期の作品には正真正銘の新聞連載小説もあるが、『怪盗紳士ルパン』に収録される初の短編群が掲載されたのは月刊雑誌『ジュ・セ・トゥ』である。ここで少し詳しくこの『ジュ・セ・トゥ』という雑誌を説明しておこう。およそあらゆる作品はそれが掲載されたメディアの性格の刻印をおびているものだが、この雑誌の性格は、おそらく怪盗ルパンの《紳士》性にかかわっているからだ。といっても『ジュ・セ・トゥ』誌の場合、問題は雑誌の性格というより、編集長の性格が大きくものをいっている。編集長の名はピエール・ラフィット。来るべきイメージの時代を先取りして豊富に写真を使ったイラスト日刊紙を創刊し、ベルエポックのジャーナリズムに新風をふきこんだ先覚者だが、ラフィットの先覚性はフランス初の週刊スポーツ誌を創刊したことにもあらわれている。一八九六年に創刊された週刊誌『アウトドア・ライフ』は、初のスポーツ週刊誌という斬新さとともに、写真グラビアを生かす光沢紙を使った贅沢なヴィジュアル・マガジンだった。この贅沢な雑誌のヒットにのってラフィットは一九〇一年に『フェミナ』を創刊する。今日の『ヴォーグ』の系譜に連なる高級モード雑誌である。この事実一つを取ってみても、ルパンのファッショナブルなキャラクターの由来がうかがえるが、このラフィットがさらに一九〇五年に創刊した月刊誌が『ジュ・セ・トゥ』であある。残念ながら現物を手にしていないが、カラー・イラストと写真を多用した高級読物誌であったらしい。『アルセーヌ・ルパン全集』の監修者ラカサンの紹介によれば、「シャーロック・ホームズの物語が掲載された『ストランド・マガジン』にスタイルを借りたもの――ただし、そのうえにエレガンスと上品さを配慮した」雑誌だという。この雑誌の創刊とともに誕生したのが、『怪盗ルパン』シリーズなのである。

よく知られているように、作者モーリス・ルブランはそれ以前までモーパッサンやフローベールに傾倒しながら心理小説を書いていた作家だった。ホームズと同じく、ルパンもまた作者の志に反して生まれたヒーローなのだ。しかも、ヒーローが作者より有名になった度合は、ルブランの場合、コナン・ドイルの比ではない。以来作者モーリス・ルブランの名は「ルパンの影武者」となって忘れられてゆくのだが、それはともかく、ルパンというキャラクターのスノッブな「紳士性」、さらに初期のルパンにホームズが登場する理由も、この掲載メディアからして推測がつく。要するにルブランは、仕掛人ラフィットの要請にぴったり応えるキャラクターを生み出したのである。たんなる「怪盗」ならメジャーな新聞連載小説にふさわしいが、『ジュ・セ・トゥ』の斬新なスノビズムにはダンディな「紳士」がふさわしい……。

さらにまた、ルパンのあのスポーツ感覚もまたここから浮かびあがってくる。仕掛人ラフィットは初のスポーツ誌の創刊者だった。彼の才覚はベルエポックという時代の気分を先取りしていたのだ。その気分にぴったりルパンは応えている。ここでスポーツというのは、彼のあの柔道の技のことだけではない。ベルエポックのスポーツの花形「自転車」のことである。当時のスポーツ誌とは自転車雑誌であり、さらに自動車雑誌であった。モーリス・ルブランはルパンの作者となる以前、自転車小説を書くほどの自転車マニアだった。この自転車は高校生イジドールとともに『奇巌城』で大活躍するが、ルパンものでつねに活躍するのは自動車だ。怪盗役にしろ探偵役にしろ、自動車はルパンに無くてはならない道具だが、作者ルブランはスポーツ感覚あふれるライターだったのである。そして、スポーツ感覚とはベルエポックの「最新流行」である。プルーストの『失われた時を求めて』に登場する自転車と自動車の「新しさ」を想起されたい。プルーストもルブランも、いずれ劣らずスノッブな「新しさ」を作品にとりいれているのである。

そして、ベルエポックの当時、「新しい」ハイテク感覚は同時に貴族的感覚であった。プルーストの『囚われの女』に登場する自動車は超贅沢品である。だからこそ自動車雑誌は贅沢なペーパーであったのだ。あるいは「エレベーター」もそうである。エレベーターというハイテク装置はまさにプルーストの場合がそうであるように、豪華ホテルがそなえはじめたリッチな装置だった。このエレベーターを何台も私邸にそなえつけるというのは、まさにルパンのような富豪(?)にして初めて可能な贅沢である。たとえば『ルパンの冒険』の結末部が印象的だが、ボタンを押すと、大書棚がするすると横滑りして隠しエレベーターが姿を現す。それも二台の。一方のエレベーターには警部ゲルシャール、もう一方のエレベーターにはルパン。途中でとまったゲルシャールのエレベーターを尻目に、ルパンを乗せたもう一台のエレベーターはゆうゆうと降りてゆく。そこには大きな鏡がとりつけられて、ルパンは逃亡しつつ変装している……。こうした屋敷の「仕掛け」はルパンものの魅力的な小道具だが、このように贅を凝らしたハイテク仕掛けもまた元はと言えば貴族趣味である。オペラを想起するだけで十分だろう。オペラとは仕掛けであり、王侯貴族の趣味である。ルパンはこの王侯貴族趣味のハイテク仕掛けを派手に使って読者を楽しませるのだ。

けれども、ルパンの貴族趣味はカッコつきである。というのもルパンの世界は、正確に言えば貴族というよりヌーヴォー・リッシュのそれだからだ。まず怪盗ルパンが盗みに入る相手の富豪がほとんどそうである。『ルパンの冒険』のグルネイ・マルタン、『金三角』のエサレス・ベイ、『ハートの7』のアンデルマット、『813』のケッセルバックなど、ルパンとわたりあう敵方は成金の銀行家や実業家が圧倒的に多い。さらにルパンの狙う美術コレクションも、所蔵者は貴族よりむしろ新興成金が多数をしめている。個人の美術コレクションというのはようやく印象派以後に現れる現象であって、ヌーヴォー・リッシュでなければできない贅沢であった。ルパンもののプロットはこうした時代のリアリティをうつしだしている。

そして、ルパンが相わたる相手もさることながら、彼が活躍するトポグラフィーがさらにそれを表している。ルパンものの舞台になるパリは圧倒的に新興地が多い。すなわち、七、八区と一六区、シャンゼリゼ界隈とブローニュ界隈。いずれもオスマンのパリ改造以降ようやくハイライフの舞台となる場所であり、プルーストの世界がそうであるように、ヌーヴォー・リッシュのトポスである。『金三角』はじめ特に頻繁に舞台となる一六区は、モーリス・ルブラン自身が居を定めたところだが、アパルトマンのほか、庭つき一戸建ちの屋敷の建築がいまだ可能だった地区であり、典型的な新興地である。現在は高級住宅地として知られるが、ルパンの時代にはいまだ閑散とした郊外感覚の場所だった。別荘風の館が立ち並ぶ一方で、空き地の緑地があり、隠れ家にするにも犯罪にも恰好の立地である。ルパンものにはトリックとしての「密室」がきわめて多いのに、パリという都市の雑踏が読後感に残らないのは一戸建ちの屋敷が多く選ばれているからだろう。

そう、ルパンのパリはむしろ一六区からそれに続くパリ西郊である。パリ西郊は印象派が描いたセーヌ河畔の別荘地（『813』でルノルマン保安課長こと実はルパンが投げ捨てられる橋はルノワールの絵で知られるブージヴァルにある）。日曜の行楽地として賑わい、新興成金の別荘地が点在したトポスだ。ルパンもののパリはバルザックやボードレールのパリからはるか遠く、「ひとのひしめく」群衆のトポスから遠くへだたっている。それというのも、時はまさに《アウトドア・ライフ》がトレンドだった時代、行楽と観光旅行とリゾートの時代だからだ。ルパンものが都市の密室性を感じさせないもうひとつの理由は、ルパンがこの時代の申し子として「旅行者」であることも大きい。むろんそれは彼がおたずね者として移動をよぎなくされる身の上だからだが、移動といっても、ルパンは「流れ者」というよりはるかに「旅行者」というにふさわしい。贅沢なアウトドア・ライフの時代の申し子であるこの怪盗はリゾート地に出没するからだ。『奇巌城』の舞台はノルマンディー。モーリス・ルブランの故郷だが、ルパンのいわゆるノルマンディーものを「郷土性」だけで考えるのは一面的である。『奇巌城』のあの「うつろな針（エギーユ・クルーズ）」のそびえるエトルタの海岸は、リゾート地、観光地としても有名だったのだ。すでにエトルタの浜にはオッフェンバックやモーパッサンなど名士の別荘が建ち並んでいた。旅行ブーム、リゾート・ブームとともに風景の商品化が定着しつつあった時代、読者にとってあの奇巌のそびえる海岸風景は旅行ガイドや鉄道ポスターのメディアの中で既知のものであったにちがいない。要するにそれは観光名所だったのだ。だからこそ、それを怪盗の美術館にするという奇抜なトリックがあれほどうけたのである。ここでもまたルパンは同時代の読者のスノビズムにアピールしているのだ。有名人ルパンは有名な場所を選ぶのである。

むろんそのことは、ルパンの歴史趣味を排しはしない。怪盗としても探偵としてもルパンの推理は歴史をさかのぼり由緒来歴をさかのぼる。フランスの王侯貴族に伝わる財宝の発掘は貴族趣味ルパンのお好みの手だ。たしかにルパンは土地伝説をたどり、歴史のドラマをたどって、時間の厚みをさかのぼってゆく。けれども、結果としての読後感は、たとえば横溝正史の作品が感じさせるような土地伝説の重みを残さない。むしろ読者の印象に残るのはルパンのトリックの奇抜さと爽快さである。要するに、人間的情念の織り畳まれた歴史の厚みを感じさせるには、ルパンはあまりに《愉快》すぎるのだ。

仮装パーティー

ルパンの愉快さ。それをよくみぬいていたのは江戸川乱歩である。先にもふれたように、『黄金仮面』はルパンからアイディアをかりているだけでなく、黄金仮面の正体が実はルパンという趣向の「ルパン乱歩風」とでもいうべき作品だが、連載誌はメジャーな大雑誌『キング』だった。乱歩の「自註自解」にこうある。「したがって、老若男女だれにも向くようにという講談社的条件が、この雑誌にはことに強くあてはまるわけであった。だから、私もその気持ちになって、ルパンふうの明るいものをと心がけ、変態心理などは持ち出さないことにした」。乱歩が言うとおり、ルパンは「明るい」のである。ルパンのこの明るさは、『黄金仮面』を読むとよくわかる。すべてのよくできたパロディがそうであるように、パロディは原作の個性を強調する。『黄金仮面』は秀逸なルパン評として読める。

実際、『黄金仮面』はルパンのエッセンスをことごとくもりこんでいる。例の新聞宣伝趣味についてはすでにふれたが、犯行を予告する趣味、署名を残す趣味、盗んだ美術品を贋作ですりかえる趣味、いずれもルパンそのままである。さらに、押し入るのが観光地日光山中の貴族の別荘というのも、ルパンのトポグラフィーをよくつかんでいる。そのうえ怪盗が狙う美術品が国宝の玉虫厨子、『奇巌城』の例の「うつろな針」が東京近くのコンクリートの大仏というのはパロディならではの傑作だ。さらに、ハイテク建築仕掛けもまたルパン的なら、暗号もルパン的。貴紳と盗賊の一人二役もまた典型的なルパンふう。実によくルパンをとらえている。ただしルブランのルパンは殺人をしないのに、乱歩のルパンは殺人をするが、おそらく乱歩は愛国主義者ルパンのエスノサントリスムをみぬいてそうしたのかもしれない。いずれにしても、「ルパン乱歩風」はルパン以上にルパン的である。

そして、そのルパン的を極めるのはルパンの恋である。ルパンというキャラクターの際立った個性、それは「恋する」怪盗なのだから。黄金仮面が恋するのは深窓の令嬢、狙った先の侯爵家の令嬢である。これもまた「ルパンふう」に無くてはならぬプロット、『奇巌城』のアイディアだが、乱歩は怪盗に恋する令嬢にこう言わせている。「あの方は、けっしてあたりまえの泥棒やなんかではないのよ。英雄……そう、英雄だわ。世界中の女という女が、どんなにかあこがれている、すばらしい超人だわ」。実際、ルパンは女に優しく、女にもてる。それも、実に明るく——。本物のルパンのせりふを引くなら、さしずめ『地獄の罠』の最後のせりふなど典型だろう。土壇場で、敵であるはずの女がルパンを助けてしまう。ルパンに恋をしてしまったのである。助かったルパンは、気分良く、長いこと鏡の中の自分を見つめて言う。「それにしても、なにしろ、美男だということは……」。あるいは『金三角』のせりふ。「大尉殿、隠す必要はありません。わたしの本名を言ってください。なに、平気ですよ――あらゆる女性はアルセーヌ・ルパンの味方です」。ルパンのこの朗らかな自信、それがルパンの「明るさ」なのである。

このルパンの明るさをねらった『黄金仮面』は確かに乱歩の作品のなかでは明るく、『怪人二十面相』とならんで通俗的な明るさがある。けれども、やはりそこには微妙なトーンの「ずれ」があり、そのずれがそのままルパンの世界と乱歩のそれとの差異を語りだしていて興味深い。ルパンであるはずの黄金仮面は、乱歩にあってはどこかに不気味さをたたえているのだ。乱歩の怪人は「闇」や「月」のあやかしとなじんでいるのである。そして、その仮面もまた、トリックとしての変装というより、自分を隠したいという「隠れ蓑」願望を感じさせる。あの『人間椅子』のマゾヒズムがどこかに見え隠れしているのだ。月明かりに徘徊する黄金仮面の姿はやはり幻想的で魔術的なのである。そして、乱歩とルパンのこのずれは、裏返せばそのままルパン的世界を語り明している。それというのも、ルパンの世界に決定的に欠けているエレメントこそほかならぬ魔的な「恐怖」だからだ。乱歩の世界に滲むあの闇愛好や不思議からくりの魅惑ほどルパンに無縁なものはない。あるいはポーにあるあの水の「魔性」もまたルパンにそっくり欠落しているものである。水の土地ノルマンディーを舞台にしながら、同じノルマンディー作家モーパッサンにあるような死の水の想像力ほどルパンに遠いものはない。

したがってルパンの変装趣味もまた乱歩のそれとは大いにちがう。乱歩にあるのはトリックとしての変装というより、はるかに根深い変身願望であり、「大人の男」という性アイデンティティを拒む幼児性である。だからこそその変身願望は玩具愛にも人形愛にもなり、マゾヒズムからフェティシズムまでさまざまな変態性をとるのだ。ところが、最初に述べたとおり、ルパンの変装はアイデンティティ・ゲームである。世間をあっといわせるための、探偵と盗賊の一人二役を演ずるための、要するにセンセーショナルな効果の演出のための——。

つまりルパンの変身は、深層心理とは何のかかわりもないものなのだ。ひとつには、先にもふれたフランス探偵小説の伝統がその根底にある。囚人の身から警視庁の密偵に転身した伝説的な犯罪者ヴィドックは、バルザックの登場人物ヴォートランを生み、ユゴーの『レ・ミゼラブル』の警部ジャベールを生み、以来フランスで人気を博す探偵小説といえば推理小説でなく悪党小説であり、頭脳的推理でなく超人的活劇である。幾つもの顔をもつ「おしのびの帝王」の活劇はフランス探偵小説の伝統であり、シューやデュマ以来の新聞連載小説の伝統なのだ。怪盗紳士ルパンはこのフランス探偵小説の系譜をひくヒーローの最大の成功者にほかならない(4)。

けれども、ルパンの変装ゲームには、さらにもっと大きく、フランスの文化そのものの「演劇性」が基底にあることも忘れてはならないだろう。フランスにあって社交界とはつねに演劇的世界である。社交界人士とは演技者のことだ。自分を隠すより「見せる」ことがつねに関心をよぶのがフランスの都市文化である。だからそこでは乱歩のような「闇」空間などありようもないのだ。誰にも見られず身を隠す土蔵や屋根裏などの闇空間はフランス文化になじまぬものであり、カフェひとつとっても、そこは自分を「見せる」ための演技的空間なのである。怪盗紳士ルパンのルーツにはフランス文化のこの演技性が存在している。シュールな方法でアイデンティティ・ゲームを楽しんだあのボリス・ヴィアンは言ったものだった、「人間はどうせいつも仮装して生きている。だから仮装すればするほどもはや仮装ではなくなってくる」と。まさにこのエスプリの系譜にルパンは連なっている。

したがって、ルパンの変装ゲームには乱歩のような変態願望的要素など一切ありようもない。実際ルパンほど典型的にアダルトな男はないというべきだろう。ルパンのセクシュアリティは古典的な「男」である。絵に描いたような「いい男」、それがアルセーヌ・ルパンだ。殺人をせず、弱きを助け、強きをくじく。しかも女にはつねに紳士的で、優しく、しかもほれっぽい。男の敵には決して負けないルパンが、お縄頂戴の屈辱を忍ぶのはつねに女のためなのだから……。要するに、アルセーヌ・ルパンというこの大衆のアイドルは、好感度百パーセントのノーマルマンなのである。

そう、ルパンの魅力は、何と言っても力を「遊ぶ」無償のゲーム性にあり、スリリングな力の対決の華やぎにある。あえて形容詞をつけるなら、やはりダンディなという言葉がいちばん良くにあう。そのダンディな怪盗紳士ルパンのダンディぶりを描くシーンを選ぶなら、さしずめ『813』

の次の箇所など極めつきであろう。ルパン扮するロシア貴族セルニーヌが強敵アルテンハイム男爵とあいわたる。昼はブローニュの森、夜はオペラ座、ベルエポックのパリの社交界暮らしに明け暮れているふりをしながら、実はともども相手の探りあいをやっているのだ。ルパンの方は殺すつもりはないが、相手はルパンの命を奪うチャンスをうかがっている。命を張ったそのスリルをルパンは満喫するのである。

それは熱中を誘うドラマだった。まさにセルニーヌのような人物にとっては、異常で強烈な味だった。明らかに敵だと知りながら、なに食わぬ顔でこれと相たずさえて生活すること、一歩踏みはずせば、ちょっとでも油断すれば、たちまち死の手に落ちると知りつつ生き続けるとは、何という悦楽だろう！

危険を遊ぶダンディの、このカッコイイ明るさ。つねにトリッキーな離れ業で世間の喝采をさらうこの愛すべき通俗性によって、アルセーヌ・ルパンは永遠の大衆のアイドルなのである。

注

（1）ルパンの引用はすべて次により、翻訳は、石川湧、井上勇、堀口大學訳に依りつつ一部訳しかえた箇所もある。 Maurice Leblanc, *Arsène Lupin*, 5vols. Laffont, 1986.

(2) cf. René de Livois, *Histoire de la presse française*, t.1, *Les temps de la presse*, 1965, pp. 272-289. なお、『プチ・ジュルナル』については次に詳しい。 鹿島茂「大衆紙『プチ・ジュルナル』の誕生」『文学』一九九三年四月・春号、岩波書店。

(3) 正確に言えば、世紀末まで『グラン・ジュルナル』という新聞は存在していた。『プチ・ジュルナル』に対抗すべく創刊された週刊新聞だが、ルパン・シリーズが始まった一九〇五年にはすでになく、当時は『プチ・ジュルナル』『プチ・パリジャン』『ル・マタン』『ジュルナル』(これもルパンものに登場する) の四大紙の時代であったから、やはり作中の『グラン・ジュルナル』は『プチ・ジュルナル』のパロディと考えるのが妥当だろう。

(4) フランスの探偵小説の伝統、新聞連載小説とのかかわりについては、次に詳しい。松村喜雄『怪盗対名探偵』晶文社、一九八五年。

(一九九五・二)

電話というマジック――距離をなくし相手に「触れる」

声の銀河系へ移行

モトローラかＮＴＴか、携帯電話が話題になっている。

「一家に一台から一人に一台」の時代をこえて、いまや「どこでも」電話。電話文化花盛りの勢いである。パーソナル・メディアである電話は、そのパーソナル性を存分に発揮して、〈第二の私〉的なツールになりつつある。

そして、この電話の〈私〉は、「声」の私である。電話大繁盛の時代は、「声の文化」の時代だと言うこともできるだろう。若者の活字離れが言われて久しいが、むしろそれは、「文字の文化」にかわる「声の文化」の復興であり、わたしたちは、いつのまにかグーテンベルクの銀河系を離れて、声の銀河系へと移行しつつあるのではないだろうか。

ミステリアスな装置

声の文化の特徴は、「近い」ということである。視覚は距離をつくりだし、人と人を切り離す。実際、本を読むには、独りになって、書物に集中しなければならない。ところが声は、人をこの孤独から解放する。声をかけるということは、相手に近づくということであり、それも、親しく、相手に触れるということだからだ。

声のメディアである電話は、この意味で相手に「触れる」メディアである。わたしたちは電話をするたびに誰かに触れながら暮らしているのだ。電話は顔の見えない声と声を一本のラインで「つなぐ」。だからこそ電話には「愛のことば」があれほど似つかわしく、もっとも頻繁に電話しあうのが恋人たちであるのは当然すぎるほど当然な話なのだ。

ところが、一方で、電話はまた用件伝達のツールでもあり、ビジネスに不可欠のメディアでもある。だから、電話コミュニケーションのこの濃密な親密性は、ふだん意識されないことが多い。実際、ビジネス電話は情報伝達が目的だから、およそ「愛」とは無縁なものだと思っている人びとが圧倒的多数だろう。

ところが、電話コミュニケーションは、シンプルなようでいて、どっこい、一筋縄ではいかない現象なのだ。そう、電話とは実にパラドックスに満ちたミステリアスな装置なのである。

遠くと近くを同時に

まず一つには、それが距離をなくすツールだからである。電話は、一挙に距離を飛び越えて、はるか遠くを「近く」に変えてしまう。地球の裏側にいる相手と私はコールライン一本で一つに結ばれる。しかも、そんなに遠く離れていながら、そのとき耳もとに届く相手の声は至近距離にあり、私のこころのなかに響いてくる。

その声は、私に「触れる」ほどにも内密である。それでいながら、たがいに顔は見えず、声だけの存在と化した相手と私は、指一本触れあうことができない。相手ははるか彼方にいながら、しかもごく近くにいる。つまり電話とは、「遠く」と「近く」を同時に存在させる、魔術的な装置なのである。

ところが電話は、あまりにも日常的にわたしたちの生活のなかに入りこんでしまっているから、その魔術性を感じさせない。日夜忙しく電話を使っているビジネスマンに、電話のマジックなどと言っても、通じはしないだろう。

感じるメディア

むしろ、電話の魔術性に気がつく可能性は、いわゆるおしゃべり電話の方にある。おしゃべり電話の目的はまさにただの「おしゃべり」であり、用件伝達の反対である。それは、気分のままに、とりとめなく、声をかわすことである。そこで大切なのは、声をとおして相手に触れる親密性であり、極論すれば、伝える情報の内容など何でもかまわないのだ。「もしもし、あなた」――私のこの声が相手の内奥に触れること。電話は、この不思議な親密性のためにこそあるのであって、おしゃべり電話をする人は、無意識に誰かのぬくもりを求め、愛を求めてダイヤルしているのだ。電話発明の苦闘を綴ったエジソンの伝記のタイトルが『孤独の克服』であるのはまことに象徴的ではなかろうか。

だからこそ電話はセラピーにもっともフィットしたメディアなのだろう、つまり電話とは「語る」よりむしろ「感じる」メディアなのであり、声は、こころの奥深く、サブリミナル（潜在的）な深さに触れるのである。

してみれば、電話文化花盛りの現在は、やはりサブリミナルの時代ということなのだろう。不思議大好きの新・新宗教の時代と「声の文化」は、どこかでミステリアスにつながっているのである。

（一九九四・四・二一）

恋する電話

「私は声の娼婦だ。男の声を吸い取って膨らむ夜の小さな果物。その果物の中を、声はまっすぐに通り過ぎ、決してとどまることはない。姿も形もない私の愛人……」

稲葉真弓の短編『声の娼婦』（講談社、一九九五年）の一節である。「声」はどこかでスキャンダラスな闇のエロスにつながっている。

闇に浮かぶ耳

語り手の「私」は、都会の一人暮らし。引っ越しをしたところへ、夜になると電話がかかってくる。やがて「私」は、前に住んでいた若い女が電話を使って自分の「耳」を売っていたこと、その電話が「銀の葡萄（ぶどう）」と呼ばれていたことを知る。男たちは、夜がくると、闇のなかに浮かぶ白い耳にむかって話しかけるのだ。「銀の葡萄だね？」。その声に、いつしか「私」も耳をかしてゆく。「薄い肉で包まれた、空虚な穴。見知らぬ男のために惜しげもなく開かれた空洞」(『声の娼婦』より)。

「私」は、闇のなかにそんなうつろな空洞を開いて、夜ごと声の娼婦になる。電話のむこう、見知らぬ声はあらぬ妄想を語り続ける。「リボンの女」の肉体のこと、その情事のあれこれを……。しどけない姿でその声を聞いている「私」は、男の妄想の共犯者。

こうして電話は、わたしたちを顔のない娼婦にかえてしまう。

電話の魔術

いかにも電話は孤独なツールである。孤独なわたしたちは電話にひきよせられて、一瞬で一つに繋がれる。だからこそ電話は恋愛にもっともふさわしいツールなのだろう。電話はなにより「親密」な声たちに仕えてくれる。

いや、考えてみると、電話はたんなる親密なライン以上のもの、距離を廃棄して「遠く」と「近く」を一つに結ぶマジカルな装置ではなかろうか。距離のない近さで一つになったわたしたちは、そのとき「プラトニック・ラヴ」を体験してしまう。たがいに肉体不在のまま、あらぬ虚空でひしと結ばれあうのだから。

そう、電話は愛の魔法のツールなのだ。フランスに電話が初登場した二十世紀初頭、プルーストはこの魔法をありありと感じとり、『失われた時を求めて』(一九一三～二七年)の一節にそのマジカルな印象を綴っている。生まれてはじめて母に電話した語り手は、耳もとで愛する母の声を聞く。

こちらからの呼び出し音が向こうに響く。と、すぐに、われわれの耳だけに開かれている闇、霊の出現に満ちた闇のなかに、距離をなくした音がして、それから愛しいひとの声がわれわれに話しかけてくる(…)。あのひとだ、あのひとの声だ、話しているのは、そこに聞こえているのは……

(井上究一郎訳、筑摩書房、一九八四—八九年)

プルーストはミステリアスな声の親密性を何とみずみずしく感じとっていることだろう。愛しいひとの声は、「霊の出現に満ちた闇」のなかに浮かびあがる。その闇のなか、肉体をぬけだして声と化した二人は、あらぬところで触れあっている。

実際、声はわたしたちに「触れる」ものなのだ。耳もとに聞こえる相手の声は、近く、近く、こころのなかにしみ入ってきて、肌にまで触れてくる。だから恋する二人は、電話をしながらたがいの肌をさしだしているのではないだろうか。「もしもし、あなた?」。わたしが欲しいのはただひたすらあなたの声。わたしの官能に触れてくる声の贈り物——。

だからこそ恋人たちはいつまでも電話を切ろうとしないのだろう。

(二〇〇〇・二・一三)

ラブレターはナルシスの水鏡

遠い手紙

ああ、何て遠いのかしら。あなたってひとは――。

ブルーの便箋を前にして、わたしのこころに《遠さ》がしみる。果てしなく遠い二人の距離。こんど会うまでの日数の長さ。

そう、手紙が明かしているもの、それはあなたの不在だ。今ここにあなたがいれば、どうして手紙など書いたりするかしら。だって、そうでしょう？ 昨日わたしのそばにいて、わたしの髪に息を吹きかけていたあなた、そのあなたはもういない。わたしの耳もとに睦言をささやいた、あなたの声はもはや遠く……。


ラブレターを条件づけているもの、それは《遠さ》である。恋する二人の間に交わされる手紙は、幾重もの遠さ、幾重もの距離を浮かびあがらせる。ラブレターの遠さ――その理由のひとつは、それが「書かれた」恋だということだろう。文字で書き綴られてゆく恋。ラ・ブ・レ・ター。その文字は、わたしのこころを伝え、あなたに届けるはずなのに、いつしかあなたではない別の何かに向かってねじれてゆく……。

こうした手紙の《遠さ》は、電話と比較してみればよくわかる。なぜなら電話はもっとも《近い》コミュニケーションだからだ。そう、電話は近い。信じられないくらいに。「もしもし、あなた」「ああ、ぼくだよ」――その時、遠くのあなたは、わたしのすぐそば、耳もとの近さにいる。電話は、一瞬で距離を無くしてしまう不思議なメディアなのだ。電話はどんなに《遠く》の相手でも《近く》に運んで来て、二人をひとつのラインに結んでしまう。こうして距離を無化する親密性のメディアであればこそ、恋人たちはあれほど電話が好きなのだろう。この意味で、いわば電話は必ず「恋する電話」なのである。

そう、電話の向こう、そこにいるのは、たしかにあなた。わたしのこころに響いてくるのは、あなたのあの声。優しいあなたの声はわたしに触れて、ひたひたとわたしを満たす。わたしもまたわたしの声をあなたに贈りたくて、意味にならない言葉を送る。「もしもし、ねえ、あなた……」そうしてあなたに話しかけるわたしの声はどこまでも尽きることがない。いつまでもいつまでも、あなたと一つに結ばれていたいから、わたしは声を贈り続ける。「もしもし、あなた……」。

それというのも、電話でわたしが話したいことなど、実は何もないからなのだ。わたしが聞きたいのはただひたすらあなたの声。わたしが感じたいのはあなたの肉体。「用件電話」からもっとも遠い「恋する電話」は、メッセージがもっとも空虚なコミュニケーションなのである。たとえ何時間話したとしても、恋人たちが交わす言葉のメタ・メッセージはただひとつ、あの愛の言葉につきるからだ。――Je t'aime.「あなたが好き」。

メイク・ラブ

こうして距離を無化する電話にくらべ、手紙は距離を維持する。

そう、ラブレターはいつも遅れてしか届かないのだ。あなたにむかって高鳴る胸、期待と不安の間を揺れながら、刻一刻と変わってゆくわたしのこころ。そのこころの移ろいを伝えようにも、手紙はあまりに遅く、そこにいるのは昨日のわたし、もはやすでに無いわたしでしかない。声のコミュニケーションが生きた現在に結びついているのに対し、文字のコミュニケーションは声の《墓》の上に建っている。「恋する電話」の声のライブとは対照的に、「恋する手紙」は、生きた時空を離れ去って、別の時空、架空の空に届いてゆく。だから、もしこう言ってよければ、手紙はすべて死者たちの便りなのだ。ラブレターを交わす恋人たちは、いずれもひとときの死者と化している。

しかも、ラブレターのパラドックスは、にもかかわらず、この死者の心臓にひときわ熱い血がたぎっている——あるいは、そうであるかのように見える——ということである。ラブレターは《不実》なメディアなのだ。その遠さ、距離ゆえに、ラブレターは嘘をつく。美しく、まことしやかに、虫も殺さぬ顔をして。

そう、手紙は遠い。あなたとわたしをへだてる距離は、ほんとうに遠い——その遠い距離は、わたしに「準備」の時間をあたえてくれる。わたしの綴る言葉は、声のように瞬時にあなたに触れることがない。だからわたしは、一語、一語、ゆっくり言葉を選びながら文を綴ってゆく。その言葉にわたしの肌をこすりつけるようにして。だって、わたしが贈り届けたいのはわたしの肌。そうでしょう？ わたしが届けたいのはわたしの肉体の形見。言葉なんかじゃ、ない。

そうよ、ラブレターのメッセージはただひとつ、いつも変わらぬあの言葉。Je t'aime.「あなたが好き」。ただそれだけのはず。

ところが、ただそれだけのはずなのに、文字はわたしのこころを裏切って、いつしかひとりでに立ち上がり、あなたにむかって科をつくりはじめてゆく。ラブレターの《裏切り》。

そう、手紙を書くわたしは、いつしかメイクをはじめているのだ。ひとつひとつの言葉を選ぶわたしは、まるで「顔」をつくっているかのよう。できるだけきれいな顔であなたを惑わそうと、チークを選び、ルージュを選び、髪をときつけ、そしてドレスも……。実際、ラブレターを綴るひとは、誰しも、多かれ少なかれ「つくり顔」をするのである。素顔にメイクをほどこして、すてきな文にしようと、作為を凝らす。手紙というメディアはわたしたちに《澄まし顔》をさせるのである。

鏡の部屋

それでも、そのつくり顔は、《あなた》にむけられたはずのものだった。チークをダークにして憂い顔にしてみせたのは、あなたにもっと優しくして欲しかったから。ルージュを紅にしてパッショネートな顔にしたのは、あなたのこころに火をつけたかったから。そう、《あなた》のためにしたはずだった、このつくり顔——。それなのに、いつの間にか、わたしは興にのって、メイクに熱中している自分を見いだす。

美しい文字の向こう、きらきらした文章の向こうには、あなたがいるはずだった。だのに、いまわたしの前にあるのは《鏡》。あなたとわたしと二人きりだったはずの愛の通路は、気がつくと閉ざされて、わたしひとりの部屋になっている。ひとりきりの鏡の部屋に。手紙というメディアは、わたしたちをナルシスに変えてしまうメディアなのだ。

そこ、手紙という鏡に映っているのはわたしの顔。あなたのために美しく装った顔。いつの間にかわたしはその美しさに見ほれながら、あなたとのコレスポンデンスを忘れかけている。メイクの裏切り。

マクルーハンのナルシス論をありありと思いだす。水に映った自分の姿に恋をしたナルキッソスの神話を、マクルーハンはこう読みかえた。ナルキッソスは、「自分以外のものに拡張された自分自身」に魅せられてしまったのだ、と。彼がのぞきこんでいる水面は、文字というメディアであり、ナルキッソス自身の「拡張」した姿にほかならない。ナルキッソスは、文字メディアによって増幅された自己自身に恋をしているのである。そのとき彼は「自身の拡張したものに自身を合わせ、閉じたシステムになっている」のだ。

ラブレターを綴るわたしたちはみな、多かれ少なかれ、このナルキッソスになるのではなかろうか。

内面の夜

事実、あなたに向けて発したはずの言葉は、いつしかあなたにではなく、手紙という水鏡のなかで自足しはじめてゆく。あなたに届くより前に、自分自身の眼に快く、美しいイメージを描きだすように、言葉は自身を飾ってゆく。蛇のように巧みに、蜜のように甘く、言葉を操作して——。そうして《Je t'aime》のメッセージは、幾通りもの身ぶりをしながら、いつしか舞踏をはじめてゆく。一歩、一歩、はじめた舞踏はみずから拍子をとり、ステップを描いてゆく。哀愁のワルツ、弾んだワルツ、あるいは、狂おしい狂騒のタンゴ——いずれにしろそれは、鏡のなかの恋の舞踏、あなたを酔わせるより先に自分自身を酔わせるための……。そう、文字を綴るわたしたちは、《閉じたシステム》になっているのである。いや、むしろこう言うべきだろうか。わたしたちの意志にかかわらず、手紙という文字のメディアは、わたしたちを閉じたシステムの中に封じこめてしまうのだ、と。

事実、文字というメディアは密室空間にいかにもふさわしいメディアである。ラブレターを書き綴る空間はプライベートな「個室」であり、それを読む空間もまた密やかな室内だ。いや、室外だって同じこと。どんな外の空間も、手紙を読みはじめるや否や見えない密室になってしまう。「読書するとき、本のまわりにはいつも夜が降りている」。たしか、マルグリット・デュラスがそう語っていた。ラブレターを書くとき、ラブレターを読むとき、わたしたちのまわりはいつも夜が降りている。秘めやかな孤独の夜、あの「内面」という夜闇が。

だからこそ、書物の栄えを見た近代は同時にラブレターの黄金時代でもあったのだろう。幾多のナルキッソスたちが、自身を映しだす文字の水鏡に魅せられて恋に恋した時代——。

そのはるかな時代の記憶が薄れゆく「電子メディア」の時代、昔めいた古風なラブレターは、まるで文字文化の《墓》のよう。瞬時にひとをつなぐ声のメディアの加速度的な発展は、《遠い手紙》を歴史の向こうに追いやってしまった。

いつか、あなたにあてた、あの懐かしいラブレター。あなたから、わたしに届いた幾千のラブレターの束。セピア色に染まった文字の乱舞の記憶。その、遠い遠い記憶の懐かしさ。過ぎ去った恋の形見、アナログな情念の墓――。

その墓のこちら側、レターにならない愛の言葉は今日もまた幾千回、幾万回と交わされては消えてゆく。ポスト・ラブレター時代のナルシスたちは、別のメディアの水鏡に恋をしているのだろう。

（一九九七・五）

メディア・トラベル

旅行記というジャンルがある。たとえばスタンダールの『南仏旅日記』や芭蕉の『奥の細道』。あるいは、永井荷風の『あめりか物語』や『ふらんす物語』。それほど典型的な紀行でなくても、トーマス・マンの『ヴェニスに死す』のように旅が主題の小説までも含めて、大きく《旅の文学》コーナーをつくったら、ずいぶん多くの作品が収められることだろう。ヘミングウェイの『移動祝祭日』もそうだし、プルーストの『花咲く乙女たちの陰に』も旅の小説だ。さらに宇宙への旅や架空の旅にまでジャンルの枠を広げれば、ジュール・ヴェルヌの『八十日間世界一周』を筆頭に、数々のSF小説がなだれこんできて《旅の文学》は膨大にふくれ上がっていくことだろう。そういえば、アガサ・クリスティのミステリーの数々も旅行小説だった。『オリエント急行』しかり、『青列車の謎』しかり。『ナイルに死す』もまた。こうして《旅の文学》コーナーは、いわゆる旅行記から、ミステリー、日本文学、翻訳文学、大衆小説、古典、等々、大きな書店なら、ちょっとした「書店のなかの旅」ができそうなほど多岐にわたるに違いない。

とはいえ、そんな旅などたかが知れたもの、半日ツアーにもならないだろう。それというのも、思いつくまま挙げてみた《旅の文学》は、とにもかくにも文学だからだ。

ところが、実際に旅をする段になると、話はまた別。私の足は、よく行き慣れた文学コーナーを離れて、普段あまり行かない実用書コーナーに向かう。そこでも、コーナーにはたしかに《旅行》と出てはいるけれど、並んでいるのは地図だの温泉ガイドだの、「地球の歩き方」だのといった観光ガイドばかり。《文学》と《実用》の仲は遠いのである。前者は教養、後者は実益(ハウツー)、二つのラインはあまり交わらない。

メディアのなかの文学

実際、旅の文学と観光ガイドがどんな関係を結んでいるか、論より証拠、手もとにある観光ガイドを開いてみよう。いま私の手もとにあるのはミシュランの地方ガイド、表紙が緑色なのでミシュラン・ヴェールと呼び習わされている、フランスで最もポピュラーな観光案内書である。コート・ダジュールやブルターニュなど何冊かあるなかから、ノルマンディーのそれを選んでみる。薄さ七、八ミリのハンディな冊子を開くと、アルファベット順で地名が並んでいる。Cのところに出ている海辺の街、カブールのページを引いてみる。市街地図と、簡単な歴史と見どころ案内で見開き一ページにも満たないガイド記事だが、私の目は、トップにある街の紹介文に引きつけられてしまう。のっけから《文学》が登場するのである。そのまま引用してみよう。

ここは、この土地の魅力にひかれたマルセル・プルーストがよくきたところであり、おかげでフランス文学は『花咲く乙女たちの陰に』を有することになった。二十世紀初頭の海辺の生活のすべてを盛りこんだ作品である。アルベルチーヌは堤防でディアボロに興じ、彼女に率いられた少女たちの一団はバレーボールの練習に励んでいる。少女らの名やスポーツの種目、そして彼女たちのモードも移り変わっていくけれど、ノルマンディーの浜辺は永遠に青春の幸福を生み出してやまない。

全部で八行の短い紹介文（原文）のうち五行をプルーストの文学が占めている。ミシュランを知らない人は、何と文学的なガイドかと思うかもしれない。いやいや、タイヤ会社ミシュランのヒット商品であるこのガイドは実用性で定評のある観光ガイドの定番なのだ。

ということはつまり、ノルマンディーの小さな海水浴場カブールが観光地になったのは、ひとえにプルーストのおかげ、ということなのである。ガイドが記しているとおり、プルーストは毎夏のようにこの浜辺を訪れ、「バルベック」と名を変えてここを舞台にしたリゾート小説『花咲く乙女たちの陰に』を書いた。おそらくただそれだけの理由で、ここカブールはミシュランの二つ星に選ばれる観光地になったのだ。二つ星というのは、例の有名な赤表紙のレストラン案内の等級と同じ発想で、名所旧跡をランキングしているからである。ミシュランの説明をそのまま訳してみれば、三つ星は「旅行する価値のあるところ」、二つ星は「立ち寄る価値のあるところ」、一つ星は「おもしろいところ」、それ以下は星なしになっている。

ミシュランのこの観光ランキングでカブールは二つ星！　ドーヴィルが三つ星なのは、パリから車で二時間のバリバリの現役リゾート地だから当然すぎるほどだが、カブールのほうはプルーストゆかりの地という以外にほとんど観光性はない。その証拠に、ここカブールの海岸通りは「マルセル・プルーストの散歩道」と名づけられている。そして、その散歩道の中央に立つのがプルースト逗留の宿、グランド・ホテル。そのホテルのなかに足を踏み入れると、事態はいっそう明瞭だ。エントランス・ホールに入ると、陳列ケースにプルーストの写真と著作が飾られていて、彼の泊まった部屋だの作中に登場する大食堂だのが「絵葉書セット」になって販売されている。さらに、もう一つのレストランの名が「バルベック」。しかも、プルーストづくしはそれで終わらない。隣接するカジノとホテルをつなぐ庭の一角が「マルセル・プルースト広場」、カジノにあるバーの名は「スワン家の方」……。まったく、文学さまさまのカブールなのである。

文学のなかのメディア

こうして、それほどの景勝地でもない土地が文学のおかげで観光地になるという現象は、よくあることだ。南ドイツのバイエルン地方はルートヴィヒ二世のおかげで観光客を集めているし、日本なら木曽路と島崎藤村、修善寺温泉と夏目漱石など、挙げれば数少なくないだろう。要するに、《観光》は《文学》を利用しているのである。

いや、利用しているなどと言うと観光のほうに怒られる(?)かもしれない。それというのも、観光ガイドは文学とは比較にならないマスメディアだからだ。一九〇〇年に発行されて以来、観光案内の定番として版を重ねているミシュランの延べ発行部数はそれこそ数えきれないだろう。そこに紹介されたプルーストの小説の部数を桁違いで上回ることは必定だ。文学は、メディアを通して多くの人々の知るところになっていくのである。観光旅行というマスカルチャーは、《旅の文学》を大衆化し、実用化するのだ。プルーストを一ページも読んだことのない人々に、「プルーストの散歩道」をたどらせ、プルーストが見たであろうと同じ「目」でノルマンディーの海と空を眺めさせるのだから……。

その一方で、「高級」なはずの文学のほうも実は観光ガイドをけっこう利用している。たとえば、ほかでもないプルーストがそう。こちらも論より証拠、彼がどれほど観光ガイドを利用していたか、よく伝える手紙があるので引用してみよう。日付は一九〇七年、ちょうどプルーストがカブールを再訪し、以来頻繁に訪れるようになるきっかけの年。夏の休暇をブルターニュで過ごすかカブールにするか、それともドイツに渡るか、あるいはいっそパリにとどまるか、さんざん迷っていたころ、さる貴婦人にしたためた返信である。

読むべき本を推薦してくれと依頼してきた相手に、プルーストはこう答えている。「ここ数年来ギッド・ジョアンヌと、地理の本と、城館年報しか読んでいないこの私に、本のタイトルをお尋ねになるのですか？　私が読んでいるのはみな、旅行と、都市の探訪と、そして、……旅立たないことを両立させてくれるような本ばかりです」。「とどまる」ことと「旅する」ことを両立させようというプルーストの言葉も後論にかかわっておもしろいが、ここで私たちの目に飛びこんでくるのは「ギッド・ジョアンヌ」である。

ジョアンヌは、ミシュランよりほぼ半世紀ほど古く、観光ガイドの古典とも言うべき存在。ミシュランが二十世紀ツアーの定番とすれば、こちらは十九世紀のそれ。すなわち、タイヤ会社ミシュランの創案したガイドが自動車中心のドライブ向けであるのに対し、大手出版社アシェット社と鉄道会社との提携から生まれたジョアンヌは、鉄道旅行ガイドの古典であり、ちょうど二つの世紀の間の旅の変遷を物語っている。

ジョアンヌというのは、ガイドの書き手の名前で、大手の新聞記者だった彼は、同時に「フランス登山クラブ」の会長も務めたほどの旅行家であった。鉄道の普及とともにツーリズムが盛んになりはじめた時勢を見計らって刊行したガイドが大ヒットし、以来、さまざまな版型、さまざまなエリアにわたって、一生をガイドの作成に傾けた。最初のシリーズが青表紙だったことから「ブルー・ガイド」という名称が生まれてシリーズ化し、超ロングセラーとなって版を重ねていく。固有名詞のジョアンヌは、そのまま観光案内書を意味する普通名詞となったのである。

いや、そう言ってしまうと不正確だ。ジョアンヌが登場する以前、ヨーロッパには観光ガイドの大先輩があった。ドイツの印刷会社ベデカが刊行し、これまたそのままベデカと呼び習わされた観光ガイドがそれである。正確無比な地図で世評高かったベデカはジョアンヌより数年後にフランス語版を出し、ジョアンヌと読者を競う。観光名所やホテル、レストランの等級化や星印のアイディアは、実はこのベデカ創案になるらしく、ミシュランはそれを踏襲したのだと言ってもいい。たとえば、G・ペインターのプルースト伝はこんなふうに記している。「トゥルーヴィルでもカブールでも、ヴェルサイユでもエヴィアンでも、あるいはヴェネチアでも、プルーストと彼の母が旅行するときは必ずベデカのリストの最初に挙がっている最上級のホテルに泊まるのが常だった」。ベデカは、それほど読者の信用を勝ちえていたのである。

少し観光ガイドの話が詳しくなったが、要は文学のほうも観光ガイドという大衆メディアに親しんでいたということである。「数年来、ジョアンヌしか読んでいない」というプルーストの言葉はもちろん誇張に違いないが、彼はそれほどまでに旅先の決定に迷い、その選択に、ベデカやジョアンヌを参照していたということである。あげくにカブールを選んだプルーストは、その汽車旅行の様子を子どものようなみずみずしい感性で描き出し、次々と沿線風景が移り変わっていくさま、車中で一泊した夜明けの空の薔薇色の美しさなど、忘れがたい汽車旅行の感覚を語って、読む者をノスタルジックな「失われた旅」に誘っていくが、汽車旅行を愛したプルーストはまた、当時にしては最新流行であったドライブをいち早く愛した一人でもあった。カブールに滞在した彼は、運転手つきタクシーを借り切ってリゾートを過ごしたのである。その運転手の一人がのちに運命の恋人となっていく青年アゴスティネリだったのだ……。

プルーストはそのドライブの様子を愉快なスケッチにして親しい友人に書き送っているが、そこに寄せた言葉がおもしろい。プルーストはこう書いている。「ミシュランのタイヤを使えば、勇敢なスポーツマンとそのかよわい花嫁は、サナトリウムでみなやっているように寝たままの姿勢をして、時速五〇キロは出せる」。最新流行の自動車旅行の子どものような楽しみが生き生きと目に浮かぶようではないか。

バーチャル・トラベル

こうしてみると、《文学》は想像以上に《メディア》と仲がいいのである。夏目漱石もイギリス滞在中にベデカを愛用したと言われ、あの『倫敦塔』に結実する塔見学にも、ベデカを持参したという。漱石といいプルーストといい、観光ガイドを愛用していたのである。そうして彼らはメディアの情報を頼りに目的地に赴き、その印象を文学につづる。すると今度はその文学を観光ガイドが引用して、「あの」ロンドン塔、「あの」カブールというふうに、文学によってその土地の観光価値を高めていくわけである。この意味ではメディアの情報と文学とは相互に依存し合っていると言ってもいいだろう。

《旅のガイド》は《旅の文学》を誘導し、見るべき風景や泊まるべきホテルなどを作家に教えるのであり、こうしてメディアに教えられた作家が旅の見聞を虚構化して文学にすると、今度はメディアのほうがその文学を引用して観光を文学化するのだ――たとえば「文学散歩」というツアーは、呼称からして文学と観光を一つにしている。こうしてみると、文学とメディア、《芸術》と《実用》、二つの境界線は思ったほどソリッドではないのである。

二つは、妙にねじれながら、どこか根本のところでリンクしているのだ――それを語っているもう一つの例がユイスマンスの『さかしま』である。主人公デ・ゼッサントは隠れなき世紀末人だが、実は彼もまたジョアンヌの愛用者の一人なのだ。デ・ゼッサントというこの典型的な密室生活者が旅をすること自体、意外かもしれないが、ジョアンヌの使い方を見れば疑問は氷解する。そう、彼はこのメディアを使って「パリから一歩も出ずに旅する」のだ。「セーヌの船中に設けられたヴィジエ水浴場につかりにいくだけで、海水浴に行ったのと同じ幸福な感動を味わうことができる」とデ・ゼッサントは言う。そのためにはまず、浴槽の水に塩その他の海水成分を加え、さらに潮の香りがするような工夫を凝らす。さらに、水浴場は平底船のなかに設けられているので、遊覧船が通るたびに浴槽の水は波立つはずだから、その揺れに身をゆだねて「波」を想像すること。そうしながら、「行きたいと思っている海岸の美しい景色を描いたジョアンヌの観光ガイドをむさぼり読む」――こうすれば「海岸のイリュージョン」は完璧になると彼は言う。

ご覧のように、このダンディは、メディアを使って《バーチャル・トラベル》に興じているのである。そう、デ・ゼッサントは《仮想旅行》の達人なのだ。別の箇所でも、彼はロンドン仮想旅行をしている。ふとロンドンへの旅を思い立って館をあとにしながら、船を待つ間、パリに降りしきる驟雨の音や暗鬱な空模様に、早くもロンドンにいるかのような気分を味わい、居ながらロンドン気分を味わいつくして、またもバーチャル・トラベルのなかの人となるのだが、そのときも、仮想旅行を盛り上げる小道具の一つがベデカである。ジョアンヌといいベデカといい、この孤高のダンディは、マスメディアの使用法に誰より精通しているのだ。

というより、デ・ゼッサントは、旅と情報の根源的な関係を教えているのである。旅とは「土地」の移動よりもむしろ「頭脳」の移動なのであり、情報環境の変貌がすなわちツアーなのだ。メディア・テクノロジーを駆使して環境を変貌させれば、私たちは「居ながらの」旅人になれるのである。

といって、そのテクノロジーがハイテクである必要などありはしない。よくできた観光ガイドが一冊あれば、それで十分。あるいは、よく書かれた小説を一冊読めば、私たちはその土地の旅を堪能する。まずは脳内で。そして、その後、もし望むなら、現地に赴いて――。

実用という名の虚構

ということはつまり、文学も観光案内も大きくは同じ情報メディアであり、未知の土地を既知の土地に変える装置だということである。二つは、仲がよいはずなのだ。一方はマスメディアで、《実用》のような気がするけれど、それとて何らかの土地伝説の記述にほかならず、イラストや写真は、風景の《表現》に違いない。私たちの足は知らず知らずその伝説に従い、私たちの目は、その表現をなぞりながら、旅を実感するのである。ああ、ここがあのカブール、ここがあのパリ、ここがあの有名な眺望なのだ、と。

このとき、私たちの目を誘導するのが文学であるか、それとも観光ガイドであるかは、いわば時の偶然にすぎない。確かなことは、風景を見る私たちの目が「知識」の誘導に従っているということである。私たちにとって、知らないものは存在しない。人は、知っているものだけを見るのであり、文学であれガイドであれ、情報が旅への欲望を生み出すのである。

だから、私たちは、文学が「高級」で、観光ガイドは「低俗」などという思い違いをしてはいけないのだ。どちらも旅の《表現》であり、私たちはその虚構をなぞりながら旅するのだから。どこにも表現されていない生の風景などというのは存在しない。観光ガイドも文学も、虚構にほかならないのだ。

デ・ゼッサントのバーチャル・トラベルはそのことを教えてくれるが、もう一人、ひときわそれを明快に語ってくれるプルーストの同時代人がいる。永井荷風である。時のいたずらと言おうか、荷風がフランスに渡った一九〇七年はまさにプルーストがカブールを再訪したのと同年。もちろんプルーストはいまだ文壇にデビューしていないから、荷風はその名を知るよしもない。そのころ荷風が傾倒していたのはゾラやモーパッサンなどの世紀末作家だが、荷風にとって彼らの小説は観光ガイドとそっくり同じ機能を果たしている。『ふらんす物語』とは、文学に描かれた風景を現実の目がなぞっていく旅なのだ。荷風は、船がル・アーブルに入港するなり、モーパッサンの著作に描かれている「港の叙景を思い浮かべて、大家の文章と実際の景色とを比べてみたいと一心に四方を見回」すのである。そうして彼は、はじめて目にしたフランスの田園風景を、「多年自分が油絵に見ていた通り」の美しさだと言う。「現実に見たフランスは見ざる時のフランスより更に美しく更に優しかった」と。

つまり荷風は、文学や美術を通して想像していた脳内のフランスをその目でなぞって感動しているのだ。ここでも、《表現》が現実に先行しているのである。「ああ巴里よ、自分は如何なる感にうたれたであろう」。――こうして感嘆の声を上げながら、目に見るパリの風物と文学表現の一致に感じ入る『ふらんす物語』は、元祖「文学散歩」だと言ってもいい。そこに描かれる風景は、すべてデジャヴュ、「見立ての風景」なのである。

けれども、そう言うなら、デ・ゼッサントの旅もまた同じく「見立て」の旅だったのではないか。荷風もユイスマンスも、旅の本質の一面を語っているのである。「まだ見ぬ」国に憧れると言いながら、私たちは、芸術や写真、あるいは観光ガイドを通して、すでにその土地の《表象》に触れているのだ。プルーストにしても、あれほどカブールに心ひかれた理由の一つは、傾倒していたラスキンがそこのゴシック教会の美しさを語っていたからだった。

こうしてみれば、私たちは皆、デ・ゼッサントの末裔、メディア・トラベラーなのだ。夢を見させるのは、表象であって、現実ではない。そもそも虚構(メディア)がなければ私たちは旅に出たいと思わないのだ。いかなるガイドにも誘導されない裸の目など存在するだろうか。

そうだとすれば、そのガイドの名が観光案内かそれとも文学かなどと問うのは、問いそのものが間違っているということなのだろう。私たちは、さまざまな地球の歩き方をする。けれども、どんな歩き方も、必ず何かの虚構をたどっているのである。『ミシュラン』も『ブルー・ガイド』も『地球の歩き方』も、実用書という名のもとに、あたかも《現実》であるかのようなふりをしているだけなのだ……。

(一九九七・四)

軽さは重さを嘲う

風刺はひとを殺す。暗殺のようにすみやかに。暗殺よりもあざやかに。

ドーミエはその筆によって時の国王ルイ・フィリップを殺した画家である。思うにフランス歴代の王のなかでもルイ・フィリップほど何度も命を狙われた王はまたとあるまい。事実、七月王政とよばれたこの時代は、国王暗殺事件が絶えなかった時代である。「ブルジョワ王」を名乗ったルイ・フィリップは、もっとも王らしくない王を自認していたにもかかわらず、相次ぐ暗殺計画の標的となったので有名だ。当時の新聞コラムをみても、「われわれは暗殺と暗殺のあいだで舞踊会を開きポルカに興じている」と書かれているほどである。けれども、それらの暗殺はみな未遂に終わった。よくよくルイ・フィリップは不運な王だと思う。もしも凶弾に倒れていたらせめても「非運の王」という栄冠を戴いていたかもしれないのに、彼を狙った砲弾はことごとくそれてしまったのだ。

にもかかわらず、ルイ・フィリップは確実に、生きながら殺されていた。ドーミエの筆ひとつの力によって。フィリポンひきいる『シャリヴァリ』は、毎日のように紙面の上で国王暗殺劇を繰り

図1　オノレ・ドーミエ「ガルガンチュア」(1831年, リトグラフ, 21.4×30.5cm)

広げてみせた。そして、その暗殺の武器はなにより《笑い》だった。たかだか部数二、三千にもみたない小新聞が、王座の権力をあざわらう。小さなものが大きなものを嘲う。風刺とは、小が大を倒し、弱者が強者を倒す、胸すく技（アート）である。

そのアートにかけて、ドーミエは天下一品の腕をふるった。そして、彼のその離れ業は、なにより《断片》にかかっている。

たしかにあの有名な「ガルガンチュア」［**図1**］は、金権にまみれた王の貧欲さを驚くべき大胆な構図で描きだしている。けれどもそれは風刺画というよりむしろ「名画」というにふさわしい。それよりドーミエの本領は、ふとした細部を誇張して、そっくりそれをイコンに変えてしまう手腕にあるというべきだろう。ルイ・フィリップの「なし頭」、いつも手にしたコウモリ傘、ドーミエはそれらを記号に変えるのだ。相手の図体の一断片を際立たせ、その細部を「人物」の記号に変えてしまう。そのデフォルメの技が見る者を笑わせるのである。

たとえばヴィクトール・ユゴーの風刺画にしてもその技はあざやかだ。神童を謳われ、ロマン派芸術の神と崇められたこの天才を、ドーミエは「額」ひとつでそれとわからせる。ありえないほどに秀ですぎた巨大な顔。そして、霊感と芸術的栄光を一身に背負ったかのような深刻な表情。ドーミエはこの天才の姿の「断片」を誇張する。その誇張法がわたしたちを笑わせるのである。ユゴーもまた、ドーミエの軽みの技によって存在の重みをぬきとられ、つまりは殺されてしまうのである。ルイ・フィリップはルイ・フィリップ「のようなもの」に変えられ、ユゴーはユゴー「のようなもの」に変えられてしまう。本物はそれとよく似たおのれの記号と化し、縮小コピーをほどこされてしまうのだ。わたしたちは、その「ずれ」を笑わずにはいられない。そのずれをとおして、わたしたちは深刻さを笑い、重厚さを笑う。真面目を吹き飛ばすこの軽業こそ、風刺のこよない快楽である。

そうして大きなものを小さくし、重たいものを軽くすること——それこそドーミエの発揮する《軽さ》の技にほかならない。

風刺のもつその軽さは、ことばをかえれば批評性ということである。この批評性は、あらゆる意味で独自性の対極に位置している。なぜなら風刺は「他」を語るからである。それは、自分の感性やものの見方を直接法で表現しない。あくまで自分とはちがう他者を描写する。つまり、迂回するのである。相手に内在し、相手をして相手以上におのれを語らせること。ドーミエの才能は、相手を観察しつつ、相手の「危機を上演させる」ことにあるのだ。

そうして風刺画の額縁の中、ピンで留められた俳優を、見る者は一目で判別する。ああ、あいつだ、と。みなが知ってる例の「あれ」だ、と。指はそれを狙うのである。それは、自分の想像力の直接的表現と対照的な営みである。未知のもの、独自なものを描くのではなく、みながすでに知っている「既知」を利用し、既知を前提にしながら、そこにデフォーメーションをほどこすのだ。そのデフォーメーションがすなわち批評にほかならない。

その批評はパロディと同質である。パロディの毒は、いつもそうして対象のワンポイントを誇張して際立たせるものだ。とっさに相手の《ポーズ》をとらえるのである。実際、ドーミエの世界は人びとの何げないポーズの断片の数々から成っている。パリの都市に生きるブルジョワたちの日々の喜怒哀楽が、風俗が、ひとこまひとこま、ポーズを取ってわたしたちの眼に立ち現れてくる。

ボードレールが「風俗のスケッチ」を称えつつドーミエを称えているのは当然すぎるほどに当然だろう。一瞬、日常風景のなかから不意にポーズをとって際立ち、立ち現れてくるもの、永遠ではなく、「今ここ」で演じられている人びとの日常劇。近代都市のもつこの演劇性をモデルニテと名ざして愛した詩人がドーミエを愛さないわけがなかろう。永遠の名画ではなく、うつろいゆく刻々の都市の表情が、見る者を魅了するのだ。今ここで、誰もが知っている人物、誰もが見覚えのある「あれ」――つまりは同時代性というものをドーミエほどに生き生きと描いた画家はいない。まさにドーミエは「現代生活の画家」なのである。

そして、ドーミエをそう在らしめたのは、その活躍の場が「新聞」だったからだ。実際、ドーミエの魅力の数々は、新聞というメディアのもつそれとぴったり重なりあう。新聞はなによりまず「速く」なくてはならない。報道の速報性と版画(リトグラフィー)の即興性は兄弟のように似ている。二つとも、ともに一瞬の「時」をとらえるのである。今という時を。かれらは永遠などに関心をもとうともしない。今ここでおもしろいもの、話題になっているもの、新聞はそれをおいかけてゆく。ドーミエの絵もまた。だから彼の絵の具は油ではなく、水こそふさわしいのである。その筆は、軽く、速く、機敏に動くものでなければならない。敏捷でなければならない。ドーミエの絵は、つまり「時評」であり、メディアなのである。

時代と才能のまれにみる幸福な結合というべきなのだろう。ドーミエがジャーナリズムの世界に出会ったのは。ジャーナリズムは時を語る。いま起こっている事件に即刻コメントを加え、時を批評する。ドーミエの筆は新聞にそいながら新聞と同じ動きをしていた。いや、フィリポン率いる小新聞は批評以上のことをやってのけた。ルイ・フィリップはじめ時の権力者を相手どって、暗殺にひとしい風刺の矢を放ち続けた。時のお偉方の顔の数々を「憎々しく」デフォルメして、見世物と化し、パリの真ん中でかれらの首をさらしものにした。『シャリヴァリ』軍団は、権力の座についた名士たちをスキャンダルの低みにひきずりおろしてあざわらった。面々の誇張された顔や物腰は、こっけいなポーズをとらされて否応無く「我が告白」を強いられている。絵のかたちをとったその批評は、どんなに長大な論説より雄弁に相手の本質を突いている。

しかしドーミエのその仕事に、反権力ということばはいかにもそぐわない。なぜならドーミエの絵には暗い「憎しみ」が不在だからだ。そして、ドーミエの素晴らしさはまさにそこにこそある。それというのも憎悪という感情は「動き」と「軽さ」を封殺するからだ。それは「信念」と同じくらい真面目な感情であって、暗くわだかまった憎しみは、あまりにも真面目すぎて笑いを知らない。笑うにはあまりに自身が重すぎるのである。ニーチェが嫌悪したあのルサンチマンから、ドーミエははるか遠いところにいる。

ドーミエはいかなる信念からも自由なのである。反権力という信念からさえも。だからかれの風刺の毒は、見る者を決して暗さで汚染しない。一瞬、重いものを軽くして笑いのうちに解き放ち、あとは忘却にまかせてしまう。そう、ドーミエの絵は忘却に身をまかせているのだ。決して後世に残る名画などをめざしていない。刻々の時の流れのなかに身をおいて、ドーミエは時と同じ身ぶりをしている。

だからこそ彼の筆はルイ・フィリップを嘲うと同時に、パリという都市の移りゆくファッションの風景を描きだすのにふさわしいのだろう。身動きならないほど大きく膨らみすぎたクリノリン入りのスカートがいっせいにパリの街を占領する。女たちのその姿はたしかにひとを笑わせる。けれども同時にわたしたちは、笑いながら、そうして訳もなく時の流行にとらわれてしまう人びとの小ささと軽さを愛さずにいられない。

だからドーミエの風刺画は、大きく尊大なものを笑い倒しつつ、一方で小さく軽いものにはいつも愛を寄せている。尊大で不動のものはつねに滑稽だが、小さく軽いものはもとより嘲う要がないのだ。

軽さの風刺はどんなグランドセオリーよりしなやかで強い。そのしなやかさに満ちあふれたドーミエの世界は、なんとポストモダンなのだろう。


（一九九二）

料金受取人払

牛込局承認

6015

差出有効期間
平成32年4月
24日まで

郵便はがき

1 6 2-8 7 9 0

（受取人）

東京都新宿区
早稲田鶴巻町五二三番地

株式会社 藤原書店 行

ご購入ありがとうございました。このカードは小社の今後の刊行計画および新刊等のご案内の資料といたします。ご記入のうえ、ご投函ください。

お名前	年齢
ご住所 〒 TEL　　E-mail	
ご職業（または学校・学年、できるだけくわしくお書き下さい）	
所属グループ・団体名　　連絡先	
本書をお買い求めの書店 市区郡町　　書店	■新刊案内のご希望 □ある □ない ■図書目録のご希望 □ある □ない ■小社主催の催し物案内のご希望 □ある □ない

読者カード

本書のご感想および今後の出版へのご意見・ご希望など、お書きください。
（小社PR誌『機』に「読者の声」として掲載させて戴く場合もございます。）

■本書をお求めの動機。広告・書評には新聞・雑誌名もお書き添えください。
□店頭でみて　□広告　□書評・紹介記事　□その他
□小社の案内で　（　）　（　）　（　）

■ご購読の新聞・雑誌名

■小社の出版案内を送って欲しい友人・知人のお名前・ご住所

お名前

ご住所 〒

□購入申込書（小社刊行物のご注文にご利用ください。その際書店名を必ずご記入ください。）

書名	冊	書名	冊
書名	冊	書名	冊

ご指定書店名

住所

都道府県　市区郡町

劇場（ステージ）感覚が都市文化を育む

光のディスプレイ

パリにいると、ぶらぶらと、よく街を歩く。人波につられ、明かりにつられ、ショーウィンドーにつられながら歩いてしまう。気がつくとメトロで二区や三区くらい平気で歩いている。おなじわたしが、名古屋に帰ってくると、ほとんど歩かない人間にもどっている。パリという都市はひとを歩かせながら遊ばせる文化をもっているのだとしみじみ思う。いったい何がパリの遊歩文化をささえているのだろうか。

ひとつは、「明かり」だろう。パリはイリュミネーション効果のいきとどいた街だ。ノートル・ダーム寺院やエッフェル塔といった歴史的モニュメントが夜間照明をあびているだけでなく、ふつうの街路が明るい。なにげない「街灯」がそぞろ歩きを誘うのである。もちろん電気の街灯なのだが、蛍光灯ではない。十九世紀にとりいれられたガス灯と同じデザインの街柱がいまもパリの街路を照らしだしている。蛍光灯より陰影に富んで、スポットライト効果をかもしだすこの夜の明かりが思わずひとを外に連れだすのだろう。

街灯だけでなく、その明かりに照らされて立ちならぶ店もまたイリュミネーション効果をつくりだしている。しゃれたディスプレイを競いあっているブチックは、夜もウィンドー・ディスプレイを消さないからである。もちろん、シャッターは閉まっているが、シャッターのつくりがブラインド方式になっているから、ウィンドーの中はきれいに見える。見えるどころか、街ゆくひとに「見せる」ために一晩中明かりを消さないのである。この夜間ディスプレイがパリの街並みの華やかさをもりあげている。つられてつい歩くのである。

ひとのディスプレイ

そのうえ、カフェやレストランが明るい。とくにカフェはカフェテラス式でガラス張りだから、客のにぎわう姿が外からすべて見える。ショーウィンドーのなかの商品のかわりに客がディスプレイされているような光景である。だから、外から見ているだけで楽しい。夏場はこのガラスがとりはらわれて椅子もテーブルも文字通り「外」にはりだしている。どこまでがカフェでどこまでが街路なのか区別がない。要するに、カフェの明かりとにぎわいを、街ゆく者も共にあじわうようにできているのだ。

いいかえれば、その明かりの届いている範囲は、「室外」でありながら同時に「室内」なのである。この「屋外室内感覚」がひとを歩かせ、ひとを集わせるのだ。実際、明かりがつくりだすイリュミネーション・スポットは、室内なのか室外なのか、境界線がさだかでない。だからカフェの中にいる客は、外を通るひとの姿を誰かれなくながめている。そうして見知らぬひとを見るのがパリのカフェの楽しみのひとつなのである。外を歩く方もまた「見られる」ことを心得ていてそれを楽しんでいる。

「見る」ことも「見られる」ことも、都市ならではの快楽だ。見ることが眼を育てることはいわずもがな、見られている緊張感もまた楽し、である。そこには、たがいがたがいに俳優であり観客であるような劇場性があって、都市空間は一つのステージなのだという共通の了解が成立している。

見る・見られる・見せる

都市のこうした劇場性を痛感させるものに、もうひとつ、「鏡」がある。パリには建築物のいたるところに鏡がはりめぐらされている。劇場からホテルのロビーから駅にいたるまで、ひとの集うところは、大きな鏡張りが目立つ。いちばん典型的なのは、これまたレストランとカフェである。鏡がめぐらされたインテリアは、中に集う客がおたがいの姿を「見る」ためのデザインである。「見る」ことも「見られる」こともサロン文化の大きな要素なのであり、そうした文化的伝統が都市のデザインにひきつがれているのである。

自分の姿が鏡に映り、自分を見ているひとの姿が鏡に映り、ひとつの情景となっていることに気がつくと、装いひとつ、しぐさひとつが楽しみになる。そして、ひとの装いやしぐさを鑑賞しつつ学ぶ癖ができる。だからこそ、パリという都市は、そこに暮らすだけで美的センスが洗練されてゆくのだ。

集まり、歩き、見ながら、見られる――こうした劇場(ステージ)感覚が、成熟した都市文化の豊かさなのだと思う。美術館があり、劇場があり、音楽ホールがあるから文化があるのではない。街歩きという日常的パフォーマンスのなかに「輝き」がなければ、どんなにリッチな施設も借りもののステージにしかならないものだ。ひとも店も街並みも、ハードからソフトまで、もっと自分を「見せる」工夫をしていいいと思う。

（一九九三・一〇）

二十世紀末の「一九〇〇年展」——今日と響きあう転換期の問い

初夏も近いパリ、話題の「一九〇〇年展」を観てきた。会場はグランパレ。もちろん、一九〇〇年万博会場用に建てられたあのグランパレだ。パリ万博百周年の今年はグランパレ百周年でもある。着いた翌日、メトロで会場にむかいながら、そうだ、メトロも百周年だと気づいた。メトロが開通し、電気館がイルミネーションの魔法で人びとを熱狂させた、世紀の万博。一九〇〇年はパリが「世界の首都」として輝いたメモリアルな年だ。展覧会はそれを十二分に意識した文化的パフォーマンスにちがいない。

アール・ヌーボー一色

そんな私の予見は半分しか当たっていなかった。会場にあるのは、地下鉄や自動車といったハイテクの興奮ではなく、アール・ヌーボーの名花の数々なのである。けれど、思えばそれも当然の話。一九〇〇年万博はまさにアール・ヌーボー展だったからだ。キラキラ光る電飾から宝飾品まで、鉄とガラスの優美な曲線は万博会場を埋めつくしていた。

いや、万博ばかりではない。ギマール作の地下鉄駅からマキシムの内装、さらにミュシャのポスターに至るまで、ベルエポックのパリはアール・ヌーボー一色だった。一九〇〇年展がアール・ヌーボー百周年になるのは当然なのである。

展覧会のカタログを見れば、それは一目瞭然だ。表紙にあるのは、万博で大人気を博したあのルネ・ラリックの宝飾パネル。大きな翼をドレスのように広げた優雅なブロンズ細工の女性像は、見る者を「鉄とガラスの花」の時代に運んでゆく。

といって、一九〇〇年展はたんなるアール・ヌーボー回顧展ではむろんない。それをまざまざと伝えているのは、いわゆるインテリアのセクションである。ブイヤールの装飾画は当然として、意外なのは象徴派画家ルドンの室内装飾パネルだ。さらにルドンの後はマイヨールのタピスリー。インテリアがいかに当時の文化トレンドであったのか、伝わってくる。しかもそのセクションの題がいい。いわく、「新しい壁の装いかた」。

「芸術か実用か」の困惑

モダンエイジ元年、住まいも新しい装いを要求したのである。なるほど、アール・ヌーボーの別名がモダン・スタイルだったいわれがわかる。モダニズムの到来を前にした一九〇〇年、芸術が直面していたのは、「芸術のマーケット」というきわめて今日的な問題だったのだ。建築から絵画まで、大上段にふりかぶった芸術は無償の聖地を失い、産業や商業という「実用」の場に近いところ、マスカルチャーの領域に近づいていた。アートの発注者と消費者はもはや教会でも国家でもなく、金持ちの市民であり、デパートの客や女子供なのだ。今や芸術は商業に仕え、コマーシャルに奉仕しなければならない。それでいて芸術は昔日の栄光を忘れることもできない……。

いかにも世紀転換期にふさわしい芸術のこのアンビバレントな状況を何より雄弁に語っているのは、展覧会の目玉の一つでもあるピクトラリスムの写真群である。十九世紀のニューメディアとして誕生した写真は、半世紀以上の歳月をへて「中途半端な」メディアになっていた。あえて記録性を捨てて絵画性をめざした写真の群れは、当時のアートが直面せざるをえなかった「芸術か実用か」という問いの形見のように見える。長い時の流れのなか、アートは自分のポジションを定めかねて「困惑」していたのである。ちょうど百年後の現在、電子メディアの栄えを前に、古いアートが困惑しているのと同じように。

二〇〇〇年が一九〇〇年と響きあう。その思いは、時代感覚についても同じだった。それというのは、会場に水の響きが絶えないからだ。

波かとうねるアール・ヌーボーの曲線もそうだが、水音を何より高く響かせているのは、展覧会用のCD「一九〇〇年」である。ドビュッシーはいうに及ばず、ラベルの「水の戯れ」を聞くと、前世紀末がいかに水の時代であったか、ひたと胸にしみる。はたして最終部近くのセクションは、「植物と水への退行」。そこにあるガレの作品「海草と貝殻の巻きついた手」は、不可思議な魅惑でひとを夢想に誘う。

それにしても水の想像力が退行なのか——そんな疑問に答えるのは、ラリックの別の作品である。老婆をかたどった浅浮彫りのタイトルは「婦人科学」。そのグロテスクな像は、遺伝の恐怖におののいた「医科学の世紀末」をしのばせる。

そう、水の流れに意識を運んだ犯人は科学だったのだ。「個体発生は系統発生を繰り返す」という生物学者ヘッケルの学説は、羊水に浮かぶ生命のイメージを広く流布した。そういえば万博のメーンゲートも海洋虫を模した設計だという。悪趣味な折衷様式で名高いビネ門は、パリという海に浮かぶ生物だったのだ。

回帰する水のイメージ

万博という消費の祭典と水の響き——歓楽に浮かれたベルエポックの消費都市は、意識の深みで水に触れていたのである。透明で、命を育む水、すべての始源である水に。

そういえば、フランス建築界の俊才ジャン・ヌーベルのガラス建築から、ヌーディ・ファッションまで、今や水は世界的なトレンドだ。ちょうどパリに着いた日の前日、ビレット公園で水の博覧会「アクア・エクスポ　2000」が終わったばかりだと聞いた。まさしく、世紀はめぐる。二〇〇〇年のマインドもまた新生の水に渇いているではないか。

いや、そんな感慨はあまりに平和的すぎるのだろう。北欧から東欧まで全欧州の作品を集めた展覧会の外、パリのそこここで感じられたのは、英米を向こうに見つつ、ヨーロッパの文化的ヘゲモニーを握ろうとする文化都市の強固な意志だ。百年前、文化の香りで輝き立ったパリは再び世界の首都の座を狙っているにちがいない。貨幣統一を二年後に控え、「備え」に余念ないのである。

世界を一つに結んで流れる水とマネー。水の夢想に誘う一九〇〇年展のパリは、したたかなリアリストの顔を隠しているのかもしれない。

（二〇〇〇・六・九）

身体のスペクタクル——一〇〇年のオリンピック

アトランタ五輪が始まった。オリンピック百周年を存分にアピールした盛大な開会式の中継を見ながら、私の思いは百年前の世紀末へとタイムスリップしてゆく。もうひとつの国際的イベントの影にかくれてほとんど見栄えのしなかった近代オリンピックの始まりと何というちがいだろうと。

万博がモデル

もうひとつの国際的イベントというのは言うまでもなく万博である。十九世紀は万博全盛の世紀だった。なかでも圧倒的な観客動員数を誇ったのは、五回にわたって開かれたパリ万博である。このパリ万博がいかにオリンピックに影響をあたえたか、あまり知られていないが、たとえば「開会式」そのものがそうなのだ。開催国の国歌斉唱から元首による開会宣言、そして入場行進にいたるまで、実はパリ万博がモデルなのである。

近代オリンピックの祖クーベルタンはフランス生まれ、当然パリ万博を体験しているが、特にフランス革命百周年を祝って驚異的な成功を博した一八八九年万博は、当時二十六歳だった彼にスペクタクルというもののあたえるワンダーを肌で教えた。そのインパクトの大きさは、開会式だけでなく、金メダル、銀メダル、銅メダルという表彰にまで及んでいる。

「身体のコンテスト」はもともと「商品のコンテスト」を踏襲したアイデアなのである。たとえば、この八九年万博でグランプリに輝いた商品にルイ・ヴィトンのトランクがあるが、おかげでルイ・ヴィトンが世界のブランドになっていったのは言うまでもない。オリンピックのメダルが「世界的ヒーロー」を生みだすように、万博のメダルは「世界の一流品」への道だったのである。

見るスポーツに

この華やかな万博にくらべ、オリンピックがそえもの程度の貧弱なイベントでしかなかったのは、大会の内容より、むしろそれを伝えるメディアの貧弱さに由来している。万博が大々的に新聞紙面をにぎわしたのと対照的に、オリンピックについて語るメディアはごく少なかった。ラジオ発明以前の時代であるから、「実況」もなかったのである。

こうした状況を覆したのが一九三六年のベルリン大会であり、最初から映画にすることを前提に仕組まれたベルリン大会は、功罪はともかく、メディアとスポーツがはじめて組織的に一体化したスペクタクルであった。オリンピックが万博より優勢にたつようになるのはこの時代からである。

都市文化の発展とともに、デパートやショッピング街のような「商品展示会」が常態化してワンダーを誘わなくなったのに比べ、一瞬一瞬の動きを肉眼よりリアルに伝える「身体の展示ショー」はますます熱狂をかきたててやまない。エレクトリックメディアと結びついたオリンピックは「見るスポーツ」の本領を発揮しはじめたのである。

TVでこそ実感

生真面目な「身体の祭典」から、華々しい「メディアの祭典」へ。特番を組んでアトランタ五輪の様子を伝えるメディアの熱狂ぶりを見るだに、クーベルタンのめざした身体のスペクタクルは二度目の世紀末になって華麗な実現に至ったのだと思う。アトランタでというより、メディアという場所を越えた電脳空間のなかで。

「より速く、より高く、より強く」――クーベルタンが掲げたこの標語は、デジタルな差異を計測し、身体の動きをマルチ角度で映しだすテレビのなかでこそ実感できるものだ。そして、この標語に、現代はもうひとつ、「より美しく」をつけ加えねばならないだろう。女性の身体美はメディア映えするからである。

女性選手の数が史上最高に達したアトランタ五輪は、「強い身体」をめざした十九世紀の政治的スポーツ観を継承しつつ、同時にそこにほころびを入れているのかもしれない。オリンピックの政治性が変化したわけでは決してないが、テレビがクローズアップするのは、「強さ」だけでなく身体パフォーマンスの美でもあるからだ。

「平和の祭典」は、クーベルタンが思いもよらなかったメディアと女性という二つのファクターによって実現の端緒についたのかもしれない。

（一九九六・七・二六―七・三〇）

Ⅲ　わたしの部屋

永井荷風の「偏奇館」

ワルツは不実な女のように

ワルツは回る。繰り返し、回りながらずれてゆく。めくるめく惑乱のなか、三拍子の調べはわたしたちを巻きこんでゆく、不思議なオージー・パーティーに。

ある時はラヴェルのように繊細に、ある時はリストのように昏く激しく、またある時にはサティのように洒落を利かせ、さまざまなワルツの間を自在に駆ける青柳いづみこのピアノを聴きながら、鮮やかに浮かびあがる一節がある。佐藤亜紀の歴史小説『１８０９』の舞踏会シーン。

時まさに「会議が踊る」世紀の初め、ナポレオン占領下のウィーン。生きることに倦み疲れた貴族の館、何百と灯された蠟燭が貴紳淑女のきらびやかな装いを照らしだすなか、やがて舞踏の音楽が始まる。

火照る肌の匂い悩ましい公爵夫人に誘われるまま、三拍子の渦に身をゆだねた男は、「回るたびに外へとずれる危うい均衡の一線を行きつ戻りつ」しながら、初めて彼女を抱いたあの時の惑乱をありありと思い出す。青い火に煽られるかに踊り続け、ようやく円舞の輪の外に出た男は、女の最後の身ごなしに、はたと悟るのだ。この女こそあの暗殺者、夜闇のなか、眼にも止らぬしなやかな動きで剣を振りかざし、流れ出る血の匂いに薄笑みを浮かべたのはまさに彼女だったのだ、と。

愛したいのか、殺したいのか、そのどちらでもなかったのか。

女の手のなか、ひらひらと揺れる扇はワルツのように不実。イエスとノーの間、「ある」と「ない」の間、二つの隙間をぬって、くるくる回る。二つの間を魔が浮遊する。「無邪気と悪魔は紙一重」、その紙一重の間を、澄まし顔して通り過ぎてゆく。

実の重さから解き放たれる心地良さ。虚の軽やかさに身をまかせ、空に遊ぶ浮遊感。あら、あなた、男だったの？　え、君、女だったっけ。だけど、あなた、いったい誰？　天使、それとも悪魔？　――我が名は「紙一重」。淫らな闇。

くるくる回りながら、わたしたちは現実界を遠く離れ、在らぬ虚空に遊ばれてゆく。もちろん、すべてはこの作家ピアニスト青柳いづみこの仕掛けた悪戯のせい。きららかな速度でペンを走らせ、弾ける才気でピアノをたたき、書物と音楽の間を行き来する世にも不実なピアニストの邪気あふれる企みに、うっかり魂をあずけたおかげ。

こうして彼女の指の戯れに弄ばれるわれらが魂のワルツの、何と美味なことだろう。

（二〇〇三）

街を歩けばエクスタシー

私が街を歩くと、望んでいるわけでもないのに、いつも《哲学散歩》になってしまう。それというのも、歩く先々で、存在論的な問いを発せざるをえないからである。

「私は、いま、どこにいるのでしょう?」

パリの街角で、通りすがりのひとを相手に、たずねてしまう。片手には、地図。その地図の上のいったいどこに自分がいるのかわからなくなるのである。

なにも難しい場所を歩き回っているわけではない。カルチェ・ラタンだとか、サンジェルマンだとか、ごくふつうの通りなのだが、ふとショーウィンドーの何かに気を取られでもすればてきめん、さっき歩いてきた方向がわからなくなる。たしかこっちだったと思いつつ、五分くらい歩いて、何かちがっているような気がする。あわててもとの場所にもどろうとするのだが、そんな時に限って、また別の道角に行きあたるのだ。私の方向感覚はメリメリバリバリと複雑骨折を起こし、心は不安に悶え、顔はひきつり、魂はおののく。

おののきながら、十五分、二〇分と無駄な努力を重ねたあげく、憔悴しきって、冒頭のシーンと相成る。「私は、いま、どこにいるのでしょう?」。

パリでそうなのだから、日本となると、さらぬだに悲惨をきわめる。日本だと、自分の住んでいる国だからなんとかなるのでは、などと、根拠なき幻想にとらわれるのである。友人がFAXで送ってくれたカンタンな地図を見ながら、そのとおりに歩いているつもりなのだが、なぜか、決まったように地図とは別のところにいる自分を見いだしてしまう。どこでちがってしまったのか? 「私はいま、どこにいるのか?」心は乱れ、おののき、思わず天を仰ぐ。そして、通りすがりのひとをつかまえ……。

結局、世界中どこの街を歩こうと同じなのだ。街だろうと、田舎だろうと、地上だろうと地下だろうと、およそ方向というもののあるところならどこででも、私は、我あらず「我を失う」。私の街歩きは、ほとんどつねに没我の体験と同義になるのである。街を歩けば、エクスタシー……。

絶対的方向音痴というか、「方向感覚のゼロ度」というか、東西南北というのがまったくわからない。重度障害者である。いきおい、室内がいちばん、ということになる。

実際、街を歩けば必ず「迷える者」となる私はおそろしいのだ。エクスタシーのさなか、また別の存在論的問いを発してしまうのではないか、と。

「私は、どこへゆくのでしょう?」

虚ろな目つきでそう聞けば、病院送りになるだろう。室内に自主入院していたほうがどなたさまにも迷惑をかけずにすむ。

というわけで、重度障害者、街を歩かずの記である。

（一九九二・一一）

涙のわけ

ブランド論

勤め先の大学でブランド論を教えている。ポップな文化を考えるマスカルチャー論の一環だ——なんていうといかにももっともらしいけど、文学や哲学とちがって既成のテキストも何もないから無手勝流、超私流の講義だが、身近なファッションのことだから学生にはうけがいい。いきおいこちらも熱が入り、テキストがわりに新書を一冊書きあげてしまったほど。題して『ファッションの技法』(講談社現代新書)。

それにしても、具体的な教材がいる。そもそもブランドとはという理屈は新書ですませても、具体論がなきゃおもしろくない。そして、具体論となれば避けてとおれないのがルイ・ヴィトン。なにしろ日本人の四人に一人が持っているというブランド、財布の一つでも持ってないでは教壇で語る資格がないではないか。

と思うのだが、困ったことに、わたしはどうしようもなくルイ・ヴィトンが嫌いなのだ。LとVのロゴを組み合わせたあのモノグラム模様が性にあわない。

ううむ、と困った末、一計を思いついた。教材費という手があったのだ。一年間に五万円、一品につき二万円まで事前の届け出なしに買える。つまり衝動買いができるのである。そうだ、と思ったとき、幸か不幸かちょうど銀座で友達と待ち合わせていた。ねえ、つきあってと頼みこんで、並木通りの店に直行。

うーむ、これがルイ・ヴィトンなのねえと熱心にフィールドワークにこれ努め、さあ買おうと商品を選ぶ。

二万円以下のもの、二万円以下のもの——こうして買うと決まるのも早い。そんな安い商品は何点もないからだ。ちょうど手頃なグレーのポシェットがあった。これ、これ、これ。何より先に、「領収書かいてください！」。

というわけで、無事教材費で購入したのは良いけれど、いざ教室で使おうとなるとうまくゆかない。「今日はルイ・ヴィトンの話です。教材はわたしが身につけています」なんて言うのは気恥ずかしいし、そんな風に似合う服も持っていないし。

あげくに、うつむき顔の小さい声で、「これ、ルイ・ヴィトンですよね、実は教材費で買っちゃったんです」と言いつつ教室を見まわすと、ああ、恥ずかしや、二万円でなく、二〇万円くらいしそうな立派なルイ・ヴィトンがぞろぞろ並んでいる。

やっぱり教材費なんてセコイのはだめ、ブランドは身銭切って買ってこそ——なんていうのも研究の一環。とんだブランド論でした。

（二〇〇二・三・三）

メディア論

テレビは男のためにある、と思っている。

その証拠が、ベタベタと手垢のいっぱいついた、あのリモコンだ。

わが家の同居人は、夕食のあいだ中、パチパチパチパチとこれをしどおし。ニュース番組を見ていて、コマーシャルにさしかかろうものなら、パチパチパチパチ。

あまりに気ぜわしいので、「いいじゃない、コマーシャルだってニュースなのよ」と言うと、「いやあ、おもしろくないものは見たくない」と言う。「じゃあ、番組表見たら？」とたたみかけたら、驚くなかれ、「そんなめんどうなもの見たくない」と言う。

いったいどうなってんだか。一刻をも惜しむかにリモコン・パチパチはやっても、番組表を見てどこで何の番組をやっているかを確かめる気などさらさらない。ということはつまり、テキはテレビを真面目に見る気などないのである。にもかかわらず、絶対テレビが見たいのだ。要するに、番組を見たいのではなく、テレビを見たいのである。

ははあん、あのメディア論で有名なカナダの文学者マクルーハンが言ったのはこれなんだな、と思う。いまどきの大学らしく、わたしもメディア論らしきものを教えているからわかるのだ。マクルーハンいわく、「メディアはメッセージである」――つまり、どんなメディアであれ、大切なのは情報の内容ではなく、その情報を伝えるメディアがそこにあるということなのである。テレビ即メッセージなのだ。

いやはや、まったくマクルーハンの言うとおりじゃないですか。男性がテレビに求めているのは、良い番組を見ることではなく、そこにテレビがあるということなのだ。

もちろんこの男性が中年以上なのはいうまでもない。テレビはオジサンのためにある。ちょうど携帯電話が若いひとたちのためにあるように。そういえば、ケータイこそ、「メディアはメッセージ」そのもの。大切なのは、何を伝えるかではなく、ケータイがそこにあること、「つながっている」

ことなのだ。というわけで、オジサンにはテレビ、若いひとにはケータイ。

え、すると女には何なのかですって？　きまっているじゃありませんか、おしゃべりですよ。

そう、おしゃべりこそ、電源もブロードバンドもいらない最古のメディア。だから女にはリモコンなんてややこしいもの、要らないのです、はい。


（二〇〇二・三・一〇）

ウオーキングはストレス？

シニアだからウオーキングをするのか、ウオーキングをするからシニアなのか。

なんて考えながらウオーキング・シニアの仲間入りをしてもう三年になる。

といって、遠出をするわけではない。週に二、三回、スニーカーに履き替えて近所を歩くだけ。

幸いわがマンション周辺は緑ゆたかな公園があり、わざわざ車で歩きにくる人もいる格好のウオーキング・コースである。

ラッキーと思ってはじめたのだが、この「幸い」がいろいろと「災い」でもあることに気がついた。

なじみの〝常連さん〟ができてしまうのである。ああ、今日もあのひと歩いているなあと、むこうからやって来る姿をちらと見かけるたびに思う。はじめのうちは励みになった。こちらも負けずに続けようと、無言の連帯感がうれしい。

ところが三月もしないうちに、気が重くなってくるのですね、これが。いつもすれちがう場所にさしかかると、また今日もあのひとに会うかしらと、気になってしようがない。出会ったところで言葉を交わすでもなく、ただ目顔で挨拶するようなしないような、微妙な気配の交流があるだけなのだけれど、この微妙さがけっこう難しいのだ。

だいたい、ひとに会いたくて歩くわけじゃない。むしろ日ごろの人づきあいから解放されることこそウオーキングの爽快感なのだから、これじゃあ本末転倒、いったい何のためのウオーキングなんだか。

と思って、こんどは道順を変えてみる。さあ、今日は誰にも会わない——と思うのもつかの間、何とむこうから、いつものあのひとが歩いてくるではありませんか。やっぱりテキも同じことを考えていたのだ! すれちがいながら、いつにもまして顔がこわばっているのがわかる。通り過ぎると、ほっとする。

たいてい午後の二時か三時ごろ。この時間帯がいけないのだなあ。今日は少し早めに家を出てみようかな。そう思ったこともあるけれど、それはそれで、それまでにすませておきたい仕事が片付かずに気ぜわしいし……。いっそ遠出してみようかと思いつつ、それもおっくうで、ついいつものコースにしてしまう。そしてまた出会ってしまう。

いやはや、ウオーキングはストレス解消だなんて、誰が言ったの?

（二〇〇二・三・一七）

義母に贈り物

年に何回か、義母に贈り物をする。お中元にお歳暮、誕生日、敬老の日。そのたびに何にしようかしらと悩みつつ、あたりはずれがあって、けっこうこれが楽しい。

去年は卒寿のお祝いにハンドバッグを贈った。義母は今年で満九十歳。寝つかずに過ごしてくれているけれど、もちろん高齢だから弱っている。といって、いかにもお年寄りむきの品物では気が滅入ってしまう。からだに優しくておしゃれなもの、しかも義母の好みにあったものをと、日ごろから心がけて見ている。なんていうと、親孝行の美談みたいだが、何のことはない、実は自分自身がたいへん病弱なので、ぴったり好みがあうのである。

ハンドバッグは何より軽いのがいい。一ミリグラムでも軽いのがいい。だから革は決して選ばない。さいわい現在はバッグもいろいろな素材が出回っているのでずいぶん選びやすくなった。普段づかいには、たくさん入るのがいい。中仕切りはかえってうるさいから、むしろ外ポケットがあるデザインで、大きからず小さからず、等々、けっこう条件がうるさいが、さいわい去年はすぐに見つかった。艶消しの布のコーティングがおしゃれで気に入ったのだけれど、迷ったのは色。黒と紫とどちらにするか、大いに迷ったあげく、紫の方が華があると思って決めた。案の定、大いにうけてうれしかった。

逆に、全くはずれて拍子抜けしたのがパシュミナである。数年前から女の子たちのあいだで大ブレイクしたこのショール、上等だし、シルバー・ファッションにぴったりだと思っていたのだ。コートじゃ重いし、カーディガンも古臭い。ちょっとした防寒になってしかもおしゃれなパシュミナは義母に最適。売り場で見かけるたびにそう思っていた。あれならくるくる丸めてバッグに入れても重たくないいし。予算は少しオーバーしたが、ええいっとはずんでお歳暮にした。絹の混ざった素材で、色は紫にちかいピンク。

「まあ、きれいな色ね、こんな歳の私に」そう言う義母の声を期待していた。ところが電話のむこうの声は怪訝そう。これ、どうやって巻くのと、素朴な疑問をぶつけられた。そこで、パシュミナとはそもそも今どきのはやりもので、と説明にこれ努めたが、ピンときてもらえない。そういえば、自分もしたことがなかったっけ……。やっぱり自分が好きなものじゃなきゃ贈りものはだめ。なんて反省もふくめて、義母へのギフトを楽しんでいる。

（二〇〇二・三・二四）

なくしたスカーフ

銀と黒のプリーツがひらひらと虚空を舞っている夢を見る。

第二の肌のように愛して、いつもたずさえていたスカーフ。電車のなかで寒いときにはカーディガン代わりにはおっていた。パーティーには黒のドレスに大きく結んで、華やかな演出をした。何にでも似合って、扱いやすく、見るからインパクトのあったあのスカーフ。たしか数年前、パリに行く前に買ったイッセイ・ミヤケのスカーフだ。

そのスカーフをどうやら道に落としてしまったらしい。日ごろ慣れないことをすると、やっぱり何かが起きてしまうのだろう。今もあのスカーフが恋しくてときどき夢に見る。

日ごろ慣れない何をやったかといえば、テレビ出演である。衛星放送の教養番組で靴をめぐるエロティシズムがテーマだった。ファッション論の本をだしているので、この手の教養番組からけっこう声がかかるけれど、おっくうで一度も出たことがない。

なのに、魔がさしたように「はい、出ます」と答えてしまったのはなぜなのだろう。たまたまスケジュールがあいていたのと、出演依頼が立て続いたので根負けしたのと、両方だと思う。

出演するとなると、さあ何を着ていこうと当然悩む。悩んだ末、わたしは何と学生に相談して、授業でリハーサル（?）をやることにした。「今週の服と先週の服とどちらがいい？　ね、みんな、決めて！」――なんてことを本当に授業でやるのだから我ながら恐ろしい。

そうして学生に見てもらった服は二着ともコムデギャルソンの黒。一着は総フリルの巻スカート、もう一着はふんわりフリルのワンピースで、アクセントにあの愛する銀のスカーフを帯のように巻いたのである。学生の判定は僅差でこのワンピース。そこでスカーフを腰に巻いてスタジオ録画にのぞんだ。

ようやく終わって、有楽町で友達と待ち合わせ。時間より少し前に着いた。なんとなくそこらをぶらぶらしていて、はっと腰まわりが頼りないのに気がついた。ピンで留めてなかったから落としたのだ。

乗り捨てたタクシーのレシートがあったのですぐに連絡し、一生懸命探した。が、結局でてこない。「今は亡きあの銀のスカーフ、すてきでした」と学生がレポートの余白に書いてくれていた。せめてもの慰め……。そんなわけでテレビ出演はもうこりごり。どなたか、東京の空で黒と銀のスカーフが舞っているのを見つけた方がいらっしゃいましたら、どうかご一報を。

（二〇〇二・三・三一）

幻の本箱

世には、タイトルと目次だけの本がたくさんあると思う。むろんそんな本などどんな本屋にも売っていない。著者の頭の中だけに存在する幻の本である。

書いてみたいけれど書けるかどうかわからない本、ぼんやりと頭の中に浮かんでいる本——たいていのひとがそんな本を何冊かもっていると思うが、なぜかわたしはむやみとこの手の本が多い。幻の本の蔵書家である。

それというのも、やたらひらめいてしまうタチだからである。書きたいテーマや書きたいタイトルが。ところが人間、ひらめいたからといってすぐには書けるものではないから、とりあえず空想の本箱の中にしまっておく。そのうちにまた別の幻の本が浮かんでくる。そこで、その前の本はすぐに「古書」になってしまう。

専門が十九世紀の文学や文化史だから、「ほんとう」の古書もたくさん買いこんでいて仕事に応じては広げてみるが、そのかたわらで、幻の古書のほうもときどき思い出したように広げてみる。

そしてまた、あ、いいな、などとひとり読んでみたりする。読むといっても、むろん何も書かれているわけではないのだから、タイトルや小見出しや前書きなどパラパラと頭の中でめくるだけである。だけどこれが面白くてしばし時間を忘れてしまう。

たとえば、『錯乱辞典』――あるとき山口昌男と対談する機会があって、ラカンのことばがキー・ワードになった。いわく、「男は誰でもどこか滑稽なところがあり、女はみなどこか錯乱している」。このことばが引金になってたちまちわたしの頭の中に一冊の本が生まれた。『男のための錯乱辞典』。硬直して滑稽な男たちに錯乱するすべを教える啓蒙書(?)である。ことのはじめに、男でありながらすでに錯乱していた男たちの系譜学をやる。ニーチェ、バタイユ、ベンヤミンの海外篇から始まって、次は日本篇。元祖錯乱・山口昌男、モロ錯乱・橋本治、マロ錯乱・蓮實重彥、錯乱未満・栗本慎一郎、等々と、とりあげる男たちには事欠かず、さらに「ニセ錯乱」の面々を語っていけばきりがない……。という按配で、たちまち一冊の本ができあがり。だが、悲しいかな、タイトルと見出しだけで一行も書かないうちに早くもこの本は古書と化し、幻の本箱入りになってしまった。それというのも、また次の本がひらめいてしまったからである。昨年秋、ある経験をきっかけに突如として小説がひらめいた。B級アクション小説で、タイトルは『女西部劇』。一〇分ぐらいの間に、見出しが次々と浮かんできた。「明るくない部屋」、「表層オーディション」、「女にゃ苦労させられる」……。だが、悲しいかな。四〇枚書いてあえなくポシャリと相成った。これまたタイトルと見出しだけで、幻の本箱入りである。

本とはいかなくても、論ぐらいの短いものならまたやたらひらめく。昨年六月、十九世紀の言説市場論『メディア都市パリ』を書き、後書きで蓮實重彦にふれたはずみにまた別の論が書きたくなった。タイトルは、『蓮實重彦を反復することの醜悪さについてお話しさせていただきます』。冒頭、書き出しの文章はすでに頭の中に書いてある。

だが、悲しいかな、どれも「幻の本箱」入りで、著者も読者も自分ひとりで終わってしまう。まことに、ひらめくはやすく、成し遂げるは難し。書くまえから自分で読み終えてしまうので、もうじきに飽きてしまうのである。で、また、次の本がひらめく。かくてわたしの幻の本箱にはどんどん幻の本や論集がふえていって収拾がつかず、未整理のまま放ってある。

そうして放ったまま、現在のわたしはまた全然別のファッションの本を書いている。これは幻ではなく今年の春には出版の予定だが、一〇〇枚も書かないうちにまた別のフィクションがひらめいてしまった。タイトルは秘密。またも幻の本にならずに日の目をみて欲しいものだと願っている。

（一九九二・三）

嘘は罪、だけど……

　ひとをかつぐのが大好きである。嘘をぬりかためて知らぬ顔、本当のようなふりをする。一年前、ちょっとばかり手のこんだ嘘をついた。『メディア都市パリ』と題した本の後書きに、わざわざ「ほんとうの後書き」と記したのである。本文で「言わなかった」嘘を白状するというわけだ。

　けれども、わたしのその「嘘」は二重仕掛けのトリックになっていて、実を言えば、本文で「言った」嘘を隠すつもりもあったのである。ところが後書きがわざわざ「ほんとうの後書き」となっているから、まさか読者はそうだとは思わない。文字どおりその後書きを「ほんとうの」真相吐露と信じこんで、ついつい本文のほうの「大嘘」は見逃してしまう。つまりわたしは、ニセの犯行をばらして真の犯行を隠す犯人よろしく、確信犯をやったわけである。

　わたしのトリックにまんまとかつがれた読者はどうやら少なくなかったらしい。三、四十ほど出回った書評のなかでも、「大嘘」に気がついたふしのある書評はたった一つしかなかった。

　というわけで、しばらくは珍妙な問答が相次いだ。著者インタヴューとやらで電話がかかってくる。わたしが本文で書いた主張を相手がリピートする。するとわたしの答えていわく、「あなたはわたしの書いたことを信じて下さっているのですね。わたしは、自分が書いたことを自分で信じておりません。あれは、見てきたような嘘が書いてあるのです。ほんとうの後書きの、そのまたほんとうの後書きを申しますと……」。

もっとも、それまた当然の話であって、拙著はそれほどじっくり読み返されるほどの本ではないし、拙著にかぎらず、およそたいていの本は通りいっぺんにしか読まれない。だからわたしの確信犯も軽犯罪ですもうというものである。そう思って澄ましていたら、つい最近、かなり重度の(?)被害者の方が現れたので、かしこまって恐縮している。

若い読者層に人気のあるさる作家の方が、わたしの「ほんとうの後書き」を真にうけて「連帯の挨拶」を下さったのだ。そればかりか、「嘘の本文」(?)とも関連した十九世紀パリを舞台に長編小説をお書きになるとか。それも、何の因果か、講談社からだという。なんとも恐縮と申し上げるほかないが、わたしのついた嘘は、嘘といっても九を十と言いくるめるほどの嘘、九〇パーセントは「ほんとう」なのだから、致し方ないと開きなおって腹をくくった。

さいわい、その方は、名探偵をあやつる推理小説作家である。事件(?)のとば口で少しばかり迷ったものの、後はいつものように颯爽たる名推理、よろしく真偽のほどを解明して下さるものと、ゲタを預けてこちらは「安心理論」、安らかにしていようと思っている。わたしのついた嘘からさえわたる推理小説が生まれれば、「名誉の嘘」ではあるまいか。

それにしても出版界に「嘘」はつきもの。その最たるもののひとつが「締め切り」であろう。編集部が言ってよこす締め切りは、まずほとんどが嘘である。つまりさばを読んでいるのだ。もちろん編集部のつくその嘘は、わたしの性癖とはちがって、ひとをかついで楽しむ快楽などでありはしない。たいていのライターが締め切りを守らないから、業務遂行のため嘘をつくのだ。

ところがわたしは、ひとをだますのがこれほど好きなくせして、締め切りだけにはなんなくだまされてしまう。締め切りに遅れるのが大の苦手なのである。早く書き終えて渡してしまわなければ気がすまない。時には、「二カ月前に渡してもいいですか?」などと、受け取りの催促をして編集部に迷惑がられることさえある。締め切りには実に律義で、めったなことで催促の電話などもらったことがない。

そのわたしが、珍しく催促の電話をうけてしまった。いま書いている、この原稿である。年の暮れ、私事で猛烈に忙しく、締め切りセーフがたて続いていたので、たいへん焦った。「いえ、いえ、決して忘れてなどおりません。締め切りまでには必ずお渡しいたします。ええっと、ええっと、たしか二十日でしたよね? 二十日中にはファックスでお送り致しますので……」。

そう答えつつ、焦るわたしに、編集部の方の、のどかに答えていわく、「いや、なに、そんな厳密な締め切りでなくても結構ですので」。

電話を切ったわたしは、怒ってしまった。二十日というのは「嘘の」締め切りだったのだ！　わたしは、その嘘を真にうけて律義に努力しようとしていたのである。「それならそうと、ほんとうの締め切りを言えばいいのに！」が、そこはそれ、嘘の締め切りにだまされたいのはわたしの勝手な性分で、編集部が「ほんとうの」締め切りを言っていた日には商売あがったり、遅れる原稿が続出することだろう。

けれども、締め切りの嘘などは編集のイロハであって、軽犯罪にさえならない。出版界には、締め切りなどよりさらに気が重く、逃れえない悲しい嘘の世界がある。そう、ご存じ「書評」である。これまたひとを「かつぐ」仕事。しかし、ここでは「かつぐ」楽しみの意味がまるでちがう。もし生硬い訳文であれば、「手堅い」訳文とか「力の入った」訳文だとか言って嘘をつき、ずさんな訳文なら「闊達な」訳文と言いくるめ、とかく嘘をつくこと、しばしばである。退屈な本は「学術的な」と言いかえ、内容のない本は「軽妙な」と言いかえる。あるいは、あまりの嘘が心苦しいときは、言わない嘘をつく。書評とはさながらトリック大会ではあるまいか。

なぜそうまでして嘘をつかねばならないのか。なぜ「ほんとうの」書評を書かないのか？　その「ほんとうの」理由はさまざまである。たとえば、自分の本を書評していただく。しかも、ほめていただく。そして、こんどはその方の本の書評がこちらにまわってくる。そんな場合、けなす書評を書く勇気などとてもでてこない。相手の方の「愛」の嘘が身にしみたぶん、こちらの方も「愛」

の返礼をしたい気持ちをおさえがたい。かくして書評は愛の応酬となり、マルセル・モースも真っ青の愛のポトラッチの場と化してゆく。

著者と面識がなくてこうなのだから、面識があったり友人であったりすると、愛は沸騰し、とどまることをしらない。「嘘は罪、だけど、嘘は愛」とあいなって、嘘のレトリックは巧妙をきわめる。書きながら、書いている本人の自分まで自分の嘘にだまされてしまうほどである。

わたしほど「愛」に敏感な方々でなくても、ここらへんの事情は大なり小なり同じではないかと思う。「ほんとうの後書き」ならぬ「ほんとうの書評集」なんて本が出版されたら、誰もが泣いてよろこぶだろうとは思うのだが、なかなかそうはいかない。そう、書評とはライター同士の「明かしえぬ共同体」であり、「けなしえぬ共同体」なのだ。ねぇ、ブランショさん、そうじゃなくって? しかも、ああ、しかも、悲しいことに、そんな書評がいったい何のためにあるかと問えば、本を読まなくてもすむためにあるのである。書評だけ読んで、読んだような気にさせる。そのためにこそ書評はあるのだ……。ほんと、これはわたしの専門だから、嘘は言わない。十九世紀、バルザックの昔から、書評は現にそのようにして発生し、そのような機能を果たしてきたのだから。嘘だと思うなら、サント・ブーヴを読んでごらんなさい。ついでにジュール・ジャナンを読めば事態はいっそう明白である――なんて、つい、また見てきたような嘘を書く悪い癖がでてきてしまう。

というわけで、悪い癖がつのらぬまえに、筆をおくと致しましょう。念のため、申し上げておきますが、なにしろひとをかつぐのが好きなこのわたくしめ、ここに書いた「ほんとう」のことも果たしてどこまでほんとうのことやら、虚実ないまじっておりますので、お読み下さいました皆様方、お信じになりませぬよう。あらかじめお断り申し上げます。

つかぬ嘘を、ごめん遊ばせ。

（一九九三・一）

「呼び水」の記

「水は呼ぶ」というけれど、思ってもいない人たちを呼んでしまった。

築後二〇年になる古マンション、キッチンをはじめ水まわりがたいへんあやうくなっている。何とかせねばと思いつつ忙しさにかまけてやり過ごしていたのが、ここへきて水道の出がひどく悪くなってきた。さすがに心細く、明日にも水道会社に電話しようかと思っていた矢先だった。

玄関のチャイムが鳴ったのである。インターホーンの向こうの声が言う。「〇〇会社と申しますが、ただいま水のキャンペーンをやっておりまして……」「あ、水！」思わず私は玄関に走りでていた。キャンペーン期間中につき浄水器の本体をタダにすると言う。いや、テキはそんなにわかりやすくは言わなかった。何だかよくはわからないのだが、「アンケートにご協力願えますでしょうか？」と切りだした。忙しいのに！　と思えども、ま、いいか、とにかく水がなんとかなれば。そう思いなおしてテキトーに答え、キッチンに入ってもらった。というより、テキの方から入ってきた。

「蛇口がガタガタしているんですけど……」と私。「あ、ダイジョーブですよ。蛇口ごと取り替えますから。ちょっと車に部品を取りに行ってきますね」。あっという間にハアハアと息を切らせながら帰ってきた彼はさっさと蛇口を取り替え、ついでに浄水器を取りつけてしまった。「これでだいじょうぶです」「だけど、それ、幾らなの？」と聞くと、月に二八〇〇円だと言う。高いなあと思ったが、どうせ要るのだし、まあいいかと曖昧な気持でいたら、「今からメンテナンスの者が来ますので」と言い、どこかに電話をかけている。「ねえ、忙しくって時間がないの。お支払い、今できないの？」と言う私に、「それはできないんです。経理の者の担当になってまして」。どうなってるんだかますますわからなくなってきたが、もういらないから外して帰ってくれという決心もつかず、その係のヒトを待つこと三〇分以上。

その間、私とテキは何をしていたかというと――紙幅がなくて詳しく書けないが、全然別のファッションのことでトッゼン意気投合し、話に夢中になっていたのである。「では、またどこかでお会いしましょう！」「がんばってね！」などということになってしまった（こういうの、「水の魔」っていうの？　それとも私はただのお人好し？）。

それからようやく別の人が来た。我に返った私はふたたび水問題に立ち返り、「で、おたく、どういう会社なんですか？　私、この浄水器、買ったんですよね？」「いいえ、うちは販売はやってないんですよ～お」「は？」「うちはレンタルなんです」「は？　すると支払いは？」「日を改めてまた別の係の者が参りますので。私はもっぱら点検担当なんです」。まったく、浄水器一つのためになぜこうも何人もの人に踏みこまれるのか！　やれやれ。で、翌日、三番目の人がやって来た。今度こそ玄関先ですまそうとする私に、テキはもぞもぞと、「機器だけ確かめさせていただけますか？」と言う。かくしてまたも人があがりこんで来た……。「まねき猫」ならぬ「まねき水」でも買ったのだろうか。それから取られた時間は二時間以上！「はじめの営業の者がご説明したはずですが」と切りだされて、「は？　いえ何も」。するとむこうは、「実はうちのレンタルは、Aタイプ＝掛け捨て型、Bタイプ＝満期終了型とありまして」と始め、延々二時間。保険契約と同じくらいややこしい。私はもうどうにでもなれという感じで、薦められるまま結局二〇万円以上もするミネラルウォーター製造器のレンタル契約をしてしまっていた。

フィルター一つで水道水がミネラルウォーターに変わるだなんてとうてい信じられないが、出てくる水は確かにおいしくなくはない――それにしても二日にわたって取られた時間のすごさ！　気が散って原稿書きの仕事はあがったりである。訪問販売など応じたことのない私が、「水」と聞いて玄関をあけたのがそもそものまちがいなのだ。

されど水は水。水にはひどく弱いのである。そのうえ私は家事にも世間にもひどくうとい――となれば、こんな水難に遭ってもしようがないのかしら。ま、いいや、疑似ミネラルウォーターを買ったと思おう。そうナットクしようとした矢先、変えた蛇口のネジから水が漏れ始めた……。あ～あ。また誰かにあがりこまれてしまう。

まことに水は呼びもの。とんだ「呼び水」をひきこんで、まいってしまいました、はい。

（一九九九・五）

唐獅子火鉢

ニラ、ニンニク、ショウガ、山椒……。子どもはこんな食べ物が苦手である。くせがあって、ぴりっと食べ物の味をひきだす薬味の類は、「大人の味」なのである。そんな大人の味につきあわされる子どもはたまったものじゃない。

幼いわたしにとって、焼きものとはそんな薬味にも似た大人の味そのものだった。貧しかった我が家は、子どもには子どもらしくカワイイものをあたえるような余裕などまるでなかった。第一、子ども部屋からして存在しない。幼いわたしは、二階の客間の座敷を自分のコーナーにして、ひとりそこで勉強したり本を読んだりしていた。夜間の来客はほとんどなかったからである。

その座敷が、わたしの苦手な「大人の味」に包囲されていた。さしずめ今ならキティ・グッズだのメルヘン調カーテンだのといったお嬢様グッズの一つでもあるところを、すべて上野（あがの）焼きの置物で包囲されていたのである。何よりまず、目の前の床の間に、大きな唐獅子の置物。一メートルもあろうかというその獅子は、子どもごころにほんとうに恐ろしかった。時々眼をあげると、ぎょろりと陶器の眼がこっちを睨みつけている。その獅子の横には大きな水盤。正月にはおせちの盛りつけに使い、あるいは、客があると、野の花を枝ごと活けていたりした。いずれも上野焼き特有の「青」がきれいな焼きものだったが、当時のわたしにはニラやニンニクの類にすぎず、決して触ってはならない《怖いもの》以外のなにものでもなかった。

豊かでない我が家にそんな上野焼きがあったのは、父の趣味である。明治末生まれの「モボ」でおしゃれだった父は、服は洋服党、映画は洋画党、園芸はサボテン・マニアだったが、焼きものだけは断然「上野焼き」好きだった。朝鮮半島からひきあげて以来筑豊に住みついたのだが、地元近くの窯が好きになったのだろう。末っ子で父っ子に育ったわたしは、映画も洋服も父のハイカラ趣味(?)を伝授されたが、焼きものにかんしてだけは、ものごころついて以来、家では上野焼きしか見たことがない。

そんなわけで、我が家には湯飲みとか急須の日用品にはじまって、大は唐獅子にいたるまでいろいろな上野焼きがあったが、極めつきは大火鉢だった。これまた直径が一メートルもあろうかという火鉢が二つ、八畳と六畳続きの座敷にでんとあったのを今もありありと思い出す。一つは淡い水色に白がまじった、子どもこころにも「立派だなあ」と思わせるような火鉢。もう一つは、それよりさらにひとまわり大きくて、沈んだ青と暗い赤が特徴的な上野焼きだった。

冬になると、我が家の座敷の暖房はこの火鉢に練炭が入る。エアコンなどというものが登場するはるか以前、居間の暖房がやぐらコタツ一つだった時代である。かじかんだ手を火鉢にかざしながら、寒くて寒くて、つい「股火鉢」をしては、母に見つかってなんど怒られたことだろう。思えばわたしの少女時代はずっと火鉢暖房だったのである。よく我慢できたなあと思うけれど、時代が時代だったのだろう。大学になってようやく郷里を離れ、四畳半の下宿ではじめて自分専用のコタツを持てた。ついになしとげた「火鉢からの解放」がうれしかった。

そうして、ガラガラどんどんと時が流れ、日本は豊かになってゆき、いつしか我が家の火鉢もただの飾り物になっていった。けれど、帰省のたびに、火鉢も唐獅子も、まるで我が家の主のような顔をして座敷におさまりかえっていた。わたしも歳をとるにつれ、ようやくニラやニンニクのおいしさがわかってきたので、それらの骨董的価値がわかるようになってきた。もはや上野焼きも五〇年前と同じような質のものはつくれないと聞く……。そう、いつの間にか、上野焼きは我が家の「お宝」になっていたのである。

その後、父も母も相継いで亡くなり、「お宝」は父母と同居していた姉夫妻のものになった。だから、今でも筑豊に帰ると、あの火鉢や唐獅子のお姿を拝観できるのである。見るたびに、カワイイものを何一つ買ってもらえなかった子ども時代のさびしさを新たにするとともに、「わたしの部屋」の光景を思いだす。広く暗く寒い座敷にひとりぼっち、本を読みふける少女だった自分の姿がそこに重なっているのだ――。

愛知県は「瀬戸もの」の本場近くの大学に勤めてはや四半世紀になろうかというのに、陶器といえば、瀬戸ものではなく上野焼きの思い出がこれほど強烈なのは、つまりわたしにとって陶器が「父の世界」のしるしだからなのだろう。父からもらったものは何といっても「読書癖」と「洋服趣味」。だが、実はここ数年にわかに「園芸趣味」も似てきて、つくづく血は争えないと思っている。もしかして、数年後には、やれ志野だ黄瀬戸だと《瀬戸もの》に凝りだしているのかも。もちろん、唐獅子火鉢だけはノン・メルシーですが。

（一九九九・一二）

月の別れ

夜が降りてきてしばらくだったと思う。まあるく、おおきい、真っ赤な球体が目の前にあった。それが月だとわかったときの、おののき。

せわしなく片づけものに追われていた私は、すべてを投げだして月に見惚れた。じっと息をひそめた私の目の前で、ゆるゆると月は昇りゆき、色を失って白くなってゆく。やがて中天にかかった月は、銀の光をまき散らしてきららかに輝いた。月の滴に濡れて、えもいわれぬ静寂につつまれた。時はとまり、魂はあらぬ空にただよい出ていた。十二年前に住まいを変えた、五月半ばのことである。

以前の住まいは書斎が南に面し、月に驚くことなぞついぞなかった。高台に建って書斎が真東に面した新しい住まいは、天が近くなった。そこに赤い月が昇ったのである。それからというもの、私は月みるひととなった。

「いみじき笛は天にあり」。萩原朔太郎の詩の一節が心におちかかる。月を見ていると、忍び音が夜をわたってゆく。私は月の音に聴きほれる者となった。この世を忘れたうつろな心を月の音楽が満たしてゆく。不可思議な、月の恩寵。

きっと私は月見る齢に達していたのだろう。三十代、夜は書にいそしむためにあった。恋愛も研究も、大学勤務も、天を忘れたまま過ぎていった。四十になり、夜は物書く時間になった。書物の海に溺れて、月など見もしなかった。

それから住まいを変えたとき、五十半ばにさしかかっていた。半世紀、じっと私を見ていた月は、時こそ今と恩寵の滴をそそぎ、ついに私を捕えたのである。以来、私は月の囚われ人となった。時は五月、春と夏のあわいに眺めた月は、おおきく赤くにじんで、ときに悩ましく官能の色にきらめいた。

八月になった。月は奔放な白い光を放って、胸をときめかせた。満月の夜、艶めいた寝屋の密事にいそぐ女のように、月の出を待ちわびた。九時をまわるころ、白い月が目の高さに昇る。いとしい人に添い寝するような幸福感につつまれた。暗い部屋にさしこむ夏の月明かり。心浮かれ出て、書物どころではない。それから毎年、八月の月に抱かれる私は、人知らぬ悦楽に溺れて、すべての仕事をよそにする。

＊

永井荷風も月みるひとだった。『断腸亭日乗』は天候の記述が多い。「十月初七。午後驟雨」、「九月廿二日。終日雨霏々たり」。「七月廿七日。満月鏡の如し」、「七月廿八日。今宵も月よし」。雨に感応する者は月に感応するのである。

雨の音に聴きいり、晴れた夜は月を見る文人の姿を追っていた私は、昭和二十年八月十六日にさしかかってはたと手をとめた。「晴」に始まるその日の文章は二行のみ。最後の言葉は「月佳なり」である。すべての民が泣いたあの敗戦の日の翌日、荷風は月を見ていたのだ。

一面の焦土と化した地を、月が照らしている。廃墟にかかる月の残酷さ。

荷風はこの月を疎開先の岡山で見ていた。戦争に背をむけ、「粋」に徹していたこの文人は、敗戦の悲報にも動じず、月を愛でたのである。

とはいえ荷風はその半年前、二十六年間住みなれた偏奇館を空襲で焼失している。若き日にはるかフランスの地で買い求めた洋書をはじめ、愛蔵の書はすべて灰に帰した。偏奇館炎上のさまを描く三月九日の『断腸亭日乗』は壮絶である。

せめて燃えつきる館の姿を眼に焼きつけようと、逃げる足をとめた荷風は記す。「下弦の繊月凄然として愛宕山の方に昇るを見る」。炎に染まる明け方の空、さえわたる三日月がかかっている。

凄絶なる月。ときに荷風六十六歳。空襲で城と蔵書を失った文人は、すべてを喪失したにもひとしかった。茫々と広がる焦土に、美しく、悲哀の月がかかる……。

東北の地、陸前高田の海に残った一本松を照らした満月を思い出す。おぼろにかすむ月は、悲しみの色にそまっていた。いや、その日は中秋の名月だったから、銀にきらめいていたかもしれない。写真を見た私の方が悲しい水に感応して、うるんだ月に見えたのだろう。

廃墟を照らす月は、ひたひたと優しい滴をこぼしてこころ潤すなぐさめの月でもある。あの震災の日も、どこかで月はすべてを見ていたことだろう。死者たちの魂は月を泳いで天に昇ったのかもしれない。海に映る月は、いまも見えない死者たちを優しい月明の衣でそっとつつんでくれているのかもしれない――しかあれかしと月に祈る。

*

月の魔力は生死をつかさどる。満月の海、珊瑚はいっせいに卵を放ち、ウミガメは涙を流しながら月夜の浜辺に卵を産みおとす。死と再生の夜の神秘。

なべての生きものは、月の神秘を知っている。朔太郎の病める犬は「恐れに青ざめ」、月に向かって遠白く吠える。「のをあある　とをあある／のをあある　やわあああ」

神秘の生きものである猫もまた、月に感応する生きものだ。なぜに猫はあれほど墓場が似合うのだろう。かれらは夜の墓場の帝王だ。漆黒の闇のなか、黒猫は金の眼を光らせて、あたりのものを呪縛する。

＊

新しい住まいに変わってから二年後、私は猫を亡くした。長い、長い時を生きた猫は、享年二十四歳だった。四半世紀を共に過ごした猫はもはや私の分身だった。人見しりで、ひきこもりで、わがままな猫。二十四年間のあいだ、私は彼女にすべてをささげた。好きな服を汚されても、大事な書物の上に寝そべっても、何一つ叱らず、すべてをゆるした。月の見える部屋でいつも一緒にいたけれど、老いた猫はもう目が見えなかった。

最後の別れの夜、真冬の黄色い月の薄明かりがさしていた。あの猫は月にいるのだと今も思っている。

（二〇一二・一〇・二八）

Ⅳ　世相を読む　2010–2016

中日新聞を読んで

21世紀のバルザック

山田登世子

一日付朝刊のフランス経済学者トマ・ピケティ氏へのインタビュー記事を興味深く読んだ。アベノミクスについて、がまんしていれば企業成長の成果がそのうち全体に行きわたるという論は実現しないとの指摘をはじめ、うなずけることばかりだ。

狭義の資本でなく資産を問題化して格差を問うた氏のベストセラー「21世紀の資本」は世界を見る目を変えてくれた。ことにうれしいのは、専攻するバルザックの小説が長く随所に引用されていて、立論を支えていることだ。

夢と野心に燃えてパリにのぼってきた青年ラスティニャックにむかって、悪の哲学者ボートランはずばりと真実を言ってのける。「努力とか勤勉なんぞで社会的成功が手にできるもんか。そんなものより、持参金つきの娘と結婚した方がはるかに早く金持ちになれる」と。

確かにそのとおりなのである。日々の努力で得られる労働所得よりも資産相続の方が圧倒的に富裕になれる。バルザシアンであるにもかかわらず、この真実が十九世紀のフランスばかりか、二十一世紀にこそ通用するとはつゆ思わずに読んでいたのが悔やまれる。金の支配力を描いて世界一の作家とは思っていたが、資産の認識が浅かったのだ。

もう一つ目を曇らせていたのは、ラスティニャックと同じく、若さである。団塊の世代の一人として、個性や才能を発揮して社会に輝きたいという夢をもって生きてきた。われらが世代はまさしく一億総中流幻想をもっていた世代であり、ピケティ氏も述べているとおり、資本収益率と所得成長率の差が小さかった例外的な世代なのである。

幻想であれ、夢をもって生きてこられた幸運をあらためて振り返るとともに、夢をもてない現代の若者たちの切なさを思う。低成長で所得がのびないばかりか、雇用の非正規化によって貧しさに拍車がかかっている。資産のない若者へ富の再分配を、という氏の提言に耳を傾けるべきだと思う。

（愛知淑徳大教授）

「中日新聞を読んで」紙面

＊本章の各篇は二〇一〇年から二〇一六年に掲載された『中日新聞』紙面批評から選んだものである。

食は反グローバル

三月のワシントン条約締約国会議に関して、クロマグロ取引をめぐる報道が続いていたが、禁輸案否決の結果には正直ほっとした。

乱獲がよいというのではもちろんない。絶滅の危機は絶対に回避すべきで、ＥＵ諸国の環境意識の高さにはいつも敬意を抱いているほうだ。昨夏パリを訪れた時も、エコな乗り物として自転車が大流行しているのに感心した。ステーション整備などパリ市の管理もゆきとどいている。エコカーがはやっても自動車天国の日本の遅れを痛感した。

しかし、こと食べ物が問題になると、環境問題だけではかたづかないと思う。食は国の文化そのものだからである。寿司は日本の代表料理。禁輸をかかげたＥＵ勢は、日本の食文化の奥深さにどこまで思いをはせただろうか。

少し話が野生生物からそれるが、それなら牛はいいのかと、そんな思いが心をよぎる。欧米では牛の捕食はなんら問題視されないが、インドでは牛は聖なる動物で、食すことはありえない。他方でイスラム教では豚はけがれた動物とみなされて、食べるのを禁じられている。食文化はまさに多様でグローバルスタンダードとはゆかない。

ビフテキ・シャトーブリアンなど何の痛みもなくほおばりながら、日本のマグロには躊躇なく待ったをかけたのだとしたらやりきれない。

こう書きながら、この反感、どこかで覚えがあるなあと思う。そうそう、あれあれ。ミシュランガイドが日本料理に星をつけたとき。あのときの違和感に通じるものがある。あれこそ余計なお世話というものだ。フランスはフランス料理だけ評価していればよろしいのであって、自分のランキングがグローバルに通用するなど、ゆめ思ってほしくないものである。


（二〇一〇・四・四）

「森が死んでゆく」

世界中の記録的猛暑のニュースが紙面をにぎわすこの夏、追い打ちをかけるようなショックな出来事にみまわれた。書斎の前にあるナラの樹の様子がおかしいのである。なんだか緑の色がいつもより薄い。ベランダに出て確かめると、葉が水気を失ってカサカサしている。「まさか」という思いが胸を走った。樹齢何十年を超える大木が枯れるなんて……。

不安な目でマンションの向こう一帯に広がる東山の森を見渡すと、ところどころに赤茶けた木が目に入ってくる。いつもなら濃い緑にかがやいて、渡りくる風が涼を運んでくれる夏なのに。

その日から十日ほど。三十メートルもあろうかというナラの古木はあっけなく赤茶に染まって枯れた。その日の夕刊一面のトップ記事は忘れようにも忘れられない。「森が死んでゆく」というタイトルがまっすぐに心を射った。「全国でナラ枯れ猛威」の報。ああやっぱり……。わたしは家族の訃報を告げる文のように、その記事を読んだ。七月三十一日のことである。命日のように日付を覚えている。

ナラ枯れの直接の原因はカシナガという虫の繁殖によるものらしい。けれど、里山になくてはならないドングリの木の大量死は、異変をきたしつつある生態系の兆しを示すものでなくて何であろうか。

古来、樹木には不思議な霊力があるといわれている。樹齢百年を超える大木は、桜であれ銀杏(いちょう)であれ、人知を超えた威厳に満ちて、わたしたち人間に自分の小ささを教えてくれる。

こう書きながら、東京の高層ビル群の風景が脳裏をよぎる。もしかしてあれは、天に届こうとする人間の傲慢の徴(しるし)ではないのだろうか。里山のドングリの木が身代わりになって死んでいるわけではもちろんないけれど、心は乱れてやまない……。

以来、変わり果てたナラの遺骸を目にしながら、喪に服しているようにこころ悲しい。

(二〇一〇・八・二二)

女子会ファッション

新年から経済面で始まった連載、「価値勝ち（カチカチ）ものがたり――ヒットの理由」が面白かった。世間をにぎわすヒット商品の価値を探ろうという企画である。初回は「女子会」。男子禁制にして女どうしで盛りあがる集いがはやりだが、そこで大きなウエートを占めるのがファッションである。ここぞとばかりに輝いて、同性の称賛をあびるのが女子会の愉しみ。いちばんおしゃれに気合が入る機会だという。

記事を一読、ピンとくるものがあった。大学のファッション論の講義でまったく同じ経験をしているからである。毎年、講義のポイントを理解させるため、初回の授業でアンケートを実施しているが、項目の一つに「おしゃれの理由」を入れている。「あなたはなぜおしゃれをするのでしょう？　自由に記しなさい」と。

もちろん、学生が考えやすいように、イントロダクションで誘導をする。「ファッションとは一言でいって社会的な身体表現です。ひとは誰でも他人に認められたい。ファッションは認知ということに深くかかわっているのですね。たとえば異性の心をひきつけたい。それも理由の一つでしょ？」――そんなチャートをしたうえでのアンケートだが、女子学生が必ず反論を書いてよこすのだ。「私が認めてもらいたいのは男性ではありません。同性の女性に認めてもらうためにこそ私はおしゃれをします」と。

まさしくこれこそ女子会のスピリットではないだろうか。ブランドといい、流行といい、ファッションがこれほど多様化している現在、細かい差異まで識別し評価するにはプロ並みの知識と感度が要求されるのである。アマチュアにすぎない男性の眼など女は信用していないのだ。

かくして栄える女子会ブームは、とうぶん続くにちがいない。その陰で、おいてけぼりの男性ファッションはどうなるのだろう？　そちらが気になってくる新年である。（二〇一一・一・二六）

若者のネット・ナルシス化

ネット・カンニング事件報道にくぎづけの日が続いた。ネット文化はここまできたのか。衝撃の後、ありありと思い出したものがある。まだケータイも普及してない頃にゼミで学生たちと読んだ先駆的メディア論者マクルーハンの『メディア論』である。

「メディアはメッセージである」という名高い命題をあらためてかみしめた。メディアのメッセージとは、いわゆるメッセージの内容＝コンテンツではなく、それが社会にもちこむスケールの変容であり、社会感覚の変貌のことである。ケータイのメーセッジとはすなわちケータイ文化の出現そのものなのだ。今回の事件はこの小さなメディアのはかりしれないパワーを知らしめたものだった。

そして、それ以上に私が想起したのは、「感覚麻痺をおこしたナルシス」という一章である。あまり論じられない箇所だが、ネット社会の核心をついた論なのである。マクルーハンにとってはすべてのメディアは身体の拡張であり、たとえば鉄道は足の、衣服は皮膚の拡張である。そして、ケータイやパソコンなどのメディアは、実に中枢神経そのものの拡張なのだ。であってみれば、そのパワーがいかに強力なものか、想像がつく。それを使いこなすものは一種の幼児的全能感を味わうのである。

そう、幼児的な全能感。それというのもこのネット・ナルシスは、池に映った自分の姿――メディアによって増強された自己能力――にしびれて、「閉じたシステム」となり、エコーの愛の呼びかけを聞く耳を失う。社会感覚が麻痺してしまうのである。ギリシャ神話そのままに、ネットを自在に駆使する若者は社会性を喪失してゆく。

大人になりたがらない若者たちはこれまでも指摘されてきたが、その尖鋭な現れが今回の事件ではないだろうか。「学校側のモラル指導を」という声はメディアの力を知らなさすぎると思う。今こそマクルーハンの予言が読まれてほしい。

（二〇一一・三・一三）

宮沢賢治の東北

あの日からひと月。いまも避難所暮らしの人びとを思うと、もっと長い月日を感じる。水道も下水も通らず、まともな暖房もないままに毛布だけで寒さをしのぐ過酷さ。そんな辛苦をじっと耐え忍んでいる人びとの姿を見てきて、東北のこころを教えられた思いがする。

実際、これほどの災害に遭いながら略奪などない姿が国際社会の称賛を呼んだというが、それは日本人というよりむしろ優れて東北人の美質ではないだろうか。寡黙で、忍耐強く、声を荒らげて自己主張をせず、怒ることとの実に少ない北国の人びと……。

その姿は、おのずと宮沢賢治を思い出させる。ふるさと岩手の地をこよなく愛した賢治は手帳に綴った。雨ニモマケズ／風ニモマケズ。この有名な冒頭部の少し後にはこんな言葉が続く。欲ハナク／決シテ瞋ラズ——この我執のなさは、東北の人びとのこころそのものではないだろうか。

賢治はこの地の森の声を聞き、風や星と交感しながら童話を綴った。天地の力を畏怖した彼は、津波の唸りにも人一倍感応したことだろう。事実、あの明治三陸地震の惨事は賢治の誕生の数カ月前のことである。しかも、彼が三十七年の短い生涯を閉じたのは、ほかでもない昭和三陸地震の年だった。その半年後に詩人は帰らぬ人となる。

いや、帰らぬ人という言葉ほど賢治にふさわしくないものはない。賢治の魂は、いまも岩手の空に在って、静かに見つめているにちがいない。被災の痛みを誰よりも深く、悲しく、うけとめて。

東ニ病気ノコドモアレバ／行ッテ看病シテヤリ／西ニツカレタ母アレバ／行ッテソノ稲ノ束ヲ負ヒ――賢治のこころは、数人で一枚の毛布を分けあい、乏しい食料を分けあう避難生活の人たちの優しいつましさにつながっている。

政府が支えているのではない。東北の人たちの静かな忍耐に政府が支えられているのだと思う。

（二〇一一・四・一〇）

男はクールビズ！

夏に向かい、節電記事が紙面をにぎわしている。五月二十八日土曜日の朝刊特報面でも「クールなエコ技術」特集。地下の冷気を利用したジオパワーシステムや、苔を使った屋根の緑化など、さまざまなエコ技術は未来へのメッセージとして頼もしい。

その一方で、もう一つパワーアップを願っているのが男性の軽装化である。浜岡原発の停止を求めた菅直人首相はじめ民主党議員が、そろってノーネクタイで登院したのは先月初め。クールビズ宣言としては当然のパフォーマンスだろう。ゆれる政権下、かつてのお坊ちゃま首相の金ネクタイのようにメッキが剝げないことを祈るばかりだが、気がかりなのはオフィスで働くサラリーマンの服装である。

それというのも、これまで新幹線に乗るたびに効きすぎた冷房に悩まされ、ジャケットやショールなどの防備対策を余儀なくされてきた身として、今年の超クールビズのかけ声はうれしいニュースなのだ。実際、男性の夏服と女性の夏服とでは開きがありすぎる。女たちは夏にむかってどんどん軽装を加速化してゆく。タンクトップだのキャミソールだのワンピースだの、かぎりなく裸体にちかい服がそろってているから。

対するサラリーマンの服装の何とバリエーションの少ないことだろう。上着を脱いで様になっている半袖スタイルは滅多に見かけない。だがその上着を脱いでもらわなければ、男女の冷房体感差はいつまでも縮まらない。今ほどオフィス向けのクールビズ商品が求められている時もない。

そう、脱原発の今こそ絶好のビジネスチャンスなのである。服だけのことではない。忘れてならないアイテムが靴である。あの暑苦しい革靴と靴下をつけたままでは、どれほど上着がクールでも効果は半減。誰か涼しいオフィスシューズをはやらせてくれないものか。ネクタイで脱原発を言ったところで灯台下暗しというものだ。襟もとから足もとまで、今こそ男はクールビズ！　（二〇一一・六・五）

なでしこ信じる心の強さ

なでしこに国民栄誉賞――大きな見出しが二十五日夕刊のトップに。またしてもうれしさがこみあげてくる。

劇的勝利のあの日以来、濃紺のなでしこカラーが紙面を飾るたびに、なめるように記事を読む。倒した相手が強敵アメリカだったのもうれしさ倍増の理由だ。

戦争といわずスポーツといわず、何事もパワーで押してくる国を、小さなからだの選手たちのパスワークが倒したのだ。小ささの勝利が本当にうれしい。

選手たちの貧しい生活も心を打つ。あの沢穂希選手にして年俸は三百五十万円程度だという。昼は職場で働いて、仕事がひけてからようやく練習にはげむ日々を重ねてきた選手が少なくない。

およそスタープレーヤーとはほど遠い地味な努力は、まさに「なでしこ」の名にふさわしい。あきらめない精神は、この道のりを耐えて走り続けた賜物だ。

最後の笛が鳴るまであきらめない――被災地を勇気づけ日本全国に感動をあたえた沢選手の言葉。だが、わたしの胸に深く響くのはそのスピリッツをさらに積極的に語った海堀あゆみ選手の言葉である。「自分を信じて、みんなを信じて戦いました」。

信じる心の強さ。この強さが胸を熱くする。震災前の日本のマインドが何かと癒やしモードだったのを思い出す。癒やしを求める心は受け身である。自分が不安だから、誰かに大丈夫よと言ってもらいたい心細さはよくわかる。自分で自分が信じられないのだ。だがそれではいつまでも他人依存からぬけだせない。

けれど、なでしこは自分を信じて立ち続ける強さを教えてくれた。

「苦しい時は私の背中を見なさい」。沢選手が宮間あや選手にむかって言ったこの言葉。一つの道を信じて走り続ける心が、心から心へとつながって、決して折れない強靱な一つの輪になる。

その輪に栄誉の輝くよろこびの日が、待ちどおしくてならない。

（二〇一一・七・三一）

経済は今や「恐竜」

八月の本紙では、夕刊文化面で九日から三回連載された対談「選択の夏　ポスト3・11を生きる」が、数多い震災論のなかでも出色だった。まず論者がすばらしい。東北学で名高い赤坂憲雄もさすがだが、相手が津島佑子なのには目から鱗の思いがした。東北をよく知る二人ならではの説得力で、東北にこだわる震災論の偏狭さを思い知らされた。

問題の本質は、東北地方の特色ではなく、成長志向でひた走ってきたわが国の都市と地方のいびつで差別的なあり方なのである。「経済効率を求めてきた超資本主義の行き着く果てを目の当たりにさせられた」という津島の言葉は、地方の雇用創出と称して公共事業型開発を進めてきた土建政治の限界を端的についている。私たちは福島に原発という手に負えないハコモノを押しつけて、それに無知なままキラキラした都会の電気文化を享受してきたのだ。

赤坂の言う通り、日本の繁栄は、貧しい東北の知られざる原発労働と、アジアを思わせるような低賃金労働に支えられてきたのであり、その意味で内なる植民地に依存してきたのである。ポスト3・11は、こうした都市中心主義の転換以外にはないだろう。

そしてこれは被災地にかぎった話ではなく、今後の日本の選択そのものの問題である。都市志向、公共事業志向に今こそ見切りをつけて、さまざまな地方が独自の活力で輝くような在り方を根気よく模索してゆくほかないと思う。

そのためにエネルギー問題をどうするか。津島の言うとおり、「経済と科学技術」という「恐竜」は大きすぎて滅びる運命にある。今後は自然エネルギー志向以外にないだろう。これについて、自然から恵みを「いただく」という発想が大切だと言う赤坂の言葉が胸にしみる。

そう、太陽も風も、自然からの惜しみない贈与なのである。大震災は私たちに自然を畏怖することを教えてくれた。二度とそれを忘れてはならないと思う。

（二〇一一・八・二八）

ともに月を愛でる

台風の爪痕を残しつつも、秋が深まってゆく。月が冴え冴えと美しい季節である。十二日の満月は雑事に追われながらも、いっときすべてをおいて月を眺めた。赤い月が山の端に昇ると、おののきに似た感動がこみあげる。見る間に中天にかかり、ひたひたと白い銀の滴で心を濡らす。月の優しさが身にしみた。

翌日、朝刊一面に名月のカラー写真。岩手県陸前高田市の一本松を照らしだす名月は、優しくも哀しい。月光をうけて輝く夜の海もまた哀しみをさそう。雪月花はわたしたちの無常観にふれるのだろう。そう思いながら紙面をめくり、市民版（名古屋）の記事に目がとまったとき、今度はうれしさに心はずんだ。

記事のタイトルは「名月　楽しんで」。岐阜県瑞浪市のゴルフ場運営会社が毎年お月見用のススキを名古屋市民に配って、瑞浪の秋を都会にお裾分けするのだという。栄の繁華街でススキを渡された人たちの顔がなごんでいる。月見という習わしが人と人とを結ぶのだ。

我が意を得たりの記事だった。実は私には、月観る友がいる。一人で月の静寂を味わうのも贅沢だが、同じように月愛でる友に、メールを送るのも贅沢だ。響くように、共感の言葉が返ってくる。そうするうちに、いっそ一席設けてお月見をしようということになり、昨年、友の家で心ゆくまで月を愛でた。二人そろって月の出を待ちわびて、赤い大きな月が姿を見せると声をのんでうち眺め、感嘆の言葉を交わしあう。それから何時間か、手作りの夕食をいただきながら、月の下で歓談をかわす。実に贅沢なひとときである。とはいえ共に仕事をもつ多忙な身ゆえ、月齢に合わせて予定を組むのは至難の業だ。今年は中秋の名月を見送って十月のお月見にしたが、満月の日は都合がつかず、居待月か立待月にということになった。今からその日が待ちどおしい。風雅の道は人の輪を作る。お金も要らない素敵な贅沢だと思う。

（二〇一一・九・二五）

街の本屋は絶滅危惧種

活字人間なので、日曜の読書欄はいつも楽しみだが、十一日付同欄に載った小田光雄氏の「出版この一年」にはいたく共感した。本が売れずに出版業界が危機に瀕しているが、その深刻さを掘りさげた記事である。

一九八〇年代には一万三千近くあった書店が減少の一途をたどり、今年はついに五千店を割ってしまったという。いわゆる「街の本屋さん」がどんどん姿を消しているのである。残っているのは大手全国チェーン店だけ。

こうした書店の衰退は身近に感じてきたことだった。長年なじみだった近所の本屋さんが突然店をたたんだのは確か九〇年代前半のこと。小さな店だが、名古屋大学に近いので硬派本が入手しやすく、漫画や話題書もけっこう豊富で、売り場面積比の売上高の大きさで評判の店だった。閉店に踏み切ったのは、日販や東販といった取次に嫌気がさしたからだという。

小田氏の指摘するとおり、書籍の流通機構は大手書店偏重である。大書店やチェーン店にはたくさんの冊数をまわすのに、小さな書店には配本を断る。ベストセラーが出ても街の本屋には並ばないのである。こうしたいびつな流通機構のあり方は八〇年代から変わることがなく、取次が本屋を滅ぼしたといっても過言ではない。

かくて本の売り上げはひたすら減少に向かうばかり。そこへ電子ブックが追い打ちをかけ、書物はいまや死に体といっていいだろう。実際、学生たちの本への無関心ぶりは驚くほどで、ケータイやスマホは片時も手から放そうとしないのに、本をめくる姿などめったに見かけない。

しかたなく授業のテキストも、小学校よろしく「〇ページをめくりましょう」と言って読みあげる始末。グーテンベルクの銀河系は二十一世紀までもたなかったのである。

街の本屋はもはや絶滅危惧種、来年また何軒の本屋が姿を消すことだろう。悲しい年の暮れである。

（二〇一一・一二・一八）

非常勤講師のつらさ

二日付生活面に掲載された大学の非常勤講師の記事が痛く心に響いている。大学を外から見ているだけではわからない非常勤講師の劣悪な生活実態が明かされていた。実のところ、これはニュースでも何でもない。数十年来、同じ状況が改善されないまま現在にいたっているのである。

まず、低賃金の問題。月給ではなくコマ単位で支払われる手当は、関西の例で月二万五千円とあるが、全国どこもこんな相場で、月十コマ担当しても生活は苦しい。非常勤講師は昔からワーキングプアなのである。

教員の場合、この低賃金が重くのしかかるのは、研究生活に打ち込めなくなるからだ。コマをこなすのに疲れて、研究意欲をかきたてること自体に人知れぬ苦労が要る。さらに研究室や図書費といった制度的保障が一切あたえられていないから、乏しい生活費のなかから何とか工面しなければならない。

さらに追い打ちをかけるのは、そうして苦労して研究を進めたところで、発表するメディアが学会誌以外にほとんどないことである。いきおい業績が少なくなり、ただでさえ狭い就職口がますます狭くなってゆく。非常勤講師は学者ではなく、まさにパート労働者なのだ。

実に大学は、こうしたパート労働者によって支えられているのが実情である。この記事の例もそうだが、語学教育はことにそれが著しい。専門は十九世紀フランス文学だが、教えているのはフランス語――。こういう例は枚挙にいとまがない。フランス文学専攻でフランス文学の教師というように、教育と研究が一致しているのはほんの一握りのエリートだけである。

フランス語に限らず、外国語教育の現場はたいてい同じで、ワーキングプアが大学の語学教育の底辺を支えているといっても過言ではない。少子化による学生数の低下で、大学側にも余裕がなく、状況はますます劣化しそうな気配、新学期を前に憂鬱な春である。

（二〇一二・三・一八）

さよならGNP

五月五日、原発ゼロの日。今年の五月は歴史に残る月になった。一九七〇年以来四十二年ぶりに原発全基停止が実現したからだ。

この日がどれほど待ちどおしかったことか、連日のニュースが全国の期待を伝えていた。四月二十二日の「地球の日」には、原発再稼働に反対するルポライター鎌田慧さんらの呼びかけで「五日のこどもの日を原発ゼロの日に」のパレードが。翌朝刊二面には加藤登紀子さんの発案になる反原発のシンボル「緑の鯉のぼり」が渋谷の風に舞う。

続けとばかり、二日には、大飯原発再稼働に反対する市民たちの集団ハンストの記事が夕刊一面に。鎌田さん、澤地久枝さんに瀬戸内寂聴さんらが参加、さらには坂本龍一さんの参加メッセージも。六日の紙面も原発ゼロ関連記事がぎっしり。東京、名古屋各地での脱原発のデモをカラーで紹介。

長く続く連載などとともに、これら一連の報道は脱原発を鮮明に掲げる中日新聞ならではのものだろう。読者として、うれしくも誇らしい。

こうしてメモリアルな日になった五日は快晴。昨日までの大雨が嘘のように晴れわたって初夏の空がひろがった。この空を、萌えいずる緑を、大地を、海を、二度と汚してはならない。3・11は、わたしたちひとりひとりの心にそれを刻みこんだはずだ。説明にもなっていない政府の再稼働走りにストップをかけるのはわたしたちの決意、いや義務だと思う。

それにしても、五日付一面の記事に添えられた漫画はさえていた。コマのトップに「さよならGNP54」の横看板。そっと下に書かれた言葉がいい――GNP:「国民総生産」じゃなく「原発」。

まったく、そのとおり。反原発は、成長はもういいから、不便をしても大事な命と地球をまもろうという決意である。我が家ではこの夏クーラーゼロをめざすつもりだ。

さよならＧＮＰ。希望の道はただ一つ、そこにしかないのだから。

（二〇一二・五・一三）

「鉄の女」の功罪

サッチャー元英首相が国民葬に付された。

政策に賛否はあれ、たしかにサッチャーは人物だった。何よりも、言葉が光っている。たとえば、ソ連のゴルバチョフ書記長に放った言葉。「あなたの旗は赤旗でしょ。私の旗はユニオンジャックよ」。共産主義への侮蔑感が、鋭いナイフのように刺さってくる。「鉄の女」の異名をとるはずだ。

自分の銅像が建ったときの言葉もすばらしい。「私には鉄の方がよかったかもしれませんね。だけどブロンズもいいわね、さびないから」。何というウイットだろう。サッチャー名言集にふさわしい。

その名言集のなかで最も有名な一つが、ＴＩＮＡと呼びならわされた例のせりふだろう。すなわち、There Is No Alternative.「選択肢なんてない」。いや「これしかない」と訳すべきか。「これ」とは市場のことである。「市場しかない」のだ。停滞した経済をたてなおすには、市場の自由競争しかない。まさに市場原理主義者の面目躍如である。

国家の庇護をなくして、いたるところに自由競争原理をおくこと。「お金は天から降ってこない。地上で稼ぎださねばならない」。自助努力だけが成功に導く。社会や制度に期待する人びとにむかってサッチャーは言ってのけた。「社会なんてものはない。個人としての男がいて、個人としての女がいて、家族がある。ただそれだけだ」。

こうして数々の国営施設や国営企業は民営化され、市場化された。長かった経済的停滞は動きだして成長にむかった。英国病を癒やした首相の功績はたしかに国民葬に値するだろう。

けれども、サッチャリズムの残した傷痕もまた大きい。何より貧富の差が拡大した。その差は深刻な社会問題になっている。市場原理主義は「社会」に大きな亀裂をいれるのである。葬儀に背をむけて抗議した人びとが明かしているように、傷は今も癒えていない。

（二〇一三・四・一二）

平成のアンチヒーローは

夕刊連載「寅さんのことば」を楽しく読んでいる。

寅さんの魅力は何といってもフーテンの良さ。ネクタイ族でないことだ。連載三十回目の寅さんのことばは真骨頂をついていた。

「俺、定年なんてないもんね」。この回は、船越英二さん演じる中年サラリーマンが仕事に嫌気がさして失踪し、寅さんの自由さに憧れて二人旅をする話である。「風の吹くまま、気のむくまま」、旅から旅へとわたる漂泊のカッコよさ。勤め人にはその気ままさがまぶしい。

もうずいぶん前の話だが、就職したばかりの卒業生が、「勤めだしたとたん、寅さんの人気のわけがわかりました」と言ったのを思い出す。毎日定刻に出勤して定刻に帰る、これがずっと続くのかと思うと、あの自由さがうらやましいです、と。

寅さんは定刻にも定年にもしばられないフリーランスである。といっても寅さんシリーズ全盛期にはフリーランスという言葉はまだ目新しかった。企業戦士なんて言葉がいまだ存在していたのだから。

寅さんは昭和の古典なのである。山田洋次監督は、主婦が家の外に自分探しを求めはじめて、あやうくなってきた茶の間の団欒をあえて中心にすえて家族の絆を描きつづけた。フーテンの寅にはいつでももどってくる家庭がある。優しい妹のさくらがいる。だからこそ勝手きままな漂泊が魅力的だったのだ。

寅さんが憧れのアンチヒーローだった昭和が暮れて四半世紀、核家族化と少子化で、もはやちゃぶ台の団欒はセピア色の光景。家族の絆はいかにももろい。フリーランスは増えたけれど、定年どころか定職につけない若者たちが深刻な社会問題になっている。意に反したホームレス化も少なくないという。

いまやフーテンの寅さんは在りし昭和への郷愁を誘う神話中の人になってしまった。低迷する平成のアンチヒーローはいったいどんなキャラクターなのだろう。

（二〇一三・八・一一）

高橋たか子と寂聴

夕刊の名物欄「大波小波」はよく目をとおすコーナーだが、先月は二人の著者のバトルが面白かった。

話題は七月に亡くなった高橋たか子のこと。八月十三日の「怒りの子」氏は、各紙の追悼記事が少なく、同世代の大庭みな子などと比べて、この偉大な作家への評価が不当に低い、という。共感しながら読んだ。

ところが、八月二十八日の「宥（ゆる）しの子」氏が反論し、「どっちがえらいかといったファン心理」で書いても意味がない、という。氏の意見にはあまり同感できなかった。三十代はじめに読んだ『ロンリー・ウーマン』の衝撃性はなんと強烈だったことか。

女の無意識の闇にひそむ邪悪さと残酷さが胸をえぐる。罪もない鳥を殺したり、無垢な幼児にいわれなき殺意を抱いたりするイブたちの罪深さ。そして、その宥めがたい孤独感。そうした悪の昏さを浄化するかのような、ラストの文章が今もなおあざやかに浮かんでくる――「虚空のずっとずっと先の、薄明の国の山川に」、真白な花々が「音もなく咲き騒ぐ」。

この一作だけでも文学史に残る大作家だと思うのだが、実はそれよりもっと興味深かったのは、その「大波小波」のすぐ横に瀬戸内寂聴の連載エッセーが載っていたことである。

高橋たか子と瀬戸内寂聴。ひとりはキリスト教、他方は仏教。共に宗教作家でありながら劇的な二人のコントラストを思わず考えさせられた。高橋たか子は孤高を絵にかいたように俗界に背をむけ、至高所に身をおいていた。

一方の寂聴は、俗に親しみ、俗を愛してやまないひとである。イケメン大好き、美女大好きの面食いで、テレビ出演もすすんでひきうける。良い意味でミーハー度がこれほど高い作家もないだろう。宗教性と大衆性をあわせもつ器としては遠藤周作以来だと思う。

いつか寂聴についても「怒りの子」氏と「宥しの子」氏の意見をきいてみたいものである。

（二〇一三・九・八）

「倍返し」に続編を

九月三十日夕刊文化面、梅原猛氏の連載エッセイ「思うままに」の半沢直樹論にわが意を得た。「資本主義のモラル」と題して、氏はドラマ「半沢直樹」の面白さをこう語っている。

金融業が「資本主義の命運を左右する重要な産業」となっている現在、銀行員は「その金融業を代表する職業」だが、このドラマは「銀行員にも道徳心が必要であり、そこに正義の闘いがあることをあらためて示したのである」。

まさにそのとおり、半沢直樹の闘いには胸がすいた。銀行界というリアルな世界を舞台にして、正義が悪を撃つドラマが興奮させる。浮き貸しだの何だのといった不正が次々と暴かれて、悪玉が追いつめられるカタルシスはふつうの連ドラではとても味わえないものだった。

常日頃、金融ときけば、株相場の変動に一喜一憂しながら利ざやを稼ぐマネー人間のイメージしかなく、ものづくりはおろか、土や風のにおいも忘れた生き方に嫌悪感を抱いているので、そんな金融界にあらわれた正義のヒーローはまたとなくカッコイイ。

しかも半沢直樹は「スーパーマン」や「００７」のように最後は必ず勝つと決まっているので、チャンバラよろしく悪玉と渡り合うスリリングな立ち回りを堪能できる。実際、敵役の香川照之の顔の演技は迫力満点だった。百倍返しをしてもしたりない憎々しさとはあのことだろう。

悪玉はあくまでも憎らしく、善玉のヒーローはあくまで正義の味方、二人の大立ち回りに手に汗握る……。原作者の池井戸潤氏も「あれはマンガですから」と語っているとおり、この意味でドラマ「半沢直樹」はエンターテインメントなのである。下手な真実らしさよりも、誇張が息をのませる。

鮮度のない恋愛ドラマやバラエティーがうそ寒く感じられる現在、社会派のエンターテインメントこそ私たちが最も見たいドラマではないだろうか。ぜひとも続編を期待したい。

（二〇一三・一〇・六）

「花の億土へ」

先月二十三日の読書欄でわが意を得た。色川大吉氏による石牟礼道子の自伝『葭（よし）の渚』の書評がすばらしかったからである。「この本はその独創性において、歴史に残るもの」という氏の言葉にいたく共感した。

かくいう私、実は根っからの石牟礼道子ファンだったわけではない。独特の呪術的な言葉づかいについてゆけない感があったのだ。ところが3・11以後はちがった。海の声を聴き、草木の声を聴き、死者たちと交感するこの稀有な作家のつむぎだす言葉の一つ一つがひたと心にしみる。

その思いを一層強くしたのは、昨年十一月に東京・新宿で上映された石牟礼道子のドキュメンタリー「花の億土へ」を見たからである。『石牟礼道子全集』を刊行中の藤原書店のプロデュースで製作された映画は、金大偉監督の映しだす不知火の美しい海を背景に、この作家の魂からほとばしりでる言葉を語りついでゆく。

「水俣で苦しんだ人達は、毒を流した相手を赦(ゆる)すのです。憎むともっと苦しいから」。冒頭部のこの言葉でもう圧倒されてしまう。まさに彼女は人でなく天の言葉を聴くひとなのである。苦難の道を生きぬいた水俣の人々や東北の人々を結びつける強い連帯の絆は祈りだと彼女は言う。そう、祈りは生者と死者を一つに結ぶ。霊魂がすまうところは天なのである。

ひたすら経済成長を追い求めてきた近代は、天を忘れ、大地を忘れて、神を恐れぬ自然破壊を重ねてきた。歌人でもある石牟礼道子はこう詠(うた)う。「祈るべき天とおもえど天の病む」。

病み果てて滅亡の危機に瀕している天と地にはたして未来はあるのだろうか。

未来はないかもしれないが「希望ならばある」と彼女は言う。祈りのなかにそっと咲く白い花の姿が視(み)える、と。その鎮魂の花々が億と咲く大地こそ石牟礼道子の霊視する希望なのだ。彼女のラ

ストメッセージであるこの映画を名古屋でもぜひ上映してほしいと思う。（二〇一四・三・二）

文学部は国の力

ずっと胸にわだかまっていたことを書いてくれた記事に出合って、留飲の下がる思いがした。十一日夕刊の「文学部が消える？」である。

名古屋大学で日本文学をご担当の塩村耕教授は、企業の要請からきている近年の実学重視の傾向に警鐘を鳴らす。人文学の衰退は「国全体の潜在力の低下をまねく」と。古典を学ぶ文学研究は「人の心の動きについて敏感な」人を育て、現実社会の人間関係に役立つはずなのである。塩村氏の指摘のとおり、近視眼的な実学偏重はスキル万能観を広めて、じっくり人を育てることを忘れてしまう。底が浅く、幅のない技術人間が増えてゆくのはまさに国力の低下につながる。

何にたずさわっても必要とされる幅の広さと感性の豊かさ。フランスの政治経済学者アラン・リピエッツを思い出す。政治経済学の専門書はもちろんのこと、長く「緑の党」の経済顧問を務め、現在もエコロジストとしてグリーン政策論を展開している。

驚いたのは、専門書の傍らで書いたフェードル論だった（『なぜ男は女を怖れるのか』邦訳藤原書店）。

『フェードル』は十七世紀のラシーヌの悲劇。義理の息子に道ならぬ恋をして死ぬ王妃の物語である。理工科大学卒の彼がこの戯曲をと驚いたが、内容がまたすごい。構造主義はなやかなりしころに知識界を席巻したラカンの精神分析論を駆使しつつ、しかも詩的な文体で書かれた女性論なのである。

リピエッツが例外なのではない。芸術を大切にし、国語と文学を大切にするフランスの伝統が、彼のように教養豊かな人材を育むのである。樹木に例えれば根が深いのだ。実学も深く豊かな土壌に根を張ってこそ、本当に有益な社会貢献ができるのだと思う。

文学や哲学や歴史はその太い根にあたるものだが、さらに根幹にあるのは国語だろう。自国の言葉をおろそかにすることはまさに国の衰退を招く。英語で会議をするというどこかの会社の出現に、国を憂うのは私だけだろうか。

（二〇一四・四・二七）

晶子と白蓮の反戦

十六日付朝刊一面に与謝野晶子の未発表短歌発見のニュース。昭和十年、津島高等女学校創立二十周年記念の講演に訪れた折、泊まった旅館に五首の歌を贈ったという。うち未発表の歌が次の二首。

くれなゐの　牡丹咲く日は　大空も　地に従へる　こゝちこそすれ
春の夜の　波も月ある　大空も　ともに銀絲の　織れるところは

いずれもあでやかな歌風がいかにも与謝野晶子らしい。

晩年の晶子は鉄幹とともに日本各地を旅して、さまざまな土地を訪ねている。保養や詠草のための旅もあったが、各方面から講演を頼まれることも多かった。

津島での講演は鉄幹亡き後のもので、若い女学生にむかった晶子は読書や創作などの知的活動にはげみ、心の世界を広くするようにと語ったという。

恋をうたう相聞歌の第一人者であるとともに、女性解放のため女性の自立を説き、新聞や雑誌に数多い評論を残した啓蒙家でもあった晶子を彷彿とさせるニュースである。

時として晶子の筆は鋭くさえわたった。日露戦争に出兵した弟を詠んだ反戦歌「君死にたまふことなかれ」は最も名高い歌の一つであろう。権威をおそれずに弟への真情をうたったこの歌は、大胆にすぎ、不敬であるとの批判にあっても、女性の真情を言葉にしたにすぎないと強く反論したのでも有名である。

同じ津島市ではまた柳原白蓮の短歌も残されている。

朝化粧　五月となれば　京紅の　あをき光も　なつかしきかな

大正美人の白蓮らしい艶めいた歌だが、晩年の白蓮もまた反戦平和運動に力を入れた歌人だった。第二次大戦で学徒出陣した息子を終戦四日前に亡くした悲しみが平和活動にむかわせたのである。

白蓮をみても晶子をみても才ある女性は命の側に立つ。何やら軍靴の足音が聞こえてきそうなこのごろ、二人の歌人の声にさとく耳を澄ましたい。

（二〇一四・六・一二）

21世紀の資本論

フランスの経済学者トマ・ピケティの『21世紀の資本論』が話題になっている。といってもずっしり大部の原著はとても読めそうになく、経済誌の特集などをのぞいていたが、十日付朝刊「視座」欄の佐々木毅氏の明快なチャートですっきりとわかった。

先進資本主義国では一九八〇年ごろから経済格差が拡大の一途をたどっているという。「経済の低成長と資産の金融化の下で資本収益率と経済成長率との格差は広がることを念頭に置くならば、相続によって得られた富が富全体に占める割合がますます高まり」富者は子孫代々富者になってゆく。その一方で「個人の努力や能力の意味がなくなって」貧者はますます貧者になってゆく。なるほど、ピケティが米国で爆発的ベストセラーになったはずだ。一握りの大富豪と貧困にあえぐ絶対多数からなる米社会の実態を理論化したからなのだ。無から成りあがるアメリカンドリームは終わったのである。

いや、日本も同じ道をたどっている。七月二十四日付朝刊の年収格差の記事も印象的だ。日産のゴーン社長のようなトップ役員の年収は何と一般社員の百倍以上だという。まさに富者と貧者である。

これぞマルクスの階級論だと学生時代にかじった『資本論』の記憶がよみがえる。

だがマルクスの十九世紀にはあったが、二十一世紀にはないものがある。労働運動をおこせるような労働者の団結だ。これには経済の脱工業化もあるが、雇用の非正規化が大きいと思う。周りをみても正社員が実に少ない。派遣だけでなく、さらにイレギュラーな雇用形態が多く、ボーナスも昇給も来年の保障もない雇用で、同じ職場で働いていても実態はバラバラ。貧しいのは同じでも連帯は難しい。

こうして労働者は絆もないまま貧乏であるほかない。貧富の差は世襲化されるから、金持ちの子供は金持ちで、貧乏人の子供は貧乏人なのだ。何という世紀だろう。

（二〇一四・八・一七）

文学で見える日本

八月十六日の夕刊で胸がわくわくするようなニュースに出会った。思いは今も変わらない。

出会ったのは池澤夏樹氏の個人編集による『日本文学全集』の紹介記事。インタビューに答える池澤氏の言葉がすとんと胸に響いてくる。東日本大震災が企画の発端だったという。日本は今が「曲がり角」で、「日本人とは何者か」という問いを考えるために全集刊行を思い立った、と。

『古事記』に始まって『おもろさうし　マタイ伝　日本国憲法前文　他』に終わる異色の全集の流れだけをとってみても日本の姿が見えてきそうだが、全三十巻のセレクトが何といってもすごい。

古典十三巻、近現代作家十七巻からなる構成で、近現代作家は「わがまま放題」と言う通り、芥川龍之介や志賀直哉などの「常連」が外され、かわりに「地方の視点」に立って石牟礼道子や中上健次、宮沢賢治が入っている。3・11を経た日本であれば、こうでなくちゃ、とうれしくなる。個人編集の面目躍如である。

負けずに面白いのは『古事記』から『たけくらべ』にいたる古典を現代作家の現代語訳にするという試みだ。作品と訳者の組み合わせが絶妙である。川上弘美による『伊勢物語』など、人と妖しきもの、生者と死者、男と女など、さまざまなる変身譚（たん）を期待できそうでわくわくする。あるいは、堀江敏幸による『土佐日記』。これははまり役というより、意外性の妙味が味わえそうな。いつもしぶい魅力の堀江氏が、女のふりをして書くとどうなるのだろうか？　高橋源一郎の『方丈記』もなんだか一癖ありそうな気がして、読む前からどきどきする。

絶対的なはまり役ももちろんいて、島田雅彦の『好色一代男』、伊藤比呂美の『日本霊異記』、松浦寿輝の『おくのほそ道』など、待ってましたの感がある。

こんな贅沢な全集のむこうにどんな日本が見えてくるのか、十一月の刊行が待ちどおしい。

（二〇一四・九・一四）

自然を畏怖する

冬になると高台に立つマンションの部屋からときどき白い雪を頂く御嶽（おんたけ）が見える。親しく見なれたその山が突然噴火した。多くの命が犠牲になった。それ以来「今日の捜索は」「その結果は」と、連日の報道紙面に見入る日々が続いている。

確かに日本は災害列島だ。広島の土砂崩れもまだ復旧どころではないときに起こったこの惨事。

一日も早い捜索をと願っても天候に左右されて気象という操作不可能な自然の力をまたしても思い知らされる。そんななか、巨大台風が各地に爪痕を残して列島を駆けぬけた。東海、関東の降雨量がすごかったので、地盤がゆるんでいないかと気にかかる。早くも次の台風が迫ってきそうではないか。

3・11以降、私たちは自然の非情な力をいやというほど見せつけられている。自然は時も所も人も選ばず、マグマの蓄積量や海底のプレートのずれなど、人間のあずかり知らぬところで遠慮容赦なくみずからの活動をくりひろげてゆく。自然は無差別な破壊力をふるうのである。東北を襲った津波が見せつけたこの自然の力を、御嶽の噴火はまたあらためて見せつけた。

この災害列島が私たちの祖国なのだから、ひとりひとりの防災意識と国をあげた防災対策が大切なのはいうまでもないが、その前に、人間は自然を支配できないという認識をしっかりと胸にきざみたいと思う。

何億年、何万年という時の流れのなか、ひそかな神秘の地下で息づき、動き、流れ、時おり地表にその力の発現を見せる大いなる自然の営みに思いをはせるとき、予知、制御、計測、規制といった一連の操作系の言語がむなしくひびく。

御嶽の捜索を気にしながらも、八日夜には皆既月食に心奪われた。太陽と地球と月が織りなす天体のドラマは神秘の一言につきる。神秘な天地はどだい操作不可能なのだ。自然を深く畏怖するところから防災をはじめたいと思う。

（二〇一四・一〇・一二）

21世紀のバルザック

一日付朝刊のフランス経済学者トマ・ピケティ氏へのインタビュー記事を興味深く読んだ。アベノミクスについて、がまんしていれば企業成長の成果がそのうち全体に行きわたるという論は実現しないとの指摘をはじめ、うなずけることばかりだ。

狭義の資本でなく資産を問題化して格差を問うた氏のベストセラー『21世紀の資本』は世界を見る目を変えてくれた。ことにうれしいのは、専攻するバルザックの小説が長く随所に引用されていて、立論を支えていることだ。

夢と野心に燃えてパリにのぼってきた青年ラスティニャックにむかって、悪の哲学者ヴォートランはずばりと真実を言ってのける。「努力とか勤勉なんぞで社会的成功が手にできるもんか。そんなものより、持参金つきの娘と結婚した方がはるかに早く金持ちになれる」と。

確かにそのとおりなのである。日々の努力で得られる労働所得よりも資産相続の方が圧倒的に富裕になれる。バルザシアンであるにもかかわらず、この真実が十九世紀のフランスばかりか、二十一世紀にこそ通用するとはつゆ思わずに読んでいたのが悔やまれる。金の支配力を描いて世界一の作家とは思っていたが、資産の認識が浅かったのだ。

もう一つ目を曇らせていたのは、ラスティニャックと同じく、若さである。団塊の世代の一人として、個性や才能を発揮して社会に輝きたいという夢をもって生きてきた。われらが世代はまさしく一億総中流幻想をもっていた世代であり、ピケティ氏も述べているとおり、資本収益率と所得成長率の差が小さかった例外的な世代なのである。

幻想であれ、夢をもって生きてこられた幸運をあらためて振り返るとともに、夢をもてない現代の若者たちの切なさを思う。低成長で所得がのびないばかりか、雇用の非正規化によって貧しさに拍車がかかっている。資産のない若者へ富の再分配を、という氏の提言に耳を傾けるべきだと思う。

（二〇一五・二・八）

積極的平和へ　心からの謝罪を

戦後七十年でむかえた八月十五日。しみじみと新聞を読んだ。全紙面に反戦平和の思いがにじんでいる。それだけに、前日の首相談話の、戦争を知らない若い世代に「謝罪を続ける宿命を背負わせてはならない」という文言がざらざらした違和感をかきたてた。翌十六日付で山田洋次監督も語っているとおり、「なぜもっと素直に謝罪できないのか」と思う。

正反対がドイツである。十五日付で紹介された、アウシュビッツ強制収容所の解放七十年式典でのメルケル首相の演説は見事なまでに潔い。「われわれには当時の残虐行為の知識を広め、記憶にとどめておく永遠の責任がある」。

六月にベルリンを訪ねた記憶がありありとよみがえってくる。ブランデンブルク門あたりを歩いていると、モダンな墓が列をなす光景が目に飛びこんできた。「虐殺されたヨーロッパのユダヤ人の墓地」とある。ホロコーストの慰霊碑なのである。

観光の一等地に慰霊碑を置き、全世界に自らの過去の罪科の「知識を広め」ているドイツに敬服の念を抱いた。ベルリン在住の友人にディナーの席でそう言うと、大戦にたいする日独の対照に話が集中した。「日本も謝罪すべきよね」と意見が一致する。残虐性の差はあれ、戦争の罪は変わらない、と。

ところが彼女は先を続けて、「だけどドイツも問題を感じるわ」と言う。教科書に記載するのはもちろんのこと、学校で過去の罪科を教える授業が義務づけられていて、授業の開始年齢は日本でいえば中学三年か高校一年だという。いちばん感じやすいときにあの凄まじい残虐行為を教えるなんて、トラウマ（心的外傷）になるのではと、心配顔だった。

ナチの残虐行為も徹底主義的だが、その反省もドイツは徹底主義だと思う。たいするに、わが日本政府の何という曖昧主義だろう。心からの謝罪こそ最も「積極的」な平和への第一歩ではないのだろうか。

（二〇一五・八・二三）

文語と平和

「平和の俳句」が来年も続けられることになった（三日朝刊一面）。毎日楽しみにしてきた欄だけに、続くのがとてもうれしいが、最近は、少し読み方が以前とはちがってきた。戦争法に反対する精神は変わらないが、その表現様式が気にかかるのである。ときおり文語の句があると、じっと目をとめてしまう。

たとえば一日の進藤ユミコさんの句。「人集ひ花野のごとく平和問ふ」。デモに集まる人々を花野にたとえて平和の美しさをたたえている。その美しさを際立たせているのが、「集ひ」や「花野のごとく」といった文語である。文語は口語にない優美さをかもしだすのだ。

こうして文語に関心がむくようになったのは、私ごとで恐縮だが、与謝野鉄幹の創刊になる明治の文芸誌『明星』の研究にうちこんできたせいである。この十月、『「フランスかぶれ」の誕生――

「明星」の時代』と題してようやく上梓にこぎつけた。明治から昭和初期までの全百四十八巻を読破して、フランス象徴派の影響を痛感し、『明星』派の「フランスかぶれ」を語りたくなったのである。実際、鉄幹その人に始まって、北原白秋、永井荷風、堀口大學と、同人作家はみな仏文学の絶大な影響をうけている。けれど、彼ら明治大正の文人の表現はみな文語なのだ。たとえば白秋の短歌。「かはたれのロウデンバッハ芥子(けし)の花ほのかに過ぎし夏はなつかし」。ベルギーの黄昏(たそがれ)の詩人のメランコリーがたおやかな文語と見事に溶けあっている。アップテンポな口語だとこの憂愁が伝わらない。

こうして文語を読んできた私は、「平和の俳句」の文語に目ざとくなった。事実、平和と文語はよくなじんでいると思う。その最高傑作が与謝野晶子の反戦詩「君死にたまふことなかれ」であろう。天才歌人の音韻の響きゆえに、一度聞いたら忘れられない。平和と文語のえもいわれぬ諧調。これからも「平和の俳句」を味読したいと思う。

（二〇一五・一一・一五）

日記は日本文化

連載「ドナルド・キーンの東京下町日記」を今年も楽しみに読んでいる。十日の記事のテーマはほかでもない「日記」。米海軍の語学将校時代、日本兵の遺留品のなかに日記があったという。こう記されていた。「戦地で迎えた正月。十三粒の豆を七人で分け、ささやかに祝う」。遠い南洋の島で玉砕した兵士たちの言葉は、私たちの胸に重くひびいてくる。

この日記との出会いこそ、日本の日記文学を研究するきっかけだったのだとキーン氏は語る。たしかに日記は日本文化の一つである。「土佐日記」や「蜻蛉（かげろう）日記」など平安時代からの伝統があり、永井荷風や石川啄木など、明治の作家たちもよく日記を残した。

氏の言うとおり、日記で読む啄木は、ころころと考えが変わり、尊敬していた詩人を「此（この）詩人は老いて居る」と見放したり、妻を愛しつつも不貞をはたらいたりして、矛盾だらけだ。この人間くささ、本音の吐露こそ日記の魅力なのだと氏は言う。私も昨秋上梓した本で啄木を論じ、日記を読んだので、大いにうなずける。日記は作家の素顔を見せてくれるのだ。

しかも日記は作家や詩人といったインテリだけでなく、誰もが書くものだ。「太平洋戦争時には、生きるか死ぬかの兵士にも銃器とともに日記帳が配られていた」という氏の言葉に、あらためて日本文化の美質を思った。そういえば軍医だった森鷗外も戦地で歌日記をつづっていたが、きっとほかの軍人も日記をつけ、残された家族も日記や手紙を書きつむいだことだろう。

あの戦争から七十年の昨年暮れ、文具売り場に新年の日記がずらりと並んでいた。どれだけの人が書いているのだろうか。私はといえば、小学校の宿題以外に日記とは縁がない。ただし手帳は何十年も欠かさず備忘録にしている。パソコンでのスケジュール管理など肌になじまず、紙の手帳が好きなのである。キーン氏が愛する日本文化を大事にしたいものだ。

（二〇一六・一・一七）

テロにゆらぐパリ

三日夕刊、フランスの観光客激減の記事をうなずきながら読んだ。昨年十二月初旬に渡仏した折の実感がまざまざとよみがえってくる。テロの傷痕がどれほど大きかったか、パリに向かう飛行機のなかで早くも思い知った。

長時間飛行なので座席はプレミアムエコノミーにしたのだが、エコノミークラスが空席だらけなのに驚いた。その日のエールフランスの乗客数はふだんの五分の一を割っていたのではないだろうか。機内はガランとして、四人掛けの席に一人で横になって寝ている乗客を何人も見かけた。こんなにすいたフライトは初めてである。

事件が起こる前の十一月に計画した渡仏で、たじろぐ思いもあったけれど、どうしても見たいオルセー美術館の企画展があったので渡仏を敢行したのだった。エールフランスでなければこれほどの空席はなかったかもしれないが、観光客のキャンセルが相次いだことは想像にかたくない。

パリに着いた翌日、共和国広場に足を運んだ。慰霊の花束の新しさが痛く目にしみた。誰かれとなく市民が花を気づかっている様子が伝わってくる。衝撃の大きさと悲しみの深さに声もなく、たずさえたキャンドルをともして祈りをささげた。そこからほど近いバタクラン劇場に向かうと、花束はさらに新しく、そえられた写真や言葉が癒えることのない傷痕を生々しく語っている。

それでもイルミネーションに輝くシャンゼリゼに出向いてみたが、いつものような十二月のパリのにぎわいは感じられなかった。心にとげがささったように、浮かれ気分になれないのである。十日間の滞在中、日本人観光客には一人も出会わなかった。「日本人客呼び戻せ！」という、例の夕刊の記事の見出しがリアルに伝わってくる。

テロの標的になり、難民問題にゆれるヨーロッパの苦悩はひとごとではない。あらためて平和の大切さと難しさをかみしめる日々が続いている。

（二〇一六・二・一四）

コント礼賛

毎朝、朝刊一面の「平和の俳句」を読んで一日が始まる。すっかり身についてしまったルーティンだが、実は夕刊にも楽しみなコーナーがある。社会面の「三ミリコント」欄だ。裏面はテレビ番組欄で、夕刊を読み終えるとおのずと目がゆく位置にある。割り付けの妙にも感心するが、エスプリのきいた読者の作品の面白さがたまらない。二月の月間賞を射止めた吉田章光（名古屋・竹頭）氏の作品はさすがの傑作である。

マイナス金利スタート
もう引くに引けない
——日銀・黒田総裁

言葉遊びをたのしみながら、日銀総裁をチクリといたぶっている。余裕のある批評性が何とも痛快ではないか。ブラボーと拍手を送りたい。

そのうえで、僭越ながら、マイ・グランプリに推したい作品を紹介させていただきたい。ひそかに今月はこれと肩入れしていた、豊明・みっちゃん氏のコントである。

一億総活躍時代
おれもか？
——老朽原発

掲載日は二月二十七日。三日前には、運転期間満了に近づいた関西電力高浜原発一、二号機の稼働延長のニュースが夕刊一面に。フクシマの惨劇をよそに、産業のロジックで原発稼働を進める政治には怒りを覚えずにはいられない。その怒りをさらりとユーモアに変えたコントの軽みは風刺の原点を教えてくれる。

もう一つ、氏のセンスのさえは、最初の一行で、「一億総活躍」という安倍総理のお題目を笑いのめしているところである。まったく、子育て支援とか介護離職ゼロとかいったご託をならべているが、保育所不足は深刻そのもの、介護の現場も問題山積である。「三ミリ」で二本の矢を放っている氏のコントの方が、安倍政権の三本の矢などよりはるかに実があって頼もしい。

事実、あの大震災から五年の現在、忘れえぬ苦難の記憶に、「活躍」などという言葉はうそ寒いばかり。この落差に鋭い矢を放つ三月のコントを楽しみに待っている。

（二〇一六・三・一三）

藤田嗣治の「平和の祈り」

藤田嗣治生誕百三十年。先月二十七日付朝刊の展覧会記事を見て、初日に名古屋市美術館に行った。入ってまもなく、「パリ画壇の寵児」と題されたセクションには、まさしく藤田にしかないあの乳白色の名作が並ぶ。背景の白と女の肌の白とが溶けあって、肌の肌理が伝わってくる。その白に引かれた線のえもいわれぬ繊細さ。大作「五人の裸婦」の前では、陶然と時を忘れた。折しも一九二〇年代のパリは「狂乱の時代」。おかっぱ頭の藤田がジャズとダンスに浮かれたモダンエイジの寵児であった様子が浮かんでくる。

そうするうちに、ランス美術館長の講演が始まった。この藤田展はランス美術館の協力で実現したのである。藤田は何度か日本に帰国したが、五〇年、六十三歳でパリにもどった後にはフランス籍を得て、七十二歳の折にランスの大聖堂でカトリックの洗礼を受けた。豊富なスライドを駆使してその模様を語る講演は興味つきなかった。大聖堂をうめつくした報道陣と列席者の群れは藤田がいかに世界のセレブであったかを物語っていた。

この講演をぜひとも聞きたいと思ったのは、実は昨年十二月の渡仏の折に、藤田が創りあげた「平和の聖母礼拝堂」を見たくてランスに赴いたからである。ところがチャペルは何と冬季休業中だったのだ。外から飽かず眺めた礼拝堂は、いかにも愛らしい魅惑をたたえていた。チャペルの設計からステンドグラスまで藤田の作品だが、「聖母子」や「黙示録」など、宗教画の数々がランス美術館の提供により展覧会最後のセクションを飾っている。

だが、そこへ至るまでのセクションの一つに、「戦争と国家」がある。四〇年代に日本に帰国していた藤田のいわゆる戦争画である。「アッツ島玉砕」をはじめ暗い茶色に塗りこめられた世界は、チャペルの静謐な宗教画と劇的な対照をなしている。まさしく藤田は生涯の最後を「平和の祈り」にささげたのだ。

（二〇一六・五・八）

バラク・オバマの言葉

五月二十八日付朝刊は私の永久保存版である。一面には、あふれる涙に声もない被爆者の森重昭さんを抱きしめるオバマ米大統領の写真。何度見ても熱いものがこみあげてくる。森氏は被爆死した米軍捕虜を調査した方である。氏の涙は全被爆者の涙なのだ。七十一年間、被爆者たちはどれほど言葉につくせぬ苦しみに耐えてきたことか。オバマ大統領は癒えやらぬ苦しみをひたと抱きとめたのだ。

この日が来るまで、謝罪問題も取り沙汰されていたが、大統領のスピーチは、社説にもあるとおり、「謝罪を意味する表現はなかったが、悲しみ、哀悼の気持ちが込められ、被爆者の心に届いた」と思う。たしかに、その言葉には、核廃絶を希求する潔い祈りがこもっていた。

四面に掲載の演説全文の英文と日本語訳を味読して印象的なのは、moralという語である。スピーチの要所にこの言葉が使われている。初めは、「原子の分裂につながる科学の革命は、道徳的な革命をも求めている」という箇所だ。それこそ「広島の教えてくれる真実」だ、と。まさしくモラルなき科学が原爆を生み出したのだ。

それに続くのは、その真実を未来永劫に残そうとする意志である。「一九四五年八月六日の朝の記憶を風化させてはならない」。その記憶は「われわれの道義的な想像力の糧」となる、と。そして、スピーチの結びにもモラルの語が。広島と長崎は「核戦争の夜明けとしてではなく、道徳的な目覚めの始まり」の地として知られるだろう、と。

軍事力や財力という「力」が政治の本質であるとするなら、倫理(モラル)は力の暴走をゆるさない人間精神である。人はみなこのモラルをそなえるべきなのだ。力を超えるモラルを。こう語ったのは、米国大統領オバマである以上に、困難を知りつつなお核なき世界を希求してやまない一人の人間バラク・オバマではなかったか。彼の言葉は今なお私の内に消えやらぬ余韻を残している。

(二〇一六・六・五)

老いて悠に遊ぶ——篠田桃紅

名古屋駅周辺がますますにぎわっている。東京から関西に向かう友人から、途中下車して会いたいと言われると、新幹線の改札口で落ちあう。お茶でもディナーでも、選ぶ店は迷うほどあるから不自由しない。ここ一帯はいまや名古屋の都心そのものである。

昨夜も東京から京都にむかう友人を出迎えた。夕方の人波に、「大都会ねえ」と感にたえたように言う。うなずいて向かった先は、六月にオープンしたKITTE名古屋。新しい店の味も楽しみだが、アート好きの彼女と一緒に篠田桃紅展を見たかったからだ。二十一日付朝刊の紹介記事を読んで、ぜひにもと思ったのである。

百三歳の女性画家の作品空間は、都心の雑踏を一瞬にして忘れさせる別次元の世界だった。墨の黒の放つ力に圧倒されて、言葉がでてこない。黒の威に打たれたまま時を忘れた。一本の細い線が、なぜにこれほどのエネルギーを放つのか。静謐で、寡黙で、しかも力みなぎる世界に、濃い墨紅が血のように美しい。大胆さと繊細さのえもいわれぬ共存。二人とも口をつぐんで、ひたすら絵に魅了された。

それでも店の予約時間が頭をかすめて、会場を後にした。ＫＩＴＴＥビルの人群れにまぎれながら、現実界へと降りてゆく。ようやく感動の言葉を交わしつつ、いつしか話はたがいの近況へ。医療の仕事で南米行きをひかえている友人は多忙をきわめている。来月東京で会う予定を決めて夕食を終えると、もう列車の時間だった。

ひとりになって、展示場で買った篠田桃紅の本をとりだすと、こんな言葉が目にとびこんできた。「残りの人生を、スケジュールに合わせて動くなんて、とんでもない」「私は、毎日、出来心」。まことに百三年の時を生きてきた人ならではの悠の境地である。多忙の充実感もうれしいけれど、老いて悠に遊ぶ心はさらに素晴らしい。新ビルのオープニングにこの展示を企画した関係者のセンスを讃えたい。

（二〇一六・七・三一／絶筆）

V 人物論

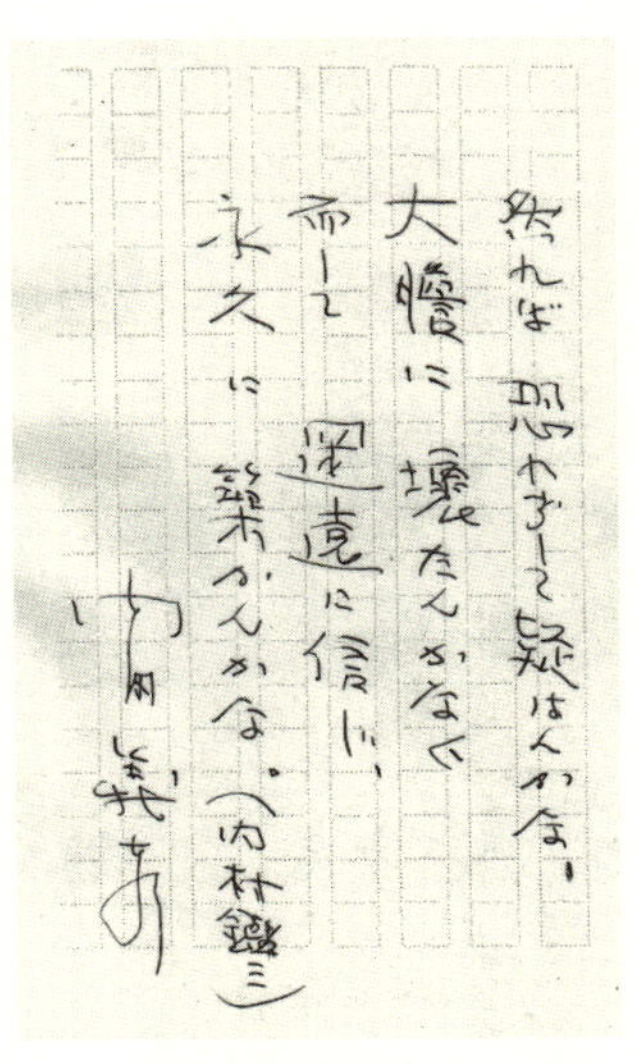
然れば 恐れずして疑はんかな。
大膽に 壊たんかな、
而して 深遠に信じ、
永久に 築かんかな。（内村鑑三）
内田義彦

内田義彦の肉筆

内田義彦

うちだ・よしひこ　一九一三―一九八九　経済学者・社会思想史家『内田義彦著作集』全10巻（岩波書店）、『内田義彦セレクション』全4巻（藤原書店）

内田義彦の軽さ

内田義彦の世界は深い。その深さについては誰もが語る。けれども、内田義彦の思想のたまらない魅力はその「軽さ」にあるのだ。どうして誰もそのことを語ろうとしないのだろう。

深くて重い思想家なら数少なくない。けれどもその重さは、しばしば読む者の気を重たくするような重さである。そのような重さはホンモノではないとわたしは思う。ルサンチマンの重さ、とそれを言ってもいい。資本主義が悪い、自然破壊が悪い、男社会が悪い――こうして「敵」を仮構してゆく思想は、いつしか自分自身のことを忘れてしまう。

内田義彦の軽さ。それは、わたしたちをこうしたルサンチマンから解き放ってくれる力である。

その晴れやかな力は、ひとりひとりのもつ創発性に語りかけてくる。いま・ここに在るわたしたちの中の無限の可能性に。その創発性は、たゆまぬ「読み」をうながす。自分を賭けること。そのために絶えずテクストを読み、他者を読み、状況を読み、歴史を読むこと。この読みには終わりがない。賭けるたびに、そのつど新しい読みがひらけ、その地平にまた新しい賭けが生まれる。
このスリリングな挑戦こそ内田義彦の思想の魅力ではないだろうか。硬直化した重さを打ち砕き、そのつど新しい発見へと誘う創発性の思想。その深い「軽さ」は、どこまでもわたしたちを魅了しつづけてやまない。

（一九九〇・三）

「私」と「世界」を兼ね備える――『作品としての社会科学』

女のひとの書くものは、小説は別として、なぜああも退屈なものが多いのか。つね日頃そう思っている。「私」のまわりの身辺感覚にひそむ普遍的なものをそれとして鮮明に浮かびあがらせる抽象性が低いからだと思う。日常性につきつつ、それでいて日常性をつきぬけた深みにまで到達する力が女にはまことに欠けている。思想性がないのである。

そのいっぽうで、男のひとの書くものもまた退屈きわまりないものが多い。理由は、女とは正反対である。経済学、政治学、哲学、いずれも専門的な学術用語を駆使して書かれたかれらの論文は、しろうとである読者の心の深みに響いてくる普遍性をもたない。これもまた思想性を欠いている。なぜならそこには生きる「私」というものがすっぽり抜けおちているからである。生きていることと学問することとが少しも結びついていないのだ。つまりかれらの文章は論文ではあっても「作品」ではない。

男も女もそれぞれに浅薄なのである。いっぽうは「私」を欠き、他方は「普遍」を欠いている。

内田義彦はこの二つをあわせもった稀有な思想家である。「漫然と日常性に埋没していては、日常的な経験それ自体のなかにひそむ非日常的な経験がとらえられない」。『作品としての社会科学』におさめられたこの文章は、女であるわたしの心に切りさってくる。身辺の「おしゃべり」に埋没して生きている自分の卑小さが痛切に身にしみる。いったん自分の経験から跳躍する硬質のことばをなかなか発しえない我が身の浅さを思いしらされて、実にせつない。

「私」を語りつつ「世界」に届くこと。世界に届かないような「私」は「私」ですらない。読むたびに、『作品としての社会科学』はそう語りかけてくる。

内田義彦のこの書を思想のバイブルと仰ぐわたしは、したがって、いっこうに世界が見えてこない女のおしゃべりが嫌いなのと同じくらい、「私」を欠いたまま世界について「おしゃべり」しているだけの男性的言説が嫌いである。内田義彦のことばをそのまま使わせてもらうなら、「思想に、ついて書かれたものでも思想のにおいがしない」のだ。にもかかわらず、思想について語っているから自分の言説は思想的なのだという浅薄な錯覚が男たちのあいだには蔓延していると言っては言い過ぎになるだろうか。思わずそう言いたくなるほど、男たちの書くものにはこの手の滑稽な錯覚が多い。

男であってしかも女であること。深く生きるがゆえにこそ普遍につきあたること。そんな本を志す男や女と内田義彦を語りあうのがわたしの夢である。この秋、藤原書店から遺稿集が出ると聞く。いまから刊行が待ちどおしい。〔『形の発見』一九九二年九月刊〕

（一九九二・四・一四）

星の声のひと　内田義彦

星が凍る日も近そうな晩秋。星に呼ばれるように、ふと宮沢賢治を読みかえしたら、とまらなくなって読みふけってしまった。『セロ弾きのゴーシュ』など、何度読んでも感動する作品だが、こんどは三度も読んでしまった。

ゴーシュのところにやって来る動物たちがたまらなく良いのである。生きているのだ。とくにわたしが好きなのは、あの「かっこう」である。ゴーシュのセロにあわせて音楽の練習をするあのかっこうの鳴き声。「かっこうかっこうかっこうかっこうかっこう」と眼をつりあげて真剣に歌う。きりがないのでゴーシュがやめると、「……かっこうかくうかっかっかっか」といいながら、いかにも不満そうにやめる。そのかっこうの声の描写の素晴らしさ。「……かっかっかっかっか」とやめる——そう書いているから、つんのめりそうに懸命に鳴いているかっこうの真剣さが、ありありとこちらに伝わってくる。

賢治にはほんとうにかっこうの声が聞こえていたのだと思う。猫の声も、狸の声も、彼の耳に聞こえてくるのだ。そして、その動物たちの声を読者の耳にありありと響かせる語りの「声」を賢治はもっている。そう、宮沢賢治とは声のひとなのだ。星の声、天の声、宇宙の声が彼の耳には聞こえていたにちがいない。

そう思っていたところに、我が意を得る本に出合った。内田義彦の遺稿集『形の発見』(藤原書店)である。以前から大の内田ファンのわたしだから、以前に読んだものもあるが、「賢治の世界と人間」ははじめて。飛びつくように読んだ。そして、やっぱり、とうれしくなった。内田義彦もまた賢治の世界に「声」を聞いているのである。賢治を読むと、人物たちの声が聞こえると内田義彦は言う。そして、その声は天につながっている、と。事実、『よだかの星』は天の話である。よだかは星になりたくてなりたくて、だのになかなか天まで飛べない。醜く地をはって生きている人間は、そう簡単に天まで飛べないのだ。その天の「高さ」が、痛く胸にしみる。そして、その天と、「人間の内から聞こえてくる声」はつながっていると内田義彦は言う。

わたしのなかで、内田義彦と宮沢賢治がひとつのものになってゆく。二人とも、ひとの声に「耳を澄ます」ひとなのだ。「聴くということ」のできるたぐいまれなひとなのである。ひとの話を聴く。ひとのこころを聴く。宇宙のこころに耳を傾ける。

そうして聴くことができるひとはまた、語る「声」をもったひとでもある。賢治の語りの素晴らしさは、聞きほれる声の素晴らしさだ。同じように内田義彦を読むよろこびもまた、その声を聞くよろこびなのである。内田義彦の本が凡百の学者の本とちがうのは、彼の本から声が聞こえてくるということなのだ。

そしてその声は、「肉声のように」ありありと、というのとは少しちがう。たしかに肉声のようではあるのだが、かといって個人の声ではないのである。そう、それは星の声なのだ。喧(やかま)しく耳ざわりな知識を忘れさせて、はるかな英知を語り伝える声。

その声を聞いていると、何もかも忘れはてて聞きほれ、読みふけってしまう。そして、夜空を見あげると、そこに星がまたたいている。宮沢賢治も内田義彦も、あのお星さまのなかにいるのだなあと思う。

(一九九二・一一・一四)

学問のレッスン

『音楽のレッスン』を読んだ私がいたく感動させられたのは、私が内田義彦のファンだからだと思う。内田義彦といっても、知っているひとは多くない。丸山真男ならたいていの人が名を知っているが、丸山真男の親友のひとりであるこの経済学史家はそれほどメジャーではない。だが内田義彦を知るひとは熱狂的なファンになる。内田義彦から学ぶのは学識ではなく、学問する「こころ」であるからだ。

音楽を創造するには、まず楽器を捨ててからでなければならない。『音楽のレッスン』のこのくだりを読みながら、私のこころには鮮やかに内田義彦のことばがよみがえった。学問とは技術（専門用語の学習）ではなく、世界のすべての命ある営みに耳を澄ますことだ——内田義彦を読んで聞こえてくるのはいつもそのことである。けれど、内田義彦の素晴らしさは、そうした要約では伝わらない。ひとつひとつの言葉が考えぬかれた言葉だから、という理由もあるが、それ以上に、その「語り」が名匠の語りだからだ。

たとえば、「日常語と学問用語」について、内田義彦は言う。日常語は「精密」なのだ、と。料理人は、味付けするとき「適当に」と言い、「塩何グラム」なんて言わない。ところがこの「適当」という言葉は何グラムなどという専門語よりはるかに精密なのである。「精密すぎる」のだと内田義彦は言う。だから万人に伝わるには限度があり、習得するのに長い年月を要する、と。だがグラムという専門用語は万人に伝わる。だから専門用語は「有益」なのである。しかしそれは「適当」のもつ精密さには決して及ばない。

深く学問するには、つねにこの「適当」に耳をかたむけるこころがいる。それがなければたんなる専門バカになってしまう。そう、音楽のレッスンが楽器を捨てることから始まるように、学問もまた、いったん専門用語を離れて、人びとの生きた営みに耳をすますことからしか始まらない。そうでなければ学問は死んだ技術に堕してしまう。

学問のレッスンも音楽のレッスンも同じなのだ。よき音楽家、よき学者になるには、まずよく人生を生きなければならない。才能の前に、敬謙なこころが要る。世界のすべての声に涙するほど敬謙に、深く世界の声を聞くこころが。

いちどもお会いしたことはないけれど、内田義彦は、私の生涯の学問の師である。

（一九九四・一〇・一九）

学問なき芸術の退屈さ

「芸術だけ」は退屈

学問は「生きる」ことと切れてはいけない。専門科学は、しろうとの声に耳を澄まさなければ、死んだ学問になってしまう――内田義彦はいつもそう語る。「学問」は「芸術」に学ばなければならないのである。

だが、文学を専攻するわたしにとって、内田義彦の教えの真骨頂はむしろその先というか、逆にあるのだ。そう、芸術は学問に学ばなければならないのである。文学の世界、まさにそれは、鷗外がかかえていた「心の飢え」や悶えそのものの世界だ。生きる悩み、哀しみ、そして、歓び。文学は、愛の切なさを語り、孤独を語り、そして、心さわぐ冒険や夢を語り、その夢の挫折を語る。そこに描かれるどのいのちの声も「かけがえのない」絶対性に輝いている。

けれども、そうした生の一回性は、そのままでは――芸術の言葉のままでは――往々にして「世界」と切れてしまう。「わたし」の心の悶えが「わたし」ひとりのものに留まって、世界認識へと飛躍しないのである。ひとりひとりの経験はそれぞれかけがえないものにちがいないが、その普遍的「意味」はもやもやと曖昧なままにとどまってしまう。文学を読み、学者ならぬ「しろうと」の人生の悩みや喜びを味わい知るのはそれとして面白くはあっても、それだけでは退屈なのである。

そう、わたしは鷗外とは逆に、学問のない芸術ばかりが相手だと、「意味への飢え」にとらわれ、「概念」に渇く。

世界を見るよろこび

たとえば、いわゆる芸術ではないが、日常文化である「ブランド」という現象ひとつをとってもそれがいえる。勤め先の大学のキャンパスで、学生がぞろぞろ持っているブランド・バッグを日々目の当たりにして、なぜにブランドというものがそれほどありがたいものなのか、その価値の根拠を知りたくなって、ブランド研究をはじめた。ところが、マーケティング論を読んでも、価値の根拠論など書いていないし、学生にブランド好きの理由を聞いても、普遍的な意味をもった言葉は返ってこない。

「皆が持っているから自分も欲しい」と答える女子学生がいるかと思えば、「見栄をはりたいから」と正直に答える男子学生もいる。だが、そんな「しろうと」の答えを幾ら集めたところで、わたしの中のもやもやは解消することなく、「問い」だけがむなしく空転するばかり……そんなとき、「同一化願望」と「差異化願望」という専門用語に出会うと、ぱっと目がひらけて、一瞬、世界が見える。専門語は「意味」への飢えを満たしてくれるのだ。その一瞬の認識のよろこびは、恋愛小説に惑溺するもう一つのよろこびに勝るとも劣らない。

まさしく概念は世界を見るよろこびをあたえてくれるのである。実際、「生産」や「消費」という概念がなかったら、いったいどうして近代社会がみえてくるだろう。製品差別化という専門語がなかったら、どうしてブランドの企業戦略を語ることができるだろうか。希少性という概念がなければ、エルメスの企業戦略を分析することなど到底できはしない。

たしかに概念というものは平板で「粗雑」にできていて、ひとりひとりの繊細な「生」の輝きも哀しみも、そんな概念などでくみつくせるものではない。概念だけでわかったようなつもりになって、そこに安住してしまうと、「生きてある」ことの複雑さはたちまち指からこぼれおちてしまう。

にもかかわらず、生きてあることの複雑さを「しろうと」の日常語のままにしておくと、その複雑ささえ見えなくなってしまうのだ。昨今の身辺小説のような「わたし語り」の文学ばかりを目にしていると、そんな「わたし」をつきぬけて世界を見たいという「知の渇き」にとらわれずにはいない。そのときわたしは、文学を捨てて、社会科学の古典をひもとく。

理論の力

先日もそうしてウェーバーの『プロテスタンティズムの倫理と資本主義の精神』にゆきついた。

ラグジュアリー・ブランドとして有名なココ・シャネルが青春時代を修道院の孤児院で過ごしたことを知ってからというもの、修道院がずっと気になっていたのだが、「修道院もの」の本を何冊読んでも世界がひらけてこない。そこで、はたとマックス・ウェーバーを思い出して、何十年ぶりかに『プロ倫』を再読したのである。すると、何という面白さ！　興奮して一気に貪り読んだ。読了後、わたしのなかで何かがはじけて、「背広（スーツ）を着た修道士」という言葉が浮かんだ。もちろんシャネルのことである。何十冊とある「文学的な」シャネル論がまったく教えてくれないことを、ウェーバーが教えてくれたのだ。黒を愛したシャネルの禁欲的モードは、まさにビジネスに生きる近代のキャリアウーマンの制服＝修道服にほかならないのだ……。こうして、わたしのなかにわだかまっていた「理論への飢え」はウェーバーによって満たされたのである。凡百の退屈な文学が教えてくれないことを、一冊の社会科学が教えてくれたのだ。

生の経験性は、学問がなければ、人類の共有財産に高められることなく、たんなる経験談で終わってしまう。学問が芸術に学ばなければならないのと同じように、芸術も人生も学問に学ばなければならないのである。内田義彦ほど深くそれをわかっていた人はいないと思う。

（二〇〇九・四）

内田義彦の痛切さ

内田義彦のことばは、心に迫ってくる。その痛切さ。

『読書と社会科学』をあらためて再読して、その痛切さに、泣いた。

よもやそれほどの衝撃をうけようとも思わずに本にむかったのに。

私はおもわず知らず歳月をふりかえっていた。『作品としての社会科学』のあと、内田義彦の最後の作品である『読書と社会科学』を読んでからの長い月日を。あれからもう何十年も経っていたのだ……。

内田義彦はいつもそこにあったはずだった。それなのに――背教者のようなうしろめたさが追いかけてくる。

内田義彦の学問論は「信」に満ちている。古典の読み方を教えて、内田義彦は言う。「信じて疑え」と。信じてかかることができるようでなければ、読み深めなどしようがない、と。同時にもう一つ大切なのは、読みすすめてゆく自分の読みにたいする「信」である。古典を読むとは、この自分の信を賭けて、古典と格闘することなのだ。
内田義彦のことばの熱さは、古典に相対している自分、いま・ここにある自分を仮借なく問いただしてくる。迫ってくるのである。
迫られて、逃れようのない自分がいる。
古典と格闘する自分、それは、いまこの時代を生きている自分、時代の苦難を聡く深く感じとっている自分でなければならない。その自分をじっと持ちこたえつつ、古典にむかう。古典を読むとは、書物をとおして世界を把握することなのだ。

――本をではなくて、本で「モノ」を読む。これが肝心で、つまり真の狙いは本ではなくてモノです。

ああ、と悲鳴にも似た何かがこみあげてくる。私はそのようにモノを見、世界を見てきただろうか、と。否、否、否……あとずさりする私に、周到なことばが追い打ちをかけてくる。

――本に読まれてモノが読めなくなるような読み方では困りますね。

ああ、私は幾度本に読まれてきたことだろう。本に読まれて、自分を持ちつづけることを放棄してしまったことが幾度あったことか。

内田義彦のことばに照らされて、くっきりと自分が見えてしまう。

以前に読んだときは、まだ時があった。未来があった。内田義彦に学んで歩むことができると思っていたのだ。若さが味方してくれていた。

それから数十年。今となって、その道の、何とはるかなことだろう。もう私には歩めない……。照らしだすことばに耐えきれず、くずおれて、ただ涙をかみしめる。

（二〇一四・三）

阿久悠

あく・ゆう　一九三七―二〇〇七　作詞家・小説家　作詩「また逢う日まで」「北の宿から」「熱き心に」、著書『瀬戸内少年野球団』（岩波現代文庫）

美空ひばりの「舟歌」がきこえる――阿久悠頌

虚に遊ぶ

阿久悠が逝って、もうじき一年近くになろうとしている。

昨夏、訃報の直後に放送された回顧番組を見ながら、流れる歌の数々にのって「昭和」の夢と光を追った。ありえないほどカッコイイ沢田研二の「勝手にしやがれ」に始って、なつかしい歌が次から次へ聞こえてくる。

――二人でドアをしめて　二人で名前消して　その時心は何かを話すだろう……。

尾崎紀世彦の「また逢う日まで」のリフレインに聞きほれながら、阿久悠の作詞の類まれなストーリー性にあらためて感動した。ほんの数句で、男と女の物語があざやかに浮かんでくる。女が男と対等に立って、「二人で」別れの日をむかえている。そこには、それまでの歌謡曲の別れにつきものだった「湿った」情がない。都会暮らしの大人の男と女の別れはフランス映画のように繊細でおしゃれである。

そう、阿久悠ほど「虚に遊ぶ」ことに徹した作詞家はない。山本リンダからピンクレディまで、現実からはるか遠くに遊離した戯れの世界は、私たち昭和の大衆の日々(にちにち)の祝祭だった。いまだ貧しさをひきずりながら、私たちは心を虚に遊ばせて浮かれた。七〇年代の日本は、浮かれるに足るほど高度成長の熱気につつまれていた。阿久悠はこの熱気を詩にしてみせたのだ。私たちはその歌を聞きながら暮らし、遊び、恋をした。

だが阿久悠というこの稀代の作詞家のすごさは、「裏切り」を能くしたことである。このピンクレディの仕掛け人が演歌をつくらせても超一流だったのは誰もが知るところ。ひとの期待を裏切って、彼方に跳びたい——阿久悠はこの「裏切りの跳躍」を志に刻んだ確信犯だった。信じがたくダンディな沢田研二を演出しつつ、返す刀で胸にしみいる演歌を書く。「北の宿から」、「津軽海峡・冬景色」、そして八代亜紀のあの「舟歌」まで、彼の手になる演歌の数々は昭和の大衆を恍惚とさせた。

だから、彼の作品の中でどれか一曲と言われたら、悩んでしまう。相反する二つが良いからだ。たがいが互いを裏切る名歌たち。一組と言うなら、迷わず決まる。頽廃を極めた沢田研二の「時のすぎゆくままに」。そしてもう一つはいまあげた「舟歌」。洋風デカダンスを裏切って、心を濡らす日本的演歌……。

大衆の神々

前置きがつい長くなった。ここで語りたいのは、その「舟歌」のことである。阿久悠がいかにしてこの曲を作ったか、それを語ることで昭和という時代の一角が改めて見えてくるからだ。

その昭和論にはキーパーソンがいる。美空ひばりである。

阿久悠のはやり歌は街の空気のようにいつも耳にしていたが、この作詞家を卓越した「時代の論者」として意識するようになったのは実は九〇年代末、『朝日新聞』に連載された「愛すべき名歌たち」を読んでからである。その後新書に収められたこの評論は、歌謡曲をとおしてみた秀逸な戦後論である。もちろん戦後論や昭和論なら他にも名著はある。だが私が瞠目したのは、これが「美空ひばり」に深くコミットしていたからだ。

美空ひばりにふれない戦後論など戦後論ではない――常日頃そう思っていた。時にファッションが芸術より深く聡く時代を語るように、歌謡曲は時代を語る。そして、戦後日本の歌謡曲は美空ひばりをぬきにして語りえない。にもかかわらず、歌謡界裏話でも天才歌手の評伝でもなく、文化論としてさらりと読ませる美空ひばり論がない。そう思っていたわたしの前に、阿久悠の文章が現れたのである。この作詞の巨匠は美空ひばり論の第一人者でもあるのだ——私は新聞連載を熱読した。目から鱗がおちる思いがした。

そこで美空ひばりが初めて登場するのは昭和二十四年、「哀しき口笛」である。このとき、ひばりも阿久悠も共に十二歳。彼とひばりは同年生まれなのだ。そのことが阿久悠の人生に宿命的な印を刻んだ。淡路島の田舎に生まれ育った少年にとって美空ひばりは仰ぎ見る大スターだった。阿久悠はこう語っている。「大体ぼくは意地の強い方なので、この人にはかなわないや、とはめったに思わないのだが、何故か彼女には、最初からかなうはずのない人という思いがあった。同年のせいかもしれない」。この意識は強く彼を呪縛し、その後三十年近くたって売れっ子作詞家になってからも変わらない。あるパーティで図らずも美空ひばりと出会った時の反応は印象的である。ひばりと顔をあわせた途端、阿久悠は少年の日にまいもどり、口もきけなかったという。「かなわないや、というのは宿命的に持つ意識で、ぼくの場合、美空ひばりがそれだったのである」。

美空ひばりは彼にとって「神様」だったのだ。「いくらか自分を正当化するつもりもあるかもしれないが、ぼくは、美空ひばりは、天才少女歌手といった生やさしい存在ではない、と思っている。

ファンタジーである。敗戦の焦土が誕生させた突然変異の生命体で、しかも、人を救う使命を帯びていた、ということである」。

実際、「大衆」の時代は、「神様」の時代でもあった。手塚治虫との対談の前口上で彼はこんなことを言っている。「ぼくらは、同世代の人間が集まると、少年時代の神様くらべをすることがある。誰もが何人かの神様を持っている。川上哲治がそうの人も、ジョン・フォードがそうの人も、オーソン・ウェルズがそうの人もいる。しかし、共通している神様は手塚治虫なのだ」。

そのとおり、昭和という時代の空には神々が輝いていた。たとえば長島茂雄。野球少年にとって長島はまさに神様だ。かないっこない。阿久悠の場合、この長島に当たる存在が美空ひばりだったのである。戦後の焦土に立って大衆の夢と哀歓を歌った天才少女は、まさしく数億の魂をゆさぶった救国の少女だった。

——右のポッケにゃ、夢がある　左のポッケにゃ　チュウインガム

阿久悠はこの「東京キッド」を語って、昭和二十年ごろのひばりの演じる役はいつも「みなしごだった」と言っている。「あの時代、日本人の誰もがみなしごだったということだろう」と。短い言葉で終戦直後の民のよるべなさを見事に言い当てている。美空ひばりを語ることはすなわち大衆

のマインドを語ることであり、阿久悠はその第一人者なのだ。

裏切りの跳躍

作詞家阿久悠の志、それは、美空ひばりによって完成された歌謡曲の伝統と決別することだった。ひばりの歌わないような歌謡曲をつくること。これが、作詞家阿久悠のアルファとなった。「日本の歌にこびりついていた土の匂い、故郷の匂い、母の匂い」、そういう湿った歌謡曲の土壌を大胆に破壊して新しい歌をつくること。

阿久悠の新しい歌は、次第に貧しさを離れて豊かさになじんでいった大衆の心を見事につかんだ。彼が次々とヒットを飛ばして黄金時代を築くのは昭和四十五年、一九七〇年からである。高度成長に沸いた七〇年代は阿久悠という最高の表現者を得たのだ。

この七〇年（昭和四十五年）は安保の年であり、ベトナム反戦運動からゲリラまで、伝説に残る「政治の季節」でもあった。その一方で、大阪万博が未曾有の観客動員を誇ったのもこの年である。三波春夫の万博ソングがにぎにぎしく巷に流れ、日本は経済大国をめざしてひた走ってゆく。阿久悠がこの七〇年の名歌の一つに、藤圭子の「夢は夜ひらく」をあげているのが面白い。「一五、一六、一七と　私の人生　暗かった」――怨歌という言葉がはやり、藤圭子の暗さがうけたのである。

なぜか魅力をたたえて人をひきつける暗さ。他方で、高度成長の上昇気流に乗って上へ駆けのぼってゆく時代の熱気、その明るさ。明と暗、虚と実、理想と現実——二つが交錯しながら時代の光と影をつくりだしていた。私たちは海外旅行に憧れるほど十分に貧しく、一方で沢田研二のけだるい頽廃美を愛するに十分なほど貧困を脱していたのである。

七〇年代の大衆は、浮かれたくもあり、同時に暗さの魅力にも聡かった。そうした時代のマインドを誰よりよく知る作詞家は、底抜けに楽しいピンクレディの歌で大衆をドリームランドに遊ばせつつ、もう一方の手で、魅惑の演歌をつくりだした。昭和という時代の振幅は、阿久悠の「裏切りの跳躍」の業にぴったりだったのである。

彼自身、それをこんなふうに述べている。「昭和四十五年の日本人は、まだ、世の中や時代は、明るさと暗さで成立していることを知っていたし、明るさの中にいる人は暗さを思いやり、暗さの中にいる人は明るさに手を伸ばしながらも、どこか暗さにいとおしさを覚えていたと思う」。こうして天才的なセンサーで時代の気分を読みとっていた彼は、極めて方法的かつ過激に明と暗を詞にしてみせた。ピンクレディの浮世離れした遊び心が「明るさ」の極地とすれば、「暗さ」の魅惑はあの演歌の数々である。「北の宿から」「津軽海峡・冬景色」「舟歌」……大ヒットした阿久悠の演歌はすべて暗い。まさに暗さを愛おしんでいる。

それでいて、その演歌はまちがいなく「新しい」。すりきれた常套句がないのはもちろんのこと、どこかクールで、湿った情動を拒んでいる。いや、拒むどころでない、極めて意図的にそれを「外して」いる。たとえば「北の宿から」について彼は言う。「〽女心の未練でしょう……であって、〽未練でしょうか……ではないのである。(…)演歌の常識だと当然のことに〈か〉」が入る」「しかし、これは、たくらんで、〽女心の未練でしょう……なのである。〈か〉が付くのと付かないのとでは、主人公の自立意識がまるで違ってくる」。

そうなのだ、女はここで、「未練でしょう」と、自分で言い切っているのである。男に聞いたり、すがったりしていない。阿久悠が、男の後に従う古い女でなく、スタスタとひとりで歩く女を書こうとしたのは有名である。その女の姿を描くために、たくらんで一字を外す。やはり裏切りの名手なのである。

阿久悠の海

その妙技が際立っているのが、あの名歌「舟歌」である。日本がおしもおされぬ経済大国になりあがって豊かさが珍しくもなくなった七九年の歌だ。同年、ピンクレディが三回連続で日本歌謡大賞をとり、「津軽海峡・冬景色」も別の賞をとっている。まさに阿久悠の絶頂期、明暗の両極づかいも堂に入ったものだが、この年に書かれた「舟歌」の不思議な暗さについて少しふれたい。

その不思議さは、あのダンチョネ節のリフレインのくだりにある。

――沖の鷗に　深酒させてヨ　いとしあの娘とヨ　朝寝する　ダンチョネ

歌がここにさしかかるたびに、阿久悠の詩才に思いを深くする。もともと演歌は彼にとって「アウェイ」であった。そこで勝負するのだから、才の跳躍には拍車がかかる。実際、「沖の鷗に　深酒させて」とは、まさにシュールそのものではないか。日本の演歌の伝統のなかではこんなシュールな業はありえない。実に斬新である。だがその一方で、私はどこかでデジャ・ビュの感におそわれるのだ。この不思議なイメージは、深い無意識の海からわきあがって、あらぬ虚空に飛翔する。その飛翔に、覚えがあった。大袈裟といわれるかもしれないが、私はランボーを思い浮かべたのだ。あの「酔いどれ船」の詩の世界を。

そこでは、天が地に返り、海の底が割れ、緑が吼える。鷗が酔うなど茶飯事だ。ところが、そのあと調べてみたらランボーではなかった。なんと、難解晦渋で知られるマラルメだった……。おそらくマラルメの中でもいちばん名高いあの「海の微風」である。

――肉体は悲し、ああ、われは　全ての書を読みぬ。
遁れむ、かしこに遁れむ、未知の泡沫(みなわ)と天空の央(さなか)にありて
群鳥の酔ひ痴れたるを、われは知る。

（鈴木信太郎訳）

「群鳥の酔ひ痴れたるを、われは知る」――阿久悠がこの詩を思って作詞したとはゆめ思わない。だが、「舟歌」の詩の飛翔感はマラルメのそれに重なり、ランボーのそれに重なる。それは深い言語の海底から浮かびあがって、虚空にかかる詩の言葉なのだ。

そういえば、親しかった作家の久世光彦が追悼アンソロジー『阿久悠のいた時代』のなかで、「阿久悠の海」を語っている。

誰にも「季語」があると久世は言う。「澁澤龍彦が一生かけて見つめつづけたもの」が、人の心の奥底の漆黒の闇であるとしたら、「阿久悠の季語はまぎれもなく〈海〉である」と。淡路島に育った少年は、終戦と共に大人の信じたがった「解放」や「自由」にすんなりなじめず、デカダンな歌など口ずさみつつ、彼方に白く光る海を見ていた……。久世の言う「阿久悠の海」は大いに教えられる。作詞だろうと小説だろうと、阿久悠の作品はすべては「海」から来ているのだ。その海は淡路島という故郷よりはるかに広く深く、場所を特定できない海である。無意識の海。阿久悠の演歌は、このはるかな海から生まれいで、北の空にかかって海鳥を酔わせる……。

それにしても、その少年の見ていた海の彼方には女神が輝いていた。美空ひばりという名の女神が。

まぼろしの「舟歌」

事実、「舟歌」は美空ひばりのために書いた歌だったのだ。連載も終わりにさしかかる頃、それを知って、衝撃をうけた。経緯は次のとおりである。

『舟歌』は、ちょっと不思議な成立で、美空ひばりをイメージして書いた詞である。といっても、美空ひばりに依頼されたわけでも、レコード会社との相談で書いたわけでもなく、その当時のスポーツ新聞に連載していた『阿久悠の実践的作詞講座・美空ひばり編』で、ぼくが教材として書いたものである」。この講座は、毎回歌う歌手を設定して詞をつくらせ、評者の方も模範の詞を載せるという趣向だった。その一つが「舟歌」だったのである。

——お酒は　ぬるめの　燗がいい　肴はあぶった　イカでいい
女は無口な　ひとがいい　灯りはぼんやり　灯りゃいい
しみじみ飲めば　しみじみと　想い出だけが　行き過ぎる
涙がポロリと　こぼれたら　歌いだすのさ　舟歌を

私たちの知るとおりの詞である。ただしダンチョネ節の箇所はちがっている。初出はこうである。

「鷗なぜ来る　お前だけ　都はなれて何百里　もしや　鷗よ　お前の名前　ハマのアケミといやせ

ぬか」。ここの箇所は断然、現在の詞の方がいい。だが、いずれにしてもこの詞は阿久悠が美空ひばりのために書いたのだ。スポーツ紙連載が終わってからもレコードにしようという話はもちあがらず、そのままになっていたものを、何かの縁で浜圭介の手に詞が渡り、あの曲がついて、八代亜紀が歌うことになったのだという。

一方、「神様」である美空ひばりはといえば、この売れっ子作詞家の才能をよく知っていて、先のパーティの席で「わたしにも詞をくださいよ」と声をかけたそうである。だが阿久悠はそれに応えなかった。応えられなかったのだ。相手は神様だったのだから。畏敬の念は畏怖となって、彼は美空ひばりからずっと「逃げていた」のである。「彼女とは勝負しなかった」「逃げた自分を責める」と自ら記している。確かに、神様と勝負できる人間は誰もいない。

それしても、惜しい、と思う。八代亜紀がだめというのでは全くないけれど、それとは別の次元で、昭和を生きた私たちは、ひばりが歌う「舟歌」をききたかった。二人の天才の対決から生まれた演歌に、恍惚として酔いしれたかった。そういいたいほどに見事にこの詞は美空ひばりの才能をとらえているではないか。彼方の海からわき出でた言葉は、遠い北の空を呼び、力ある男歌のうねりに、鎮める水は逆巻く――書きながら、ひばりが歌うまぼろしの「舟歌」がきこえてくる心地がする。

実は阿久悠自身もどこかでそう思っていたらしいのである。「舟歌」の頁はこう結ばれている。「この歌を歌う八代亜紀は絶品である」。だが「それを承知していながら、ふと、美空ひばりが歌ったらどうなっていただろうかと、頭をよぎることがある」。

そして、この連載が最後にとりあげる歌はやはり美空ひばりの歌、「川の流れのように」である。「昭和六十四年は七日間しかなかった。八日からは平成の時代となった。そして、平成元年六月二十四日、美空ひばりが死んだ。五十二歳だった。同じ五十二歳のぼくは、昭和が終わったことを、その日、半年おくれで実感した」。

阿久が言うとおり、まさに美空ひばりの死とともに昭和は終わったのだ。そしてその十八年後、平成の時代に阿久悠が逝く。彼の死とともに、昭和が二度死んだ思いがする。

確かに私たちは最良の昭和論者の一人を失ったのだ。時代のマインドをとらえる阿久悠のセンサーの鋭さのほどは、たとえば昭和四十八年（一九七三年）のヒット曲「あなた」を語る文章一つからもうかがえる。「もしも私が家を建てたなら　小さな家を建てたでしょう（…）真っ赤なバラと白いパンジー　子犬のよこには　あなた　あなた……」。このヒットソングを聞いた時、阿久悠は思ったという。これで日本の男性は「パンジーと子犬と同格」になってしまった、と。男性だけでなく、私たちの幸福そのものが「パンジーと子犬」サイズになったのである。実に見事な予見ではあるまいか。

平成とともに、世界はケータイという小さな「私の箱」のなかにたたみこまれた。もはやそこには、はるかな海もなければ遠い空もない。すべては「私」の身辺にひきよせられて、「彼方」そのものが消えてしまった。「そろそろ世の中、何もかもが等身大になってきて、しかも、すべてが有視界、夢にしろ、ロマンにしろ、手の届く距離にしかあてにしないというのが現実になっていた。その現実を反映して、歌もまた、電話で探せる範囲のドラマになって」しまったのだ。

「彼方に光る海」と共に詞をつむいできた巨匠は逝った。明と暗、光と影の交錯のドラマはすっかりレトロになった。あるのはただ、詩情のない貧しさと、あられもないリッチのみ。

けれど、追憶に耽るのはおそらくまちがいなのだろう。郷愁に湿った心で昭和を哀悼してみてもはじまらない。そう、阿久悠を失った今こそ、美空ひばりと阿久悠の二人を一つにして語る新しい昭和論を待望する時なのではないのだろうか。

（二〇〇八・四）

大衆を虚に遊ばせた詩――阿久悠氏を悼む

阿久悠の歌がある昭和を生きて幸福だった。

現実から遠く、きらきらと虚空に浮かんで遊び心をさそう、あの歌があったから、しゃれた男と女をめざして生きたのだと思う。あやうい関係にときめきたい、そんな遊びごころを存分に満たせたのだ。

七〇年代、モノの豊かさはもう十分だった。一億総中流幻想がはびこったあの時代、人並みの生活くらいできそうだったから、生活から離れた夢を食べたかった。阿久悠はそんな私たちの唇に最高のご馳走を投げてよこした。「カサブランカ・ダンディ」の何というおいしさ。女に背をむけて酷薄の仮面をつけた男は「カッコイイ」を極めていた。

そんな男はもちろん身近にいない。といって決してそれは憧れではなかった。阿久悠という稀代の作詞家は、「憧れ」の野暮ったさからはるか遠く、歌謡曲という短い詩一つで、大衆を虚の世界に遊ばせた。現実から遊離したものを詩にする技にかけて、この名匠の右にでるものはない。その最高傑作が、やはり沢田研二に歌わせた「時の過ぎゆくままに」だろう。

女とも男ともつかぬ妖しいジュリーの退廃美を、阿久悠の詩は数行に凝縮した。「時の過ぎゆくままに／この身をまかせ／男と女が／ただよいながら／堕ちてゆくのも／しあわせだよと／二人つめたい／体合わせる」。天のバルコンにかかる月のように、在らぬ虚空に漂う妖しいもの。聞きほれる私たちもゆらゆらと虚実のあわいに漂っていた。

「性」はまだ戯れるにはあまりに熱く、うっとうしいほど重かったのに。

オリンピックから十年、東京がいまだ特権的な「都会」として夢のオーラを放ち、地方を見下ろしていた時代にあって、「憧れ」を一挙に超え、演じ戯れる楽しさに大衆を酔わせた作詞家は、メディアライクな舞台都市の仕掛け人だったのかもしれない。阿久悠の歌の流れる街で、私たちは「性」を密室に閉じこめるのをやめはじめていた。

――そうよ、女だって遊びたいわよ、女であることを。女たちが言いだす先を越して、阿久悠は山本リンダに歌わせた。女が女を平然と振りかざす歌を。赤いパンツにヘソだしルックで歌うリンダの姿はそれでもまだ「超現実」だった。歌舞伎の見得に喝采するノリで私たちはブラボーを送った。リンダはまた歌った。「この世は私のためにある」――その女中心宣言を楽しんだ私たちは、まだ知らなかったのだ。やがてそれがそのまま現実と化し、世界を「私」に従わせるジコチューたちが群れなす時代がこようとは。

昭和が逝って二十年足らず、ヌーディな姿で街を闊歩する女の子たちは、もはや演技でなく事実として、世界の中心にいる。女の子のようにきれいなイケメンの男の子たちは、現実なので、妖しくも何ともない。つるりとむなしい一枚岩。

男と女、夢と現実、左翼と右翼――けざやかな虚実の振幅を生きた昭和をふりかえって、メイクを落とした顔のように、色をなくした自分がせつない。

（二〇〇七・八・三）

今村仁司

いまむら・ひとし　一九四二―二〇〇七　社会思想史家・哲学者『近代性の構造』（講談社）『近代の労働観』『社会性の哲学』（岩波書店）

贈与と負い目の哲学

与えられて―あるということ

あの三月の日々、テレビに映し出される光景をただ茫然と見ていた。黒い波の壁が見る間に町に襲いかかり、すべてを濁流にのみこんでゆく。愛する者と生き別れになって、家族を亡くし、いまだその死をうけ容れられぬまま瓦礫の下に面影を探し歩く人びと……。

悲惨という言葉を超えてあまりにもむごたらしいその光景に、私たちは発する言葉を失っていた。残された人びとと、波に呑まれて帰らぬ人びとと、いったい何がその二つをわけたのか。被災者の言葉が胸に迫ってくる。

人に会うたびに涙が出てくる。よく生きてたなあって。話を聞けば壮絶な体験ばかりですよ。生きる人間と死ぬ人間の分かれ目ってなんだろうと考えちゃいますよ。自宅の二階に避難してた近所の人は、流れてきた人を三人助けたそうですが、三人目の方は翌日、亡くなったそうです。

友達からこんな話も聞きました。おばあさんを水からひきあげようとカーテンを破いてつかまらせていたそうです。あと少しのところでひき上げられない。がんばれって励ましたんだけど、おばあさんが「もういいわ。ありがとう」と言って手を放したって。おばあさんが夢に出てくるんだよって言って友達が泣くんです。[1]

この信じがたい光景に直面した私たちが直観したこと、それは天の非情さである。人びとの生死を分けたものは善でも悪でもなく、そこには何の理由もありはしなかった。天は人を選ばない。生死が天の領分であることを、胸をえぐられる悲痛さとともに私たちは思い知らされたのだった。

同時に誰もが感じていた。被災に会わずにすんだ自分たちの命が自分のものではないことを。私たちの命は天から与えられたものなのだ。幾万もの数にのぼる死者の報に接しながら、その思いが痛切にこみあげてきた。

その思いとともに、一冊の書物が脳裏をよぎった。今村仁司『社会性の哲学』[2]。すぐに手に取って目次をひらくと、第一篇のタイトルがすっと心に入ってきた。「存在の贈与論的構造」。その第一章は、「与えられて-ある」である。

「与えられて-ある」ということ——まさに私たちの命は天からの贈与以外のなにものでもない。二〇〇七年七月に上梓された『社会性の哲学』は、その二月前に癌で逝った今村仁司の遺著である。丹念に読んだつもりだが、ほかでもないこの大震災にそれが生きるとは思ってもみなかった。けれど、迫りくる死とむきあって書かれた書は、震災後を生きる私たちの心にまっすぐに届いてくる。生も死も、あたえられて-ある。それは、人には選びようのない天の領分なのだ。

「存在の贈与論的構造」を今村仁司は次のように語る。「生きて-あることとは、存在が与えられて-あることである」「人は自己の存在を何かによって与えられたと感じつつ生きて存在する」。

今村はまたこうも言う。こうして「与えられて-あることの感受は同時に与える働きの感受でもある」と。与える働きは単に物的ではなく精神的でもない。「それは何ものかである」が、「原初の場面では与えられることも与えることも語りえないものであり、したがって感受するしかないものである」。こうして「言い表すことができない何ものかと情感的に出会い、この何者かを感じることとは、人間が現世内に実存するときの根源的なあり方である」。

初めに贈与がある。千年に一度ともいわれる天災は、あらゆる行政機能を麻痺させ、生活のライフラインのすべてを破壊した。私たちは、思いもかけぬあり方で自分たちの「原初の場面」に遭遇し、人間存在の「根源的なあり方」をひしと感じたのである。

負い目として－ある－ということ

与えられて－あると感じて生きるということは、与え返したいという欲望をかかえて生きることでもある。命を贈られた存在は、命を贈り返したいのである。「存在の贈与論的構造」はこう続く。「与えるふるまいはそこでは必ず受け取る側に負い目を『心の傷のように』刻む（…）贈与と負い目は切り離すことはできない。これもまた社会にとっては根源的な事態である」。何ものかに命を贈与されたと感受しつつ生きる私たちは、いつも心のどこかに「負い目」を感受しつつ、他者に自己を与えたいという欲求を感じながら生きている。

この負い目は疾しさでもある。「アウシュビッツの後では詩を書くことはできない」というアドルノの言葉にふれつつ、今村はこう語っている。「存命の喜びだけで人は生きるのではない。疾しさのない生存はない」。存命の疾しさ――まるで大震災を予見していたような言葉ではないだろうか。震災後しばらくの間、多くの詩人や作家たちが、語る言葉を失っていた。生き延びてあることの疾しさがかれらの心をつかんだのであろう。

作家たちだけではなかった。存在の本源的な「負い目」を感受したのは、被災をまぬがれたほとんどすべての人びとではなかっただろうか。だからこそ、私たちはやみがたい自己贈与の欲求にかられたのである。そう、私たちをつき動かし、今も動かしているものは、「ボランティア」という言葉ではすくいとれない深い何かである。私たちは、まぎれもない自己贈与の欲求にかられたのだ。震災からまだ十日あまりの頃、新聞に寄せられた小池真理子の言葉を思い出す。

私たちは生来のやさしさや愛、勇気など、人間の本質的な何かを取り戻さざるを得なくなっている。引きこもりや孤絶、無縁、といった言葉は今や、過去のものになった。人々は地縁血縁を超えて連帯しはじめた。

愛の本質、生きてゆくということの本質が、これほど私たちの中に甦ったことはなかった。[3]

ここに言われている「愛の本質」が、自己贈与の欲求であることとは、言葉を費やすまでもないだろう。傷のように心に刻まれた「負い目」の痛みゆえに、私たちは何をしてでも自己を与えたいと願い、今も願っているのだ。大震災は人間存在の根源的な状況を照らしだしたのである。

贈与から交換へ

存在の贈与論的構造は、互酬性の共同体をつくりだす。

被災地の人びとが乏しい食べ物を分けあい、足りない毛布を数人で分かちあう胸打たれる光景は、これもまた思いもかけぬかたちで現出した互酬体制の原初的な姿であったといえるかもしれない。

今村仁司の語る贈与の社会体制はたんなる経済体制ではない。その共同体を動かすエートスは「尊厳」と「名誉」である。ここでもまた贈与をうけた側は負い目をかかえ、共同体の名誉にかけてその負い目を返すべく、対抗贈与をせずにはいないのだ。モースによって良く知られているポトラッチのように、贈与体制とはたがいの名誉の応酬であり、「闘争の互酬性」なのである。

歴史とともに、そうした原初の贈与体制に「交換」の原理が入りこんでゆく。名誉のエートスによる贈与とならんで、利益要求的な交換が行われるようになってくるのである。こうして、贈与と交換を両立させた平和的な互酬性体制が成立をみる。この観点から歴史をふりかえるなら、「近代社会」以前の文明社会はすべて互酬性体制であったと今村は言う。「「未開」社会、古代エジプト社会、古代ギリシャ社会、中世封建制の社会などは、それらに共通する特徴からすれば、すべて互酬体制の社会であった」。

そして世界は、これら歴代の互酬体制をはるかな昔の日々に追いやり、忘却のうちに置き去りにしてゆく。「交換」をもっぱらとする「近代」が到来するのである。互酬体制にあった名誉などの旧き徳目に代わって、経済効率を第一とするマインドが勝ち誇り、飽くなき利潤を追いかける資本の論理が世界を席巻してゆく。

かつての互酬制社会は首長や王の権威の下に統括された共同体であった。資本主義はこの共同体を解体してグローバルな市場に変えてゆく。資本の論理は、地域や自然の多様性などおかまいなく、すべてを利潤の追求という単一のシステムに従属化させてゆくのである。

終りの時に

こうして世界を制覇し、いまも制覇しつつある資本主義のただなかで、あのフクシマの惨劇が起きた。あたかもこの超資本主義社会の未来を先取りしたかのように。私たちがそこに見たのは、およそ人間には制御不可能な神の領域に手を出した人間の倨傲であり、自然破壊にたいする恐れを知らぬ傲慢さである。

そう、近代の人間の傲慢さ。今村仁司には『社会性の哲学』のさらに二年後に上梓されたもう一冊の遺著『親鸞と学的精神』[4]がある。その最終章「現代における悪の本質」において、彼は現代の悪を「人間中心主義」と指弾してやまない。「人間を自然界の特権階級にする思想が現代の悪の根源であり、それは、人間という種を「他の生物種に対して優越させるという一種の思想的帝国膨張主義」にほかならない。互酬制のもとに生きてきたアルカイックな社会は、自然と有機的な関係を結び、人間を他の生物種より優位におく思想などとは縁がなかった。近代は、こうした「古来の賢者」の知恵を失う。

資本の論理は、自然であれ人間であれ、すべてを功利的な道具的対象として物化する。それは、たとえば太陽のような自然の恵み――自然の贈与――にまったく無関心なマインドを生みだす。たとえ太陽光などの自然の贈与をビジネスにすることはあっても、そこには、「与えられて-ある」という存在構造の認識と感性がすっぽりと欠落している。だからこそ、資本の論理は、「自然破壊と生態系破壊を肯定し、その破壊を当然とみなし」つつ、この現代的悪を地球的規模に蔓延させてゆくのである。

贈与体制から交換システムへのこうした転換については、中沢新一『大転換』[5]のエネルギー論にも詳しい。人類の経済もふくめて、太陽エネルギーは地球と人類のすべての生命活動を支えてきたし、今も支えつづけている。「経済のもっとも深い基礎には、贈与が据えられているのである。太陽エネルギーと同じように、贈与性がすべての経済活動を根底で支えている。この贈与性を忘却することによって、交換の経済がすべてを押しのけて、経済活動の前面にあらわれてきた（…）贈与性の忘却の上に、商品経済は稼働しているのだ」。

資本主義の根底にある贈与性の忘却。実はこれも、『社会性の哲学』において強調されていた論点である。市場の交換システムは、互酬体制に存在していた人的ネットワークを断ち切り、すべてをモノとモノの交換に変えてしまう。中沢新一の言葉で言えば、市場は「無縁」の原理に貫かれているのである。

けれども、長い人類史をふりかえれば、そのような市場システムが支配したのは、たかだか十八世紀から現代にいたる数世紀の間にすぎない。先にみたとおり、歴史をふりかえれば圧倒的に互酬体制社会の方が長い伝統を保っている。しかも、重要なことは、現代資本主義の市場システムにおいても、互酬性はまったく忘却されたわけではなく、いわば市場システムの「ほころび」をぬうように、細々と非支配的なかたちで残りつづけているということである。人は交換のみにて生くるにあらず。わたしたちの心には贈与と負い目が「傷」のように刻まれていて、さまざまなネットワークのなかで、与えあい、贈りあう営みをつづけている。今村の言葉どおり、たとえ資本主義システムにあっても、その根底には贈与の精神が埋めこまれているのである。

にもかかわらず、資本主義の交換原理はグローバルに世界を巻き込み、「贈与の忘却」を拡大してゆく。資源もエネルギーも人もすべてを物化して利用対象とみなす人間中心主義が加速化しつつ世界を席巻してゆくのである。グローバル資本主義のこのスピーディな運動は、自律的システムであるだけに、歯止めのきかないパワーがある。まさにそれは「暴走」しつつ地球をかけめぐるのだ。自然と生態系の破壊を当然のこととする無自覚な悪のマインドをもって。

こうして暴走する現代の悪にたいする警告の言葉として『親鸞と学的精神』が引くのは、あのアマゾンの森の叡智を語るレヴィ＝ストロースの言葉である。

もし人間が生命体であるという意味で権利をもつのだとしたら、そこからただちに次のことがでてくる。すなわち、生物種としての人類に認められる権利は他の生物種の諸権利のなかに自然の限界を見いだす。したがって人間の権利の行使が他の生物種の存在を危険にさらすまさにそのときに、人間の権利は終わるのである。

(『はるかなる視線』)

レヴィ＝ストロースの言葉をうけて、彼は言う。「人類は、ついにその終焉を迎えているのかもしれない」と。私たちはもはや終わりの時に来ているのだ。今村仁司の末期の眼は、迫り来る人類の危機を眼前に見ているかのごとく、深く鋭く警鐘を鳴らす。まるでフクシマの悲劇を予見したかのように。

今世紀の末には人類はまともに呼吸できる空気も飲める水も失うだろう。ガスマスク生活になるだろう。空気を商品として購入し、高い水を企業から買い取り、太陽光線がにぶい空の下で生きるというのは、ほとんど地獄であろう。源信僧都(そうず)の『往生要集』のなかに描かれている地獄はいまや比喩ではなく、われわれがまさに直面しようとしている現実ではあるまいか。地球全体がいまや地獄になろうとしている。

彼がここで問題にしているのは九七年の京都議定書問題にすぎないのだが、その言葉はまるで原発という究極の「悪」の危機を予見した、預言者の言葉のように響く。

たしかに私たちは終わりの時を生きているのである。たえず成長を追い求める「資本主義経済の制度的暴力」から降りること。それこそ、私たちが生態系にたいして負っている「負い目」ではないのだろうか。「与えられて-ある」私たちは、地球にある命のすべてが同じように「与えられて-ある」ことを今こそ思い知らねばならない。今村仁司ののこした遺言はそう語りかけてやまない。

（二〇一二・一）

注

（1）布施商店代表取締役・布施三郎（『環』四六号、東日本大震災特集、藤原書店、二〇一一年七月）。
（2）今村仁司『社会性の哲学』岩波書店、二〇〇七年七月。以下、『社会性の哲学』からの引用はすべてこれに依る。
（3）小池真理子「言霊（ことだま）の祈り」『日本経済新聞』二〇一一年三月二十四日。
（4）今村仁司『親鸞と学的精神』岩波書店、二〇〇九年十一月。以下、『親鸞と学的精神』の引用はすべてこれに依る。
（5）中沢新一『日本の大転換』集英社新書、二〇一一年八月。

中沢新一

なかざわ・しんいち　一九五〇年生　思想家・人類学者　『チベットのモーツァルト』（講談社学術文庫）、『アースダイバー』『カイエ・ソバージュ』（講談社）

ダンディな悪徒

中沢新一の才能は、何よりタイトルに表われている。八〇年代はじめ、『チベットのモーツァルト』が登場したとき、その異貌のタイトルは人を振り向かせずにはいなかった。タイトルは女の「顔」と同じく、後につづく悦楽の約束である。はたせるかな、密教論とクリステヴァの記号論が諧調するハイブリッドなテクストはたいそう美味だった。

それから魅惑のタイトルが続いた。『虹の理論』『悪党的思考』『蜜の流れる博士』『森のバロック』『東方的』『三万年の死の教え』『はじまりのレーニン』『緑の資本論』。こうしてランダムに挙げてゆくだけでも、この思想作家が言葉の魔術師だということがわかる。

その魔術には、師がいる。いうまでもなくレヴィ＝ストロースである。構造主義の波頭を切った『野生の思考』はおののくべき書物だった。『悲しき熱帯』と同じく、そのタイトルは一度聞いたら忘れられない。衝撃はむろんタイトルだけではなかった。その未聞の書物は、はるか遠く、知られざる世界の「知恵」を語って圧倒的だった。ありあわせの材料をつなぎあわせる野生の思考。ブリコラージュという器用仕事の創発性。

中沢新一は、このブリコラージュの名手である。一見かけはなれたものを組み合わせて別の何かを発明すること——この離れ業を、いともたやすく繰り広げてゆく。だから彼のテクストは、いわゆる名文のように、断片を味読するにはあまり適していない。異質と思われている素材や人物をあっと驚くロジックで結びあわす妙技は、読み通してはじめてわかる。手品が、最後まで見ないと面白くないのと全く同じだ。そう、中沢新一はまさに手品のようにあっと読ませてしまう。一例をあげよう。『カイエ・ソバージュ』中の一冊『愛と経済のロゴス』から。

主題は「交換と贈与」。資本の価値増殖が問題なのだ。そこでとりあげられるのが、埋蔵金である。作者はここでワグナーにふれる。言われてみれば確かに「ラインの黄金」は水底に沈む富の物語だ。資本とワグナー。ここまではまだよいとして、驚くべきは次章への飛躍。ワグナーの次にくるのは、重農主義なのである。ケネーの『経済表』が「絶対的贈与」の視点から読みかえられて、ぴたりとワグナーにリンクする。眼から鱗！　と思う間もなく、次は宮沢賢治。賢治とケネーが繋がって、トピックスが農業の「大地の悦楽」に移り、そこから一挙にラカンの「他者の悦楽」にまで飛躍する。こうして経済と愛がマジカルに摺りあわせられたかと思うと、間髪を入れずに次章の扉が開く。現れたのは「マルクスの悦楽」。『経済学・哲学手稿』の語るマルクスの愛。なるほど。そして、いよいよフィナーレ。いざ資本主義の根幹をなす「価値増殖のトリック」を解明しよう……と、こうして追いかけてみると、まさに手品そのものだ。実際、作者がそう語っている。「価値の増殖はまるで〈手品〉のようにしておこるのでなければ、発生できません。いま何気なく手品と言いましたが、これは比喩以上の意味をもっています」。

手品師のたくらみ。そのとおり、次から次へと繰り出される思想の断片をマジカルにつないでゆくブリコラージュの芸は息をもつかせない。

そのあざやかな手並みをもう一つ、『緑の資本論』からあげてみよう。冒頭の「圧倒的な非対称――テロと狂牛病について」から。まず副題の「テロと狂牛病」がすでにして奇怪な組み合わせである。早くも手品の予感がする。とはいえ、9・11の衝撃をうけて書かれたテクストは、緊迫した世界情勢を前にして強度に満ちた語りをたち起こす。

一方にあるのは、資本主義という「富んだ世界」。他方にあるのは、イスラームの「貧困な世界」。この圧倒的な非対称からテロが生まれる。驚くべきは、いきなり宮沢賢治が（またしても賢治が）呼び出されることだ。宮沢賢治は「圧倒的な非対称が生み出す絶望とそれからの脱却について、時代にはるかに先駆けて思考していた作家」なのである。なぜなら彼は人間と野生動物の間の圧倒的非対称を見ていたからだ――ここまできて、私はハッと思い出す。あの『注文の多い料理店』を。なるほどあれはテロの物語だったのか。「鉄砲片手に森にやってきた紳士たちに、じつに手の込んだ洗練された報復テロを加える」あの山猫の物語は、二十一世紀の世界をはるかな地平から照らしだしていたのだ。

こうして中沢新一は、はじめに物語をおく。すでにして巧まざる業である。読者の「耳」を研ぎ澄ましておいて、おもむろにイスラーム教とキリスト教の対質に説きおよぶ。またしても驚くべき非対称の光景がたち現れる。紀元一世紀のパレスチナの、イエス磔刑の光景。

ユダヤ教における唯一絶対の神と人間との間には、圧倒的な、いや絶対的な非対称の深淵が拡がっていた。そのために神と人間との間には、エコノミーの発生がおこりえない状況が生み出されていたのである。イエスはこれを荒廃ととらえた。絶対的な非対称の深淵に向かって、自らの死をサクリファイスすることによって、そこにひとつのエコノミーの回路を開こうとしたのである。人間からは死の贈与が贈り届けられ、神はそれに応えて愛の流動を贈る。キリスト教の生誕において重要なのは、贈与の問題であった。

圧巻は、続きである。イスラーム教のテロもまた贈与の行為なのだ。ただしイエスのそれとは全く対照的な。「自分たちは一方的に奪われ、他方は一方的に奪うことによって、繁栄をとげている。この非対称をうち破るために、彼らは自分と相手をもろともに死のサクリファイス、しかしどこにも贈り届けられることのない死の贈与に巻き込もうとする。健全なエコノミーの回路を開くため、というよりも、それは圧倒的な力によって護られた非対称をつくりだしている全機構を、もろとも破壊したいという欲望にかられておこなわれるのだ」。

こうして9・11を、紀元一世紀のパレスチナから語り起こす思想の、ファンダメンタルな深さ。神話的思考は遥かな深淵から身をたちあげるのだ。

*

けれども、中沢新一の魅力は「軽さ」である。深みから発しつつ、決して深刻になることなく、あくまでカジュアルに、身ごなし軽く疾走する。その身軽さこそ彼の身上だ。同じ場所に立ち止まろうとせず、たえず流動すること。しなやかに駆けぬけること。切立つ淵から出立しつつ、深みにはまらぬ逃げ足の速さ。その爽快さは断じて悪党のそれである。

デビュー当時、はやりの「現代思想」の旗手にまつられたことも手伝って、中沢はむしろ技巧派だとされていた。さるネット・インタビュー（Book アサヒコム　2003.04.14）で、『緑の資本論』を読んだ読者に、「かつて流麗な文体に魅了されたオールドファンとしては文章が簡潔になっているのに驚いた」と言われ、中沢は笑って答えている。「デビューしてしばらくの間、ぼくは新古今調だった」と。

『悪党的思考』がでたのはデビューから五年ほど経った八〇年代後半。これも「新古今」なのかどうか。どちらでもかまわないけど、確かなことは、網野善彦の『異形の王権』に応え交わすこの中世日本論に、もしジル・ドゥルーズの『千のプラトー』から借りた「なめらかな空間」というタームがなかったら、私にとって魅力が半減していただろうということだ。むろんまだ《Mille Plateaux》の邦訳など無かった。毎ページのようにちりばめられたドゥルーズの言葉は、暗号のように目配せをしてきらめいていた。ブリコラージュはやはり中沢新一のエクリチュールの美貌をひきたてるのである。『悪党的思考』の愉悦はそこにとどまらない。ありありと感知される身体の躍動が、読む者の胸をときめかせる。霊の息を吹き込まれた非凡な身体が、天の風にのり、しなやかに、強靭に、宙を舞う。野生の思考は一瞬の身体芸である。そのアールがこれほどブリリアントに繰り広げられている書物もない。引用しよう。

> 伴御人(くごにん)、商人、禅律僧、密教僧、悪党的武士、山の民、川の民、海の民（ここには海賊的な武士もふくまれる）職人たち。彼らは流動し、変化する《なめらかな空間》を生活の場とする

人々だ。自然（ピュシス）の力と無媒介的にわたりあい、あらかじめコントロールされたのではない力と直接的にわたりあいながら、生きている人々だ。

かれら悪党たちは「速度」の徒である。「悪党はなにかにつけて〈速い〉のだ。きれいに統制のとれたゆったりしたリズムにしたがうよりは、ビートのきいたリズムにしたがって行動する。戦闘における儀礼がとりおこなわれているというのに、そのもたもたした速度が気にいらないといって、彼らはいきなり石を投げつけてきたり、奇襲をかけたりする」。

奇襲。投石。遠慮知らずの無礼講。まるで作者が自身の悪党ぶりを披瀝しているかのようではないか。それかあらぬか、素敵に悪党的なせりふが口をつく。「ぼくらは、アジールの世界の解体、〈なめらかな空間〉の解体と封じ込めと、そしてなによりもキャピタリズム的変容のはてにつくりだされた、新しい、モノトーニアスな、権力空間の〈質〉を生きている。（…）逃走は容易じゃあないんだよ。離脱するのもむずかしい。ぼくらは昔よりずっと〈ダンディ〉に生きるのが、むずかしくなってきている。〈なめらかな空間〉が、見えにくくなってしまったためさ」。

弾む思考が、ダンディに駆けぬけてゆく。知の体系に密漁をはたらく悪党の、こたえられない痛快さ。

＊

近年、全五巻が完結した『カイエ・ソバージュ』は、この神話的思考を「対称性の思考」と名づけてキーワードにしている。ところが、その語りの何とダンディでないことか。実はこの一文を書くため三巻ほど通読し、文の凡庸さに驚いた。愕然として、『緑の資本論』を読み、安堵した。かつての魅惑は変わらず息づいている。

そうすると、『カイエ』のつまらなさはいったい何なのだろう？　おそらくこの問いかけは、中沢の才能の在りかを「さかしま」に映しだすはずだ。

語られている内容はぜんぜん悪くない。『愛と経済のロゴス』の論理のトリックなど、先に引用したとおり拍手喝采ものだ。けれどもそこには『悪党的思考』のような、きらめく言葉のオーラがない。一にかかってそれは、語りのスタイルのせい、だと思う。

事実、これは中央大学での講義録である。だから、ですます調の話しことばで書かれている。話しことばではあるのだが、「声」の痕跡は見事にかき消されてしまっている。たぶんここで彼は数百人ほどの学生を相手に講義しているのではなかろうか。大勢にむかって中沢は「啓蒙」を試みているのである。いや、説論という身振りが悪いのではない。むしろそれはこの思想作家の長所の一つである。説諭する者は、伝えたいという情熱があるから、そのパトスあるかぎり、「批評家」に堕したりする危険は決してない。そのうえで、講義録というスタイルは彼の魅力を殺すと思う。そう、ひとが彼に期待するのは「隠された知恵」なのである。銀のように、光のように、世に隠された知恵。それを伝えるのに、もっともふさわしくないのが講義というスタイルではないのだろうか。カスタネダがドン・ファンに秘儀を授けられたように、私も教えられてみたい。ラスティニャックが超人ヴォートランに囁かれたように、教えられたい。「さあ君に世界の秘密を開示しよう」と。秘儀の有する密やかさ。その陶酔。中沢新一の書の魅惑がそれに負うものは大きいのだ。書物は大量生産されるメディアだから、むろん偽りの親密性ではあるけれど……。

*

書かれてまだ間もない網野善彦追悼は、『悪党的思考』と最も近しいテクストである。ここには濃密な親密性の香りがたちこめている。「僕の叔父さん」と題されたそれは、追悼というよりむしろその形式を借りた一種の私小説だ。語りのみずみずしさは、私をふたたび魅了する。

「網野善彦は私の叔父にあたる人であった」——昔物語のようにさりげなく始まるナラティブは、超越的なものへの情熱に憑かれた「中沢家の人々」三代の物語を、「私語り」のスタイルで紡いでゆく。一個の非凡な才能が、いかなる精神風土から育ったのか。百年にわたる歳月のなか、甲州の地で、「非人」という自己の根源にもかかわる存在の探求が、叔父と甥と、二人の稀有な学究をいかに結びあわせ、藍の色に染めて輝かせたのか――網野史学という異貌の学の生誕が、《私》のそれと重ねあわせて明かされてゆく。哀悼の情が才走る語りを抑え、いっそう陰影をそえて美しい。そうして、終に自身の血の起源がさらけだされるクライマックスの痛み。

曾祖父の紺屋徳兵衛の素性をめぐって叔父と語りあい、どうやら彼も非人であったらしいと悟ったその日、彼は生々しく自分の身に流れる「血」の色に触れる。

私は自分の体内で、精神的DNAが強烈な励起をはじめたのを感じた。そのときふいに自分の口から、折口信夫のつぎのような歌がこぼれ落ちてきたのには、びっくりした。

葛の花　踏みしだかれて　色あたらし。
この山道を行きし人あり。

（釈迢空『海やまのあひだ』）

人に踏まれて「臓物を出した」葛は、摺衣（すりぎぬ）をまとった非人のようにけざやかな色に染まる。トランスセンデンタルに憧れてやまない魂の出生の秘密が、感動をもって読む者の心の深みに落ちかかる。

そう、聖痕のように非人の藍をまとった悪徒であってこそ、中沢新一はきらめきたつ。啓蒙の身振りほど悪徒に似合わないものはない。虹は、大教室ではなく、在らぬ虚空に、あのなめらかな空間にかかる。わたしたちの無意識の深み、夢見の場所に。中沢新一の書物と共にその深みに降りてゆく愉悦を、私は幸福という名で呼びたい。

（二〇〇四・一二）

今福龍太

いまふく・りゅうた　一九五五年生　文化人類学者・批評家　『ヘンリー・ソロー　野生の学舎』（みすず書房）、コレクション『パルティータ』全5巻（水声社）

余韻のなかにとりのこされて――『レヴィ＝ストロース　夜と音楽』に寄せて

海と夜の色をしてタイトルの予兆そのままに美しいこの書物は、秘めやかに謎めいて、魂を呼びよせる。時も所も忘れて、虚空にさまよいでる、うつろな魂を。

いま・ここを忘失させるのは、一つの声。頁の間に間に聞こえてくる、細い声。慎ましく密やかなその声は、わたしたちを運んでゆく。レヴィ＝ストロースの方へ、夜の方へ、音楽の方へと。

声は、触れてくるもの。ねむりの深みに触れてくる声に運ばれるまま、恍惚として、わたしは自分を失う。失われた自分のなかで、レヴィ＝ストロースの神話を聴いている。太古の時の鼓動にこの身をあずけて。時も所も人も忘れ果てて。非在の者と化して。

鬱蒼と古めいた土地、時の河に洗われて茫々と広がる失われた土地は、なぜにかくも甘美な哀しみをたたえて魂を魅了するのだろう。廃れゆくものの荘厳さ。毀れ落ちるあまたの小さな遺品の愛らしさ。

ブラジルのマット・グロッソの森に分け入って異形のものたちの沈黙に聴きいる頁のあわいに、ふと別の土地の声が聞こえてくる。逝った時を想うひとりの詩人の声が。レヴィ＝ストロースより二十年ほど前に生まれた詩人、白秋の故郷は廃れた土地の魅惑に満ち満ちて、忘れがたい残響を響かせる。

そこかしこ運河の行き交う土地は、水面に繁茂する植物の横溢で南の匂いに蒸れていた。瓏銀(ろうぎん)の光を放つ流れに浮かぶのは、「菱の葉、蓮、真菰(まこも)、河骨、或は赤褐黄緑その他の浮き藻の強烈な更紗模様のなかに微かに淡紫のウオタアヒヤシンスの花」「静かな幾多の溝渠はかうして昔のままの白壁に寂しく光り、たまたま芝居見の水路となり、蛇を奔(はし)らせ、変化多き少年の秘密を育む。水郷柳河はさながら水に浮いた灰色の棺(ひつぎ)である」（北原白秋「思ひ出」）。

廃市となり、棺となり、不死のものと化した土地。帰りえぬ土地の亡霊に、おさない詩人の感じやすい五感が甦る。甘い感傷と、小さな霊魂の渾身のおののきをもって。

――時は過ぎた。そうして温かい仮麦のほめきに、赤い首(くび)の蛍に、或は青いとんぼの眼に、黒猫の美しい毛色に、謂(いは)れなき不可思議の愛着の幼年時代も何時(いつ)の間にか慕わしい「思ひ出」の哀歓となってゆく。

捉へがたい感覚の記憶は今日もなほ私の心を苛だたしめ、恐れしめ、嘆かしめ、苦しませる。(…)そうして驚き易い私の皮膚と霊とはつねに蟋蟀(きりぎりす)の薄い四肢のやうに新しい発見の前に喜び顫(ふる)えた。兎(と)に角(かく)私は感じた。さうして生まれたままの水々しい五感の感触が私にある「神秘」を伝え、ある「懐疑」の萌芽(ほうが)を微(かす)かながらも泡立たせたことは事実である。まだ知らぬ人生の「秘密」を知ろうとする幼年の本能はつねに銀箔(ぎんぱく)の光を放つ水面にかのついついと跳ねてく水すましの番(つが)ひにも戦慄(わなな)いたのである。

詩人の記憶のなか、失われた時と空間は疼きにも似た官能のおののきにひたされている。土地は幾つもの幾つもの夜をくぐって、見えない時空に浮かぶ棺となり、不死のものと化したのだ。夜のいとなむミステリアスな喪の作業。

*

『悲しき熱帯』もまた長い長い喪の作業から生誕したにちがいない。二〇年におよぶ忘失、幾千もの夜がこのモニュメンタルな書物の誕生をあらしめたのだ。

そうして幾重にも重ねられた同じ夜の力、失うことの驚くべき力を、レヴィ＝ストロースを語るこの美しい書物にもわたしは重ねあわせる。いま・ここを突き抜けて太古の森の深みに身を浸し、未聞の夜のざわめきに耳を凝らし、時の深淵から浮上する音の一つひとつに一心を凝らして耳傾ける敬虔さ。

凜として静謐なその声はわたしたちをまもるように夜でつつみこむ。声にいざなわれて、わたしは意識の闇をついと超え、「思考の手前」に渡される。神話の語る千年の叡智を聴く無垢なこころ。廃市に育ったあの詩人のおさない魂もまた世界の「神秘」を小さなからだいっぱいに感知していた……。

けれどもこの神秘の森がはらむのは沈黙のざわめきだけではない。この書物はときに思いもよらぬかたちで、森に隠された視えない風景を出現させる。アマゾニアの密林のさまざまな植生環境によって形成される複雑な層を、レヴィ＝ストロースは「空中の階層」と呼んだ。

通常の視覚には隠されて見えないが、樹を駆けのぼる猿たちや上空を飛び交う鳥たちの動きによって感知される植生。ひとの視線の届かない高みで、森はからみあう植物の円天井をつくりだす。そこ、天空の園には、白、黄、橙、緋、薄紫の花々が咲き乱れて――声に運ばれるわたしは、このとき、たしかにその隠された花を視ている。夜にわたされた者だけに見える秘密の花々を。

「空中の階層」を語る声は、もっともよくそれを知る密林の鳥たちを書に解き放つ。神話は鳥の変身譚にあふれている。あるとき鳥は女に姿を変え、また鳥に戻って、ヒトと野の獣の共棲と種的境界の臨界線を教えてくれる。レヴィ＝ストロースの語るこの謎めいた鳥たちも、天空に咲く花々と同じく、思考がねむる夜、野生の耳と眼がめざめるあの深い夜の生き物だ。すでに書物のはじめに、この鳥たちが行き交っていた。「羽撃たく夜の鳥たち」が。はるか遠く、未聞の夜をわたってゆく鳥たちの神秘な翼。その夜の底から音楽がたち起こる……。

「森の中で鳥たちと交感した一人の民族学者の、この深い身体的記憶」。そう語る声は、その記憶をレヴィ＝ストロースと共にしている。幾たびも森に呼ばれ、ここではない場所に旅立ち、幾つものはるかな海を渡り、島から島へと渡った今福龍太という旅人は、その身に宿した深い記憶とともに、彼方へと身を躍らせるのだ。一身を賭したその跳躍の大胆な潔さ。

——直線的時間と進歩の階梯からいさぎよく自意識を離脱させ、あらゆるものの不意の到来に向けてみずからの身体と思考を拓くこと。音楽の永遠を信じ、音楽が鳴りやむときの聖なる沈黙の彼方に、さらなる音楽の再生と持続を夢見ること。黄昏の到来のなかで、夜をわたってゆく生成の運動に世界の再生を賭けること。

信じて跳ぶ者の跳躍に身をあずけて、わたしは羽ばたく鳥になり、夜をわたる。天空に乱れ咲くあの花々と戯れ、時に地に舞い降りて、何者かに変身し、羽ばたき一つでまた空に飛翔する。あたかもリトルネッロの楽の音がイニシェーションの秘曲であるかのように。

＊

果てへの旅は、いつも幸福な跳躍と共にあるわけではない。レヴィ＝ストロースの船出は黄昏の空を金と薔薇色に染めて輝きわたる雲と光の舞踏に彩られていた。そのような甘美な幻惑の一片だにない、索漠とした旅もある。残酷な、夜への出立。レヴィ＝ストロースの同時代人マルセル・エイメの短編『エヴァンジェル通り』が語るのは、パリの場末、ラ・シャペル地区の一角にある見捨てられた通り。近くに、虱たかりと呼ばれて皆に疎まれ忌避される貧しいアラブ人がいる。家も友もなく、路上をうろついて塵をあさって暮らしていた男は、あるときふと、何かに呼ばれたように、果てへの旅の秘密の通路を見いだす。

少し北に、高い両壁にはさまれて人気ない隘路があった。通りの両壁には工場、貨物駅、ガスタンクなどがあるのみ。「鉄さびと石炭の砂漠に囲まれて」寂れ果てたその通りにいちど足を踏み入れたとき、男は「世界が遠のいてゆく」恐怖に襲われて、踵を返した。だが彼はその通りに呼ばれてしまったのだ。エヴァンジェル通りに。フランス語を知らない男は通りの名も意味もわからぬまま、その隘路が「近づくことのできない楽園へ通じている、荒廃した回廊の入口」のように思える。

たちこめる煤煙で先の見通せない路は「まるで、忘却への通路のように、ぽっかりと口を開いて」男を呼ぶ。

彼は「新たな世界の発見に旅立ちたくなった。彼は広場を取り巻く道を半周し、通りの入口で立ち止まった。単調で、音ひとつなく、灰色の高い壁の間で飼い慣らされ、得体のしれない深みの中に沈んだ荒野が、彼の前に広がっていた。背後には、生活の優しい物音が聞こえた」(露崎俊和訳)。毎日カフェのガラス窓ごしに見える優しい生活は永遠に手の届かないものだ。ある日、彼はついに忘却の通路を向こうにわたってゆく。独りぼっちで、灰塵にすすけた廃路をわたって、寂寥の夜に呑まれて。

そうして夜をわたった渇いた魂は、あの森の天空に乱れ咲く花の優しい香につつまれてなぐさめられるだろう。エイメは動物と人間が自在に交感する変身譚を好んで書いた。この短編もまた転身に誘われる夜への出立の物語であり、秘かな神話の一つなのだ。

森はいたるところに遍在する。

＊

幾つもの森。思いもかけぬところに現れでる旅への道標。

もうどれほど経ったのか、今はいつなのか、想いに沈んで時と所を忘れていたわたしは、ふと足もとににじり寄るなまあたたかいものに触れて我にかえる。足もとにうずくまるのは、またしても夜の色をした、夜の種族である猫。

創見に満ち満ちたこのレヴィ＝ストロース論のなかでも、猫を語る一節ほど驚きを秘めて胸ときめかせるものはない。いま・ここにいながらいつでも「社会の彼方」にいる謎の生き物である猫。『悲しき熱帯』を結ぶ最後の言葉がその猫で終わることじたい、謎めいて、沈思に誘う。いつまでも残響を残す著者訳を引用しよう。


——もはや野生人にも別れを告げ、旅も終わりにしよう！　そして、人類が蜜蜂の巣箱のようなこの社会での整然とした労働を中断することに耐えるわずかな機会をとらえて、われわれの種がかつてどのようなものとしてあり、いまもあるか感じとってみよう。思考の手前で、そして社会の彼方で、その本質を直感してみるのだ、われわれ人間が創造したいかなる作品よりも美しい、鉱物の一片をじっと見つめながら。百合の花芯から匂い立つ、われわれの書物よりもはるかに精巧な香りのなかに、あるいは、ときどき不意に心が通いあったように一匹の猫とのあいだに交わす、忍耐と静寂と互いの赦しを負ったあの意味深い瞬きのうちに。

秘密の通路にあこがれるこころは、神秘な生き物の眼の金の瞬きに感応する。あの遠い廃市に育ったおさない詩人の回想にも幾度となく黒猫が登場するのは偶然ではない。おさない魂は夜の神秘を知っているのである。「私は『夜』というものが怖かった」。夜の色をした黒猫の金の眼はおさない魂を射抜く。生肝を狙う怪物のごとく。祭りの夜、化粧をさせられた男の子は、仮面と化した自分の顔におののいた。「鏡に映った児どもの、面には凄いほど真白に白粉を塗ってあった。睫のみ黒くパッチリと開いた両の眼の底から恐怖にすくんだ瞳が生真面目に震慄いていた、さうして見よ、背後から、尾をあげ背を高めた黒猫がただぢっと金の眼を光らしているではないか。私は愕然として泣いた」。

魔性の生き物は生と死の秘密をにぎり、思うままに夜の神秘に化身をとげる。その金の眼に魅入られるとき、わたしはいま・ここにいながら彼方への秘密の通路をくぐりぬけるのだ。

時の裂け目は、世界のいたるところにある。

あるとき、冬近いヴェネチアの小運河にかかる橋のたもとで猫に見つめられた。人気なく静まる黄昏どき。あやしい金の瞬きにはたと足をとめたわたしはあのとき本当にヴェネチアにいたのだろうか。

また別の年の夏、真昼の沖縄の離島の烈しい光のなか、はるかに続く遠浅の海を背に、数匹の猫たちが溶けた時計のようにまどろんでいた。人間たちの生産も政治もあずかりしらぬ太古の眠りをむさぼって。夜とともに、かれらは暗い空にむかって金の眼を見ひらき、星屑の火花をちりばめるのだろう。

いたるところに森が遍在する。聴く者の耳に夜の鳥は羽撃く。

書物を閉じたわたしは、余韻の薄闇のなかにとりのこされて、なおも音楽を聴いている。そうして胸をつかれるのだ。自分が不死のものを信じていることにおののいて。


（二〇一二・一〇・二七）

編集後記

藤原書店には、山田登世子が遺したさまざまな文章のうち自著に収録されなかった作品を編集し出版する企画を進めていただいていますが、本書はその第二冊目に当たります。

今回のテーマは大ざっぱには文化論とでも言えましょうが、具体的にはメディア、都市、風俗、世相、人物、旅情、身辺雑記などといった話題からなっています。前作『モードの誘惑』とくらべると、エッセイ的なものが多くなっており、その意味で読者にはたのしく読んでいただける文章が数々含まれているのではないでしょうか。随筆や短篇は故人がとりわけ得意としていたジャンルであって、ある時は軽妙に、ある時はつややかに、そしてまたある時は真情にあふれて語りだされる言の葉を味わっていただければ……と思っています。

前著の場合と同じく、既発表の文章の本書への収録に際して、関係する出版社、新聞社、雑誌編集部などからは転載を快諾していただきました。お礼申し上げます。また、藤原書店社長の藤原良雄さん、編集部の刈屋琢さんには、例によって格別のご厚情とご尽力をいただきました。感謝あるのみです。

二〇一八年一〇月一日

山田鋭夫

初出一覧

＊再録が存在する場合は［　］内に示す。

I　異郷プロムナード

『日本経済新聞』（毎週 全二三回）二〇一〇年七月五日付夕刊―二〇一〇年十二月二十七日付夕刊（原題「プロムナード」）

歴史の匂い　『ゆとり路』（世田谷区文化情報誌）10（7）、世田谷区文化課、一九九五年七月

II　メディア都市

メディアのアイドル「怪盗ルパン」　『現代思想』23（2）、青土社、一九九五年二月

電話というマジック――距離をなくし相手に「触れる」　『西日本新聞』一九九四年四月二十一日

恋する電話　『恋愛の発見〈週刊朝日百科 世界の文学30〉』山田登世子編、朝日新聞社、二〇〇〇年二月十三日

ラブレターはナルシスの水鏡　『月刊アドバタイジング』491、電通、一九九七年五月

メディア・トラベル　『国際交流』19（3）、国際交流基金、一九九七年四月

軽さは重さを嘲う　『風刺の毒』埼玉県立美術館、一九九二年

劇場感覚が都市文化を育む　『トピカ』10、住宅・都市整備公団中部支社、一九九三年十月

二十世紀末の「一九〇〇年展」――今日と響きあう転換期の問い　『朝日新聞』二〇〇〇年六月九日付夕刊

身体のスペクタクル――一〇〇年のオリンピック　共同通信配信、一九九六年七月二十六日―一九九六年七月三十日（原題「身体のスペクタクル――オリンピック一〇〇年（上）」）

III　わたしの部屋

ワルツは不実な女のように　青柳いづみこ『浮遊するワルツ』CDへの寄稿、発売＝ナミ・レコード、二〇〇三年十一月

街を歩けばエクスタシー　『季刊出版月報』8、全国出版協会出版科学研究所、一九九二年十一月〈私の街あるき⑧〉

涙のわけ　『読売新聞』（毎週 全五回）、二〇〇二年三月三日―二〇〇二年三月三十一日（原題「よむサラダ」）

幻の本箱　『潮』396、潮出版社、一九九二年三月

嘘は罪、だけど……　『本』18（1）、講談社、一九九三年一月

「呼び水」の記　『FRONT』11（8）、リバーフロント整備センター、一九九九年五月〈水をめぐる断想50〉

唐獅子火鉢　『季刊陶磁郎』20、双葉社、一九九九年十一月

月の別れ　『日本経済新聞』二〇一二年十月二十八日

IV　世相を読む　2010–2016

『中日新聞』（四週おき毎日曜日 全八二回）うち三一回、二〇一〇年四月四日―二〇一六年七月三十一日（原題「中日新聞を読んで」）

V　人物論

内田義彦の軽さ　『追悼・内田義彦』藤原書店編集部編、藤原書店、一九九〇年三月〔再録　『機』（藤原書店）2、一九九〇年六・七月号〕

「私」と「世界」を兼ね備える——『作品としての社会科学』　『毎日新聞』一九九二年四月十四日〈シリーズ私の新古典〉（原題「『私』と『世界』を兼ね備える——内田義彦著『作品としての社会科学』」）

星の声のひと　内田義彦　『朝日新聞』名古屋本社版、一九九二年十一月十四日（原題「星の声——聴くことのできる非凡〈山田登世子の風俗ジャーナル8〉」）〔再録　藤原書店編集部編『内田義彦の世界』藤原書店、二〇一四年三月。「星の声のひと　内田義彦」と改題〕

学問のレッスン　『西日本新聞』一九九四年十月十九日〈涙のかたち32〉

学問なき芸術の退屈さ　内田義彦『学問と芸術』山田鋭夫編、藤原書店、二〇〇九年四月

内田義彦の痛切さ　『内田義彦の世界——生命・芸術そして学問』藤原書店編集部編、藤原書店、二〇一四年三月

美空ひばりの「舟歌」がきこえる——阿久悠頌　『環』33、藤原書店、二〇〇八年四月

大衆を虚に遊ばせた詩——阿久悠氏を悼む　『日本経済新聞』二〇〇七年八月三日〔再録　篠田正浩・齋藤愼爾編『阿久悠のいた時代——戦後歌謡曲史』柏書房、二〇〇七年十二月〕

贈与と負い目の哲学　『3・11後の思想家』大澤真幸編、左右社、二〇一二年一月

ダンディな悪徒　『文學界』58（12）、文藝春秋、二〇〇四年十二月

余韻のなかにとりのこされて——『レヴィ＝ストロース　夜と音楽』に寄せて　『トークとピアノの工房〈レヴィ＝ストロース　夜と音楽〉プログラム冊子』Gato Azul 編集・印刷・製本、二〇一二年

十月二十七日（原題「余韻のなかにとりのこされて――今福龍太『レヴィ＝ストロース　夜と音楽』に寄せて」）

＊収録にあたり、明らかな誤字や誤記は訂正し、固有名詞の表記は極力統一した。
また用字もできるだけ統一した。

著者紹介

山田登世子（やまだ・とよこ）

1946-2016年。福岡県田川市出身。フランス文学者。愛知淑徳大学名誉教授。

主な著書に、『モードの帝国』（ちくま学芸文庫）、『娼婦』（日本文芸社）、『声の銀河系』（河出書房新社）、『リゾート世紀末』（筑摩書房、台湾版『水的記憶之旅』）、『晶子とシャネル』（勁草書房）、『ブランドの条件』（岩波書店、韓国版『Made in ブランド』）、『贅沢の条件』（岩波書店）、『誰も知らない印象派』（左右社）、『「フランスかぶれ」の誕生』『モードの誘惑』『メディア都市パリ』（藤原書店）など多数。

主な訳書に、バルザック『風俗研究』『従妹ベット』上下巻（藤原書店）、アラン・コルバン『においの歴史』『処女崇拝の系譜』（共訳、藤原書店）、ポール・モラン『シャネル――人生を語る』（中央公論新社）、モーパッサン『モーパッサン短編集』（ちくま文庫）、ロラン・バルト『ロラン・バルト　モード論集』（ちくま学芸文庫）ほか多数。

都市のエクスタシー

2018年12月10日　初版第1刷発行©

著　者　山田登世子
発行者　藤原良雄
発行所　株式会社 藤原書店

〒162-0041　東京都新宿区早稲田鶴巻町523
電　話　03（5272）0301
FAX　03（5272）0450
振　替　00160 - 4 - 17013
info@fujiwara-shoten.co.jp

印刷・製本　精文堂印刷

落丁本・乱丁本はお取替えいたします
定価はカバーに表示してあります

Printed in Japan
ISBN978-4-86578-200-4

文豪、幻の名著

風俗研究

バルザック

山田登世子訳＝解説

文豪バルザックが、十九世紀パリの風俗を、皮肉と諷刺で鮮やかに描いた幻の名著。近代の富と毒を、バルザックの炯眼が鋭く捉える、都市風俗考現学の原点。「優雅な生活論」「歩き方の理論」「近代興奮剤考」ほか。

図版多数〔解説〕「近代の毒と富」

Ａ５上製　二三二頁　**二八〇〇円**
（一九九二年三月刊）◇978-4-938661-46-5

PATHOLOGIE DE LA VIE SOCIAL　BALZAC

全く新しいバルザック像

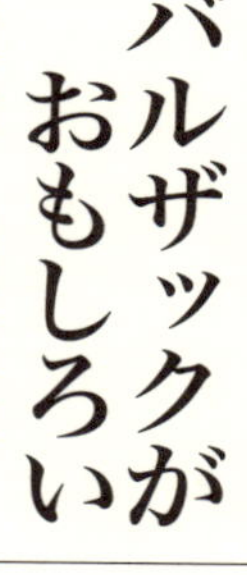

バルザックがおもしろい

鹿島茂・山田登世子

百篇にのぼるバルザックの「人間喜劇」から、高度に都市化し、資本主義化した今の日本でこそ理解できる十篇をセレクトした二人が、今日の日本が直面している問題を、既に一六〇年も前に語り尽していたバルザックの知られざる魅力をめぐって熱論。

四六並製　二四〇頁　**一五〇〇円**
（一九九九年四月刊）◇978-4-89434-128-9

明治の児らは、ひたとフランスに憧れた

「フランスかぶれ」の誕生

〔「明星」の時代 1900-1927〕

山田登世子

明治から大正、昭和へと日本の文学が移りゆくなか、フランスから脈々と注ぎこまれた都市的詩情とは何だったのか。雑誌「明星」と、〝編集者〟与謝野鉄幹、そして、上田敏、石川啄木、北原白秋、永井荷風、大杉栄、堀口大學らの「明星」をとりまく綺羅星のごとき群像を通じて描く、「フランス憧憬」が生んだ日本近代文学の系譜。

Ａ５変上製　二八〇頁　**カラー口絵八頁**　**二四〇〇円**
（二〇一五年一〇月刊）◇978-4-86578-047-5

急逝した仏文学者への回想、そして、その足跡

月の別れ

〔回想の山田登世子〕

山田鋭夫編

文学・メディア・モード等幅広い領域で鮮烈な文章を残した山田登世子さん。追悼文、書評、著作一覧、略年譜を集成。　**口絵四頁**

〈執筆〉山田登世子／青柳いづみこ／浅井美里／安孫子誠男／阿部日奈子／池内紀／石井洋二郎／石田雅子／今福龍太／岩川哲司／内田純一／大野光子／小倉孝誠／鹿島茂／喜入冬子／工藤庸子／甲野郁代／小林素文／斉藤日出治／坂元多／塩沢由典／島田佳幸／清水良典／須谷美以子／高哲男／田所夏子／田中秀臣／中川智子／丹羽彩圭実／羽田明子／浜名優美／林寛子／藤田菜々子／藤原良雄／古川義子／松永美弘／三砂ちづる／三品信／山口典子／山田鋭夫／横山芙美／若森文子

Ａ５上製　三二四頁　**二六〇〇円**
（二〇一七年八月刊）◇978-4-86578-135-9